安妮的世界 **8**

安妮的传奇故事

故事

Further Chronicles of Avonlea

（加）露西·莫德·蒙哥马利〔著〕　李常传〔译〕

二十一世纪出版社
21st Century Publishing House
全国百佳出版社

图书在版编目（CIP）数据

安妮的传奇故事 / (加) 蒙哥马利(Montgomery,L.M.) 著；李常传译.
-- 南昌：二十一世纪出版社，2014.6 (2022.4重印)
（安妮的世界）
ISBN 978-7-5391-9203-1

Ⅰ.①安… Ⅱ.①蒙… ②李… Ⅲ.①儿童文学－长篇小说－加拿大－现代 Ⅳ.① I711.84

中国版本图书馆 CIP 数据核字 (2013) 第 292416 号

版权合同登记号 14-2009-285

安妮的传奇故事

(加) 露西·莫德·蒙哥马利 [著] 李常传 [译]

策　　划	张秋林	
责任编辑	周向潮	
特约编辑	文　欢	
出版发行	二十一世纪出版社	
	（江西省南昌市子安路 75 号　330025）	
	www.21cccc.com　cc21@163.net	
出 版 人	张秋林	
经　　销	新华书店	
印　　刷	三河市人民印务有限公司	
版　　次	2017 年 8 月第 2 版　2022 年 4 月第 2 次印刷	
开　　本	880mm × 1260mm　1/32	
印　　张	8.25	
字　　数	164 千	
书　　号	ISBN 978-7-5391-9203-1	
定　　价	22.00 元	

赣版权登字—04—2013—846

如发现印装质量问题，请寄本社图书发行公司调换 0791-86524997

序

曹文轩

何为上乘小说？

可能会有各种各样的评价标准，但无论如何，大概总要承认，它之所以称得上上乘，最重要的标志就是它塑造了一个乃至几个永不磨灭的形象。作为一部穿越了时空，在今天，在世界的任何一个地方都会熠熠生辉的作品，蒙哥马利的"安妮的世界"系列为世人塑造了一个叫安妮的女孩的形象。这个形象，始终占据世界文学长廊的一方天地，在那里安静却又生动无比地向我们微笑着，吸引我们驻足，无法舍她而去。从阅读"安妮的世界"系列的第一本《绿山墙的安妮》开始，就注定了在掩卷之后我们要不由自主地回首张望，向那个让人怜爱的孩子挥手，再挥手。我们终于离去，山一程，水一程，但不知何时，她却悄然移居我们心上，在今后漫长的人生岁月中，不时地幻化在你的身边，就像她总也离不开风景常在的"绿色屋顶"一样。她的天真纯洁，会让你感动，会让你的灵魂不断得到净化；她柔弱外表之下的那份无声的坚韧，会让你在萎靡中振作，让你面对困难甚至灾难时，依然对天地敬畏，对人间感恩。这个脸上长着雀斑、面容清瘦、一头红发的女孩，是你的"绿色屋顶"，而你也是她的"绿色屋顶"。一个形象能有如此魅力，可见这部塑造了她的作品在文学史上举足轻重的地位。

这是一部具有亲和力的作品。

有一些作品，即使是一些被文学史家和批评家们津津乐道的作品，我们阅读它们时总是很难进入，它们仿佛被无缝的高墙所围，我们转来转去，还是无门可入，只好叹息一声，敬而远之。即使勉强进入，总有一种挥之不去的距离感，读完最后一页，我们依然觉得那书在千里之外冰冷着面孔，像尊雕塑。阅读《绿山墙的安妮》却是另样的感受——说不清的原因，当年我在看到书名时，就有了阅读它的欲望。看来，一部书有无亲和力，单书名就已经散发出来了。接下来就是流畅的毫无阻隔的阅读。这部书是勾魂的。它以没有心机的一番真诚勾着你。它在叙述故事时，甚至没有总是想着这书究竟是给谁读的，作者只是把心中想说的话说出来。这是倾诉，也是亲和力产生的秘密：倾诉就是对对方的信任，这时，你与对方的距离感就消逝了——所有的人都是喜爱听人倾诉的，因为那时他有一种被信任感。"安妮的世界"显然带有自传性，说的是一个叫安妮的女孩，而实际上是在说作者自己——露西·莫德·蒙哥马利。这是她自己的故事，现在她要把它们诚心诚意地讲出来。我们在听着，出神地听着。

"安妮的人生"应成为一个话题。

安妮的人生称得上是完美而理想的人生，她是我们所有愿意更好地活着的人的榜样。之所以这样说，是因为除了具有善良、真诚、聪明、勤劳、善解人意、富有勇气等品质，她还有一个让我们羡慕的品质：善于幻想。幻想使她的精神世界异彩纷呈，使她在绝望中看到了生路。通过幻想，她巧妙地弥补了人生的种种遗憾和许多苍白之处。她的幻想是诗性的。在与玛莉娜谈论祷告时，她说，上帝是种精神，是无限、永恒、不变的，他的本质是智慧、力量、公正、善良、真实。她很喜欢这些词。她对玛莉娜说，这么长一串，好像一首正在演奏的手风琴曲子，它们也许不能叫诗，但很像诗，对不？当玛莉娜为她做的上学的衣裙并不是她喜欢的而她又无法改变这个事实时，她说："我会想象自己是喜欢它们的。"正是这些幻想，使她的不幸人生获得了诗性的拯救。诗性人生无疑是最高等级的人生。许多危急关头，许多尴尬之时，她正是凭借幻想的一臂之力，而脸色渐渐开朗，像初升的太阳，眼睛如星辰般明亮起来。而这时，世界也变得明亮起来。

还有，就是它的无处不在的风景描写。

今天的小说，很难再看到这些风景了，被功利主义挟持的文学，已几乎不肯将一个文字用在风景的描写上了。"安妮的世界"离不开风景，离开风景，对于作者来说，几乎是不可想象的。而安妮离开风景，就会失去生趣，甚至生命枯寂。她的湿润，她的鲜活，她的双眸如水，皆因为风景。她孤独时，要对草木诉说；她伤心时，要对落花流水哭泣。万物有灵，一切都是她生命的组成部分。紫红色樱花的叶子，是她的"漂亮爱人"，她要成为穿过树冠的自由自在的风儿，她喜欢凝视夕阳西下时的天空……一开始，当她想到马修可能不来车站接她时，她想到晚上的栖息之处竟然是在一棵大树上：月光下，睡在白樱花中。她是自然的孩子，她是一棵树。自然既养育了她，也教养了她。

看看这样的书，像安妮那样活着。

C目录
ontents

第 一 章　辛西亚的波斯猫 ………………………………… 001

第 二 章　弄假成真 ………………………………………… 019

第 三 章　两对新人 ………………………………………… 035

第 四 章　母性的光辉 ……………………………………… 061

第 五 章　梦幻的孩子 ……………………………………… 077

第 六 章　最成功的失败 …………………………………… 093

第 七 章　雪拉选择的路 …………………………………… 107

第 八 章　荷丝达的幽魂 …………………………………… 119

第 九 章　茶色笔记簿 ……………………………………… 131

第 十 章　独生子 …………………………………………… 143

第十一章　贝蒂与史蒂夫 …………………………………… 166

第十二章　姐弟情 …………………………………………… 188

第十三章　大卫·贝尔的烦恼 ……………………………… 218

第十四章　成人之美 ………………………………………… 232

第十五章　印第安美女黛妮丝 ……………………………… 243

第一章

辛西亚的波斯猫

每当我以这件事为话题时，麦克斯就会对那只猫感激涕零，我也不否认这件事情的结果很完美。不过，想起当年为了那只可恶的猫儿，我跟伊丝美变得可怜兮兮的情形时，我就无法萌生出感谢的念头。

我一向就不喜欢猫儿，不过我认为"猫"这种动物，也必定有它存在的价值。尤其是威信十足的老母猫，不仅能把自己照顾得极为妥善，而且对世间或多或少有着贡献。诸如这类的猫儿，我们是可以跟它和平相处的。不过话说回来，伊丝美对猫儿始终没有好感。

但是对一辈子热爱猫儿的辛西亚阿姨来说，她实在不敢相信这个世上竟有不喜欢猫儿的"人"。说实在的，我跟伊丝美并非打从心眼儿里憎恨猫儿，只是由于性格方面有些别扭，所以口头上不曾对猫儿表示好感，以致辛西亚阿姨认为我俩憎恨猫儿。

在所有的猫里面，我跟伊丝美对辛西亚阿姨的波斯猫最不敢领教。辛西亚阿姨对待波斯猫的态度，骄傲胜过怜爱。因为这是一只拥有纯种证明书的、市价高达一百元的波斯猫。它极大地满足了辛西亚阿姨的虚荣心，以致一直认为那只猫儿是她的"掌上明珠"。

辛西亚阿姨的外甥在做传教士时，把那时还是小不点儿的波斯猫送给了辛西亚阿姨。在这以后的三年里，辛西亚阿姨一家人都为了照顾这只猫咪而忙碌着。

这只被取名为"费帝马"的猫儿，全身雪白，只有尾巴上有着青灰色的两个斑点。眼睛为蓝色，耳朵不灵光，身体一向孱弱。辛西亚阿姨担心猫儿会患伤风而死亡，而我跟伊丝美巴不得它有如此的下场。因为辛西亚阿姨老是说它的一些鸡毛蒜皮的事儿给我俩听，而且又把它捧得比天高，委实叫我俩看不惯。

不过，我敢怒不敢言。因为我担心一旦如此的话，辛西亚阿姨将一辈子不理我，而且使辛西亚阿姨发怒实在不是聪明之举。对于没有儿女的辛西亚阿姨，我最好还是奉承巴结一些，因为她拥有一笔为数可观的存款。

说实在的，我也非常喜欢辛西亚阿姨——不过，只是"有时"。

我的辛西亚阿姨很擅长招惹别人的不快。她的一张嘴巴儿喜欢唠叨个不停，尽可能多地挑出别人的缺点，难怪叫人感到厌恶。不过，她有时会摇身一变成为亲切的长辈，让我们深深感觉到爱这位长辈是天经地义的事情。正因为如此，辛西亚阿姨谈起猫儿——费帝马的种种事儿时，我都会侧耳倾听。由于我跟伊丝美曾经希望这只猫快死，后来都受到了上天的惩罚。

十一月的某一天，辛西亚阿姨进入了史宾塞维尔。这一次，她搭乘肥壮马儿拖的马车前来，不过在我们的想象里，她仿佛是搭乘顺风的帆船入港的。

那天简直是倒霉透顶的日子。伊丝美的天鹅绒衣服下摆被泼了灯油。我正在缝制的一件罩衫，东改西改以后，还是不合身。厨房的炉灶一直在冒烟，以致面包变得酸溜溜的，非常难以入口。

我们的元老级女管家——洁丝·凯森的肩膀又神经痛了。在平常的日子里，她是一位最温和的长者，然而遇到她神经痛时，家里的人都恨不得躲得远远的！

偏偏在这种日子里，辛西亚阿姨又来烦人。

"哎哟！我的天哪！"辛西亚阿姨抽动她的鼻子说，"多么呛人的烟！我说你呀，根本就不会使用炉灶嘛，家里没有一个男人，只有两个姑娘持家，一切自然就会显得乱七八糟喽！"

"没有臭男人，我们还不是好端端的吗？"我言不由衷。

已经整整四天没见到麦克斯了。我并没有急着想瞧瞧他，但是心底总是感觉到有那么一点儿"不是滋味"。

"男人嘛，只会碍手碍脚！"

"死鸭子嘴硬！"辛西亚说出了一句刺到女人内心的话，"我想，你心里也非常明白，没有一个女人会真的那么想的。就以时常去拜访爱拉·金鲍儿的安妮·雪莉来说，她就没有那种想法。今天下午，我就瞧到她跟麦克斯医生有说有笑地在散步。他俩啊，好似心心相印的样子！如果你再犹豫的话，麦克斯就会投入别的女人怀抱啦！"

辛西亚阿姨实在不应该说出这种话，害得我的一颗心七上八下。

因为我已经好多次拒绝了麦克斯医生的求婚。虽然我的内心已经在大浪小浪地澎湃，但是外表仍装成满不在乎的样子，甚至嫣然一笑地说："阿姨，你未免太可笑了。你的言下之意，好像我非嫁给麦克斯不可。"

"本来就是这样嘛！"

"如果真是那样的话，我何必屡次拒绝他呢？"我装成异常冷静地说。

关于一而再、再而三地拒绝麦克斯的事情，辛西亚阿姨知道得非常清楚。因为，麦克斯时常向她提起。

"我不知道你在打什么鬼主意，但是不管怎样，如果你一而再、再而三地拒绝他，后果将够你受的！那个叫安妮·雪莉的姑娘具有一种叫人无法抗拒的魅力呢！"

"的确，安妮的魅力有目共睹，我从来就不曾看到眼睛那么迷人的姑娘。她能够嫁给麦克斯的话，将是她的造化。"

"哼！言不由衷！瞎掰乱扯！我再也不逼你，叫你说出口是心非的话了。我今天冒着刮风的恶劣天气专程过来，无非是想针对麦克斯的事，给你进行一番精神教育，谁知道你仍然这么嘴硬！对啦，我要到哈里发克斯待两个月，在这段时间内，希望你替我照料费帝马。"

"什么？叫我照料费帝马？"我不觉嚷了起来。

"是呀，我不忍心把它交给女佣。在喂它牛奶以前，必须先把牛奶加热。同时不管发生了什么事情，绝对不能把它放在屋外。"

"施施，你自己去照料可憎的费帝马好啦！"待辛西亚阿姨走到门外时，伊丝美对我叫嚷起来，"我才不会去碰它呢！你怎能答应照顾费帝马的事呢？"

"我并没有答应要照料它呀！"我也不高兴地对伊丝美吼道。

伊丝美看着我，我瞧着伊丝美，我俩都不知道该怎么办才好。如果拒绝的话，阿姨一定会生气。只要我稍微显露出不耐烦的神色，辛西亚阿姨一定会针对我拒绝麦克斯的事，对他人数落我的不是。

"辛西亚阿姨，如果在你外出的时间内，费帝马发生了事故，那该怎么办？"

"我既然把猫儿委托给你，你就得尽量防止那些事情发生。你要习惯于负责任，这对你总是有好处的。你就不妨借着这个机会，去发现费帝马可爱的地方。好了，一切就这么决定了。我明天就把猫儿带过来。"

就这样，辛西亚阿姨以为我应允了呢！我又能说什么呢？到了这种地步，再咕哝也没啥用处了。

"万一发生了什么事情，阿姨一定会叫咱们负责任。"伊丝美以嫌恶的表情说。

"安妮·雪莉真的跟吉鲁伯特订婚了吗？"我充满好奇地问。

"好像是这样。"伊丝美以冷漠的口吻说。

"除了牛奶，猫还喜欢吃什么呢？给它老鼠吃行吗？"

"嗯，那当然行喽。伊丝美，你以为麦克斯真的爱上了安妮·雪莉吗？"

"那还用说吗？真是那样的话，你不是能够放下重担了吗？"

"可不是吗？"我冷若冰霜地回答，"不管是不是安妮·雪莉，如有女人肯嫁给麦克斯的话，那就嫁给他吧。至于我嘛……我才不要做他的新娘。伊丝美，这个炉灶为什么一直冒烟呢？我实在快要爆炸了，今天真叫人火大！那东西叫人讨厌透啦！"

"你怎能那样批评别人呢？我听很多人说过，安妮·雪莉是一个大美人呢！"

"喂！我是在说那只猫儿呀！"我激怒地叫嚷起来。

"我的天哪！"伊丝美说。

伊丝美有时看起来像个八卦女，尤其是她说出"我的天哪"时就更像了。

第二天，费帝马就被送来了，它被放在铺着棉花的红色笼子里。

麦克斯喜欢猫，也喜欢辛西亚阿姨。他向我说明应该如何侍候猫儿。当伊丝美走开时——除了我表示需要她陪我，伊丝美每当看到我跟麦克斯在一块儿时，就会走开——于是，麦克斯又向我求婚。

当然，我又像往日那样婉拒他，但是心里十分畅快。两年以来，麦克斯每隔两个月就向我求一次婚。有时也像这次一般，长达三个月才向我求一次婚，这时我就会感到忐忑不安。

想到麦克斯并没有真正被安妮迷住时，我就放心了。我虽然不想跟麦克斯结婚，不过叫他留在我身边总是一件惬意的事情，同时也给了我很大的方便。正因为如此，万一有某个姑娘抓走麦克斯的话，我必定会非常寂寞。对于我们来说，麦克斯是非常有用的人，为了我俩，他什么事情都愿意做。例如修理屋顶，用马车载我们到市镇，为我们铺地毯等。换句话说，只要我们碰到了困难，他都很乐意帮助。

正因为如此，我虽然拒绝了他的求婚，但仍然对他展露笑容。

麦克斯掐指算了起来，不过数到八时，他摇了摇头又从头再来。

"你在干什么呀？"我问他。

"我在计算对你求了几次婚。不过我已经想不起来，我们在挖院子的泥土那天，我是否向你求过婚。如果向你求过婚的话——"

"才没有，那天你不曾向我求婚。"我打断了他的话。

"那么，这次是第十一次了，"麦克斯说着，"好啦！我的极限就要到了。基于男人的尊严，我绝对不许自己向同一位姑娘求婚十二次以上。所以下一次也就是我最后一次向你求婚，我亲爱的施施！"

"不要把肉麻当有趣好不好？"

如此说的我，忘了对麦克斯那句"亲爱的施施"表示气愤，只在内心里焦急地想着，一旦麦克斯再也不向我求婚的话，我一定会难过死的。

因为对我来说，那是唯一的刺激，所以我希望麦克斯一直保持这种做法——事实上，麦克斯不可能永远向我求婚。为了消除尴尬的气氛，我问麦克斯，安妮·雪莉到底是怎样的一个人。

"雪莉小姐长得标致而可爱。你也知道，我一向喜欢红头发、灰眼睛的人。"

由于我的头发是黑色，眼睛是褐色，所以听了麦克斯那么讲时，我非常愤怒。我站了起来，借口要弄牛奶给费帝马喝而走开了。

当我进入厨房时，看到伊丝美在生闷气。原来她爬上阁楼时，一只老鼠撞到了她的脚。对于那些老鼠，伊丝美一直恨得牙痒痒。

"唉，在这种情形下，没有猫儿也不行啊。"伊丝美气得七窍生烟。

"可是，像费帝马那种被宠坏的猫，啥用处也没有。那阁楼里鼠满为患，你就不要再到那儿去啦！"我对伊丝美说。

事实上，费帝马并没有我想象中那样叫人厌恶。洁丝·凯森很喜欢费帝马，本来宣称跟费帝马"无关"的伊丝美，却把它照顾得无微不至。有时为了确定费帝马是否睡得很温暖，她三更半夜都还要起来瞧瞧呢。

麦克斯每天都会出现，很耐心地在一旁指导我们。

令人万万想不到，辛西亚阿姨出发后的第三个星期，费帝马竟然凭空消失了！它就仿佛在这个世界上蒸发了一般，完全失去了踪影。

那天下午，费帝马在火炉旁的窝里睡得很香甜。我跟伊丝美因为有一些杂事必须出门，只好托洁丝·凯森暂时代为照顾它。待我俩踏入家门时，费帝马却不见了。

洁丝急得哭成了泪人儿，到处乱找，然而还是找不到。她说一直都不曾离开费帝马，只有一次她到阁楼取东西，前后不过三分钟。待她回到厨房时，门儿已经被打开了，费帝马已经不在了。

伊丝美跟我也几乎要疯了。

我们仔细地找过庭院、仓库以及森林后面，一面叫着猫儿的名字，一面发狂般的跑过来跑过去，但只是徒费力气。最后，伊丝美颓然地坐在大门口的阶梯上，呜呜哭了起来。她说："外面这么冷，费帝马很可能会死掉。如果真是这样的话，辛西亚阿姨一定不会原谅我们的！"

"我这就去找麦克斯帮忙！"

我火急火燎地穿过松林，奔过荒野，心里想着，遇到急难时有人帮忙，实在是太幸运了。

　　麦克斯来了以后，我们又再度展开地毯式的搜索，但是仍旧白费心机，完全没有效果。日子一天又一天地过去，但是始终没有费帝马的影子。在那段日子里，如果不是麦克斯陪伴我，我一定会发狂。在那恐怖的一个星期里，麦克斯已经尽了最大的心力。

　　因为担心辛西亚阿姨会注意到，我们不敢在报纸上面登广告，不过我们在附近一带贴纸条，说明只要能够为我们找回白色而尾巴有青色斑点的波斯猫，就可以获得一笔赏金。

　　虽然我们做了悬赏通告，但是仍然没有人为我们找到波斯猫。不过，有很多人不断地抱着不同颜色的猫到我们家里，问我们那是不是走失的猫。

　　"依我看，我们再也不能找到费帝马啦！"有一天下午，绝望的我对伊丝美及麦克斯说道。

　　那时，抱着一只黄色波斯猫的老婆婆刚回去不久。

　　"它一定是你们遗失的猫儿，因为它喵喵大叫着闯入我家里，"老婆婆说，"克拉夫顿一带，并没有人饲养这种猫。"

　　"我想，咱们再也看不到费帝马了。外面那么冷，它很可能已经死掉啦！"麦克斯说。

　　"辛西亚阿姨绝对不会原谅我们啦！"伊丝美以一张充满了阴霾的面孔说。

　　"那只猫来到家里的瞬间，我就有过一种'很麻烦'的预感。"

　　在这以前，伊丝美的预感不曾变成事实，但是她老是把"预感"两个字挂在嘴边。

"如今，我们该怎么办才好呢？"我感到束手无策，"麦克斯，为了摆脱窘境，你有什么点子呢？"

"我们不妨在夏洛镇的一家报纸上刊登征求白色波斯猫的广告。也许有人想出售白猫呢！如果有的话，那就把它买下来，再把它当成费帝马，送还辛西亚阿姨不就得啦？辛西亚阿姨的老花眼很严重，她根本就看不出来。"

"但是，费帝马的尾巴有青色的斑点呀！"我说。

"在广告上面，我们必须强调尾巴有青色的斑点才行。"

"我想——一定要花很多钱！"伊丝美叹了一口气。

"费帝马不是有一百元的身价吗？"

"看样子，咱们必须动用那笔存款了，新的皮大衣是买不成啦！"我以一种很悲哀的口吻说，"除此之外，再也没有别的办法了。一旦惹火了辛西亚阿姨，我们的损失将更大呢！到时，她会以为我们是故意把费帝马弄死的！"

我们真的登了广告。麦克斯上了街，在销路最好的日报上登了广告。

虽然登了报纸，但是我们并不存太大的希望。

四天后，当麦克斯从街上拿回一封信时，我们感到一阵惊喜。

那是一封用打字机打成的信件。提供猫的人表示，他的猫跟我们所描述的猫一模一样，价格为一百元。如果想看猫儿的话，请到赫利斯街一百一十号。

"朋友们，不要欢喜得太早哦，"伊丝美以阴沉的表情说，"或许，那只猫跟我们所需要的不同。很可能是青色斑点大了些，或者小了些，或者斑点长在不同的地方。我认为这件倒霉的事情，绝对不可能送来很好的结果。"

就在这个节骨眼上，有人急促地敲门。我飞快地去开门，看到了邮局的一个男孩拿来了一封电报。我撕开封口，一阵惊慌，忙奔入室内。

"这次又发生什么事情啦？"伊丝美瞧着我的脸说。

我取出了电报。

原来，那是辛西亚阿姨发来的。意思是说，叫我们火速把费帝马送到她那儿。

最初开口的人是我——

"麦克斯，"我只好恳求地说，"你肯帮忙帮到底吗？不管是我或者是伊丝美，都不可能立刻到哈里发克斯。能不能麻烦你明晨跑一趟？你就直接到赫利斯街一百一十号，声称要购买波斯猫？如果那只猫真的像费帝马的话，你就把它买下来，再把它带到辛西亚阿姨那边。如果不像的话……不可能啦！一定会很像的！你肯为我俩跑一趟吗？"

"那就要看你了？"麦克斯回答。

我仔细地瞧了瞧麦克斯的脸。现在的他跟平时不太一样。

"你叫我去干一件不讨好的事情！"他很沉着地说，"虽然辛西亚阿姨有着深度老花眼，但是她并不一定会受骗。想买一只陌生的猫冒充，这实在是非常危险的事。万一辛西亚阿姨看穿了这件'阴谋'，我的脸要往哪儿摆呀！"

"噢……麦克斯……"我几乎要哭出来啦！

"当然，如果我是这个家庭一员的话，我是说——如果我可以成为这个家庭一员的话，情形就不一样啦！就算是赴汤蹈火的事，我也在所不辞。好歹，只是一天的工作。不过，以现况来说的话——"

伊丝美站了起来，走出了房间。

"噢……麦克斯，我求求你！"我诚恳地要求。

"你肯跟我结婚吗，施施？"麦克斯咄咄逼人，"只要你答应嫁给我，我就会到哈里发克斯跟对方摊牌。如属必要，我会带一只黑色的野猫到辛西亚阿姨那儿，硬说它就是费帝马。为了把你从窘境中救出来，我什么事都愿意做。我会说，你根本就不曾答应照顾费帝马。或者，费帝马现在好端端地在你这儿，甚至可以狡辩根本就没有'费帝马'这只猫——反正，我什么话都可以说，什么事都可以做——但是，对方必须是我的妻子才行。"

"别的条件不行吗？"我已经束手无策了。

"不行！"

我拼命转动脑子。当然麦克斯的作为有点卑鄙——不过——不过——实际上，麦克斯是一个好人——而且他已经向我求婚十二次——偏偏又在半途杀出了一个安妮·雪莉。我也非常明白，一旦麦克斯不在我身边的话，我一定会觉得人生味同嚼蜡。

自从麦克斯抵达史宾塞维尔以来，如果辛西亚阿姨不曾那么露骨地想促成我跟麦克斯的话，或许，我老早就跟麦克斯结婚了。

"好——吧！"我只好老大不情愿地答应。

第二天早晨，麦克斯果然到了哈里发克斯。再隔了一天，一切都进行得顺利的电报抵达我这儿。那天晚上，麦克斯就回到了史宾塞维尔。伊丝美跟我把他按在椅子上，目不转睛地看着他。

麦克斯一直在笑，苍白着一张脸笑了又笑。

"如果一切有那么轻松就好了！"伊丝美以半责备的口吻说，"如果我知道一切进行得很顺利的话，我就放心了。"

"好啦！好啦！你俩就等一下。让我松懈一下紧绷的情绪，好好地轻松一会儿，你俩该不会反对吧？"

"当然不会反对啦！不过请你行行好，快把经过告诉我们！"我叫了起来。

"经过是这样的——我一到哈里发克斯，就立刻到赫利斯街一百一十号——不过，你俩先瞧瞧这个！你俩不是告诉我，辛西亚阿姨的住址是布雷森多街十号吗？"

"本来就是这样啊。"

"本来就不是这样！你俩应该好好看发出电报的地址才对！你俩对我说，辛西亚阿姨的地址为布雷森多街十号，根本就不对！你们的辛西亚阿姨在一星期前，就搬到了另外一位朋友那里——赫利斯街一百一十号呢！"

"啊！麦克斯！"

"这是千真万确的事情。我按了电铃，想对女佣提起'波斯猫'时，辛西亚阿姨从客厅走了出来，犹如要扑向我一般说道：'麦克斯，你带来了对不？'说罢，她一直把我拖到书房。我就一路想着，该如何处置这件事情。

"'噢，不是的。我因为临时有些事情要办，所以来到了哈里发克斯。'

"听我如此一说，辛西亚阿姨有些不悦地说：'天哪！那两个小女孩到底安着什么心眼呢？我已经打电报叫她俩把费帝马送过来，谁知道她俩根本就没有送。如果想买费帝马的人来了，我哪有猫给他呢？真是叫人坐立不安。'

"'原来如此……'

"于是我便一步步打探真相——

"'我在夏洛镇日报看到了一则征求波斯猫的广告，于是立刻写信给对方。说实在的，费帝马这只猫对我来说，是一个很大的负荷——它一直要死不活的样子。如果它一死，我的损失就惨重啦！'我不知道，辛西亚阿姨是否在开玩笑？'所以我决心把它出让，虽然我仍然很喜欢它。'

"此时我的内心也恢复了平静，认为应该把事情办得圆满一些，于是我就说：'天哪！怎会有如此不可思议的偶然呢？'我故意叫嚷了一声，'事实上，登那则广告的人是我。因为施施和伊丝美都想拥有一只像费帝马的猫儿呢！'

"辛西亚阿姨听了我这句话，眉开眼笑了起来。她对我说，她老早就知道你喜欢猫，只是不愿意用言语表达出来。交易当场谈成。我给了她你俩交给我的一百元。现在，你跟伊丝美已经成了费帝马的主人了。恭喜你俩啦！"

"好吝啬的老太婆！"伊丝美以轻蔑的口吻说。

伊丝美在骂辛西亚阿姨。想到我俩那老旧的皮大衣，我实在没有力气跟伊丝美唱反调。

"然而，费帝马并不存在呀！"我有一点儿担心地说，"辛西亚阿姨回来以后，如何向她说明呢？"

"放心啦！在一个月之内，她是不会回来的。待她回来时——只要对她说猫已经不在了就好了。不过你俩也不必说明它何时失踪，因为那只猫已经属于你们了。到了这种地步，辛西亚阿姨也不便说什么了。不过在这以后，辛西亚阿姨更会认为——你俩实在不适合维持一个家庭。"

麦克斯告辞后，我就走到窗边，目送他走上小径。凭良心说，他是一个很优秀的男子，我实在为他感到骄傲。抵达大门口时，他回过头来向我挥挥手。就在这个节骨眼上，他突然抬头往上望。虽然他跟我之间有一大段距离，但是我仍然看到他满脸惊讶的表情。接着，他又回过头，奔到我的家！

"伊丝美，家里失火啦！"我飞奔到门口，大声叫嚷起来。

"施施——"麦克斯大声叫道，"刚才，我在阁楼的窗口看到了费帝马的幽魂呢！"

"你别说梦话啦！"

伊丝美已爬完了一半的楼梯，我也在后面紧跟着她，直接冲进阁楼一瞧——费帝马正展露着浑身光泽的毛发，很满足地在窗边晒着太阳呢！

"这怎么可能？它不可能一直在这儿啊！"我差点儿就哭了出来。

"可是，只要它一叫，咱们就可以听到啊。"

"或许，它一直没有叫。"麦克斯说。

"我以为天气那么冷，它再也活不成了呢！"伊丝美对一切的一切，似乎难以相信。

"幸亏它并没有死。"麦克斯说。

"可是，它怎么没饿死呢？"我纳闷地叫了起来。

"这里有很多老鼠啊，吃的东西绝对不成问题。依我看哪，猫一直就待在这儿。那一天，它一定是在神不知鬼不觉的情况下，跟着洁丝来到了阁楼，你们说不曾听到它叫，实在叫人不可思议——或许，它不会叫吧。而且你们一向睡在楼下，但是做梦也想不到，猫会躲在这里。"

"经过如此一番折腾，我们损失了一百元！"伊丝美说罢，以充满恶意的眼光瞧着闪耀着光泽的费帝马。

"对我来说，才不止损失一百元呢！"我如此说着，打算走到楼梯口。

在那一瞬间，麦克斯抓住了我。看到这种情形，伊丝美奔到了楼下。

"你认为损失惨重吗？"麦克斯对我耳语。

我用侧眼看他。的确，麦克斯的一切都叫我感到满足，他

的身体不停地散发出富有魅力的气息。

"不！"我悻悻地说，"不过在——婚后，你得负责照料费帝马。我可不喜欢照料猫。"

"哦，好可爱的费帝马啊！"麦克斯以愉快、感激的口吻说。

第二章

弄假成真

在艾凡利这个地方，居民们都很怜悯老小姐，不过，我对于自己不曾结婚一事，一点儿也不感到遗憾。但是，内心里难免有一个小疙瘩，就是——始终没有男士向我求过婚。

我年老的奶妈兼女管家南希，她本身也是个一辈子不曾嫁人的老小姐，但是曾经有两位男士向她求过婚。一位是拥有七个孩子的鳏夫，另外一个是无所事事的流氓。南希前后都拒绝了。因为她拥有能够结婚的两个"见证人"，因此也就更为怜悯我。

如果我并非出了娘胎以后，就一直住在艾凡利的话，或许，我可以玩弄一些欺骗的花招。但是由于我不曾离开艾凡利一步，几乎每个人都知道我的"底细"。

对于始终没有男人跟我谈恋爱的事情，我一直感到不可思议。

在几年以前，梅利普还特别为我写了一首诗。在那首诗里，他把我捧得半天高，并且称赞我美貌如仙呢！由此可见，我并非是长得很丑陋的女人，更不是因为我会写诗，男人才不敢追求我——我的诗不能与梅利普的相提并论，而且根本就没有人知道我会写诗。每当遇到灵感澎湃时，我会立刻奔入自己的房间里，锁上房门，再取出小小的日记簿，奋笔疾书。

前前后后我已经写了好多年的诗。唯独这件事我不曾让南希知道。南希一向以为我是不懂人情世故的女人，一旦让她发觉这本小小的日记簿，将会有什么想法呢？或许，她会赶紧去请医生来，而且在医生光临以前，强迫我贴上芥子膏药。

虽然环境很"恶劣"，但我还是一直在写诗。

在平常的日子里，我一直以花儿、猫儿，以及杂志、日记为伴，生活得很幸福。

不过，住在我家对面的亚德拉，也就是有个醉鬼丈夫的吉鲁太太，不知是在怜悯我，或者冷嘲热讽，一直称呼我为"可怜的雪洛德"。每次听到这句话，我的内心就会一阵刺痛。天哪！那句"可怜的雪洛德"就免了吧！不是我在瞎扯，如果我肯像亚德拉一般，一天到晚讨好男人的话——噢，我不该这么想，这就等于在刻薄别人了！

在我四十岁生日的那天，玛莉·姬莉丝毕举办了缝纫会。近些年来，我再也不提起有关自己生日的事儿。可是，从我小时候就有这种习惯的南希，一直都不想废除这个习惯。而且我也不曾禁止过。

事实上，如果有人替我过生日的话，我仍然会感到很高兴呢！这天我到很晚还没起床，如果是别的日子，南希一定会轻蔑我，唯独这天例外。

今天早晨，我还未下床时，南希就把我的早餐推了进来。天哪！她端进来的食器里都装着我最喜欢吃的东西，而且她还用采自庭院的玫瑰花，以及摘自房子后面森林的羊齿草装饰餐桌。我一口一口地品尝着那些食物，然后再穿上我"次好"的衣服。如果南希不在场的话，我会穿上我最好的那件衣服。

不过，就算是生日，南希也不允许我穿上那件最好的衣服，于是我只好作罢。我到院子里，给花儿浇水，给猫儿喂食，再进入房间里，上了锁，写了一首《六月感怀》的诗章。自从过了三十岁，我就不曾在生日时写过诗章。

下午，我前往参加缝纫会。

穿戴整齐以后，我照了一下镜子。看到镜中人时，我松了一口气。这样子看起来不怎么像四十岁嘛！对于这点，今天的我特别有自信。我的头发是棕色的卷曲的波浪形，面颊泛着粉红，几乎看不见皱纹。当然，那是光线比较幽暗的情况下。我一直把镜子挂在房间最为幽暗的角落。南希并不知道我如此做的理由。

当然，我已经知道自己脸上有了皱纹，只是因为不太明显，以致叫我忘记了它们的存在。

在这次的缝纫会里，老少皆有。不过，我在这个团体里并不感到快乐——至少在那时是这样的——我是考虑到要尽自己的一份义务，所以很认真地做着自己份内的工作。

那些已婚的女人们，自始至终都在谈论她们的丈夫和孩子。对于这类话题，我只能保持缄默。那些三十岁以下的大姑娘们，成群结队，大言不惭地谈论男人如何追求她们，如何讨好她们。一旦我走近她们，她们就会以一种不屑的眼光看我，并且停止交谈，仿佛不屑跟不曾有男人追求过的我为伍！

有些嫁不出去的老小姐，三三两两地在道别人的是非，那种作风我更是不敢领教。这些古怪的老小姐一瞧我转过身，立刻把我当成"箭靶"，纷纷射出"毒箭"。她们吱吱喳喳胡说一通——说我用染发剂，说我年纪都半百了，还好意思穿粉红色花边的衣服。

这天的缝纫会，几乎所有的人都参加了。因为要补足教堂的修理费，妇女们必须准备义卖的手工艺品。

年轻的女孩子一直在吱吱喳喳个没完。由于有了蔚米娜·马莎带头，她们更是闹翻了天。马莎家于两个月前，才从别处搬到艾凡利。

我就坐在窗边，蔚米娜·马莎、玛吉·享达森、苏雪德·克劳丝、乔丝·赫儿等几个年轻小姐，在我的前面聚在一起。对于她们所说的话，我完全没有听进去，想不到，乔丝却突然叫嚷起来："雪洛德小姐在笑我们呢！我们所谈论的追求者，雪洛德小姐一定感到无聊透顶！"

说实在的，我根本不是在笑那些年轻的小姐，而是在目睹了玛莉的蔓藤玫瑰以后，突然萌生出了写几首诗的冲动，以致不自觉地笑了出来。我打算回到家里以后，就拿出那本日记簿写诗。乔丝所说的那句话，不但很无情地把我拉回现实世界，而且刺痛了我的心。

"雪洛德小姐，有人追求过你吗？"蔚米娜笑着问我。

刚好，那时房间里一片寂静，以致每个人都听到了她所说的话。

我实在弄不清楚自己怎会变成那样。我本来就是一个正直的人，一向最讨厌说谎。想不到自己竟然变成那种人。或许面对着那么一大堆女人，我对蔚米娜说不出"不曾被追求过"的事实。

"嗯，我被追求过一次！"我很沉着地回答。

有生以来，我第一次引起了骚动。全屋子里面的妇女停止了缝纫，哑然地看着我，我知道在这之中大部分人都不相信我的话。不过，蔚米娜是相信我的，以致可爱的脸蛋儿充满了光彩。

"噢！那你就把他的事告诉我们吧！雪洛德小姐为什么不跟他结婚呢？"蔚米娜说。

"蔚米娜，你说得很对！"约瑟芬·卡美伦邪恶地笑着说，"你说给大伙儿听听吧！想不到雪洛德也曾经被追求过，这句话，我是第一次听到呢！"

如果约瑟芬不那么说的话，我可能就不会再胡扯下去，而且我也瞧到玛莉对亚蒂拉使眼色，心中一时感到不畅快，于是说出了一大堆谎言。

"既然已经做了，那就把它做完吧！"我想起了这句话，于是嫣然一笑说："在这里的各位，都不可能认识他，因为那是很久以前的事儿啦。"

"他叫什么名字呀！"蔚米娜问。

"他叫苏希鲁·方尉克。"

我立刻回答。对于这个男人专用的名字——"苏希鲁"，我一向非常喜欢，以致它时常在我的日记簿里出现。关于"方尉克"这三个字，是我拿着报纸在量布边的尺寸时，从报纸上看到的一则广告——请试试"方尉克"牌子的水泥，便立刻把它跟"苏希鲁"三个字结合在一起，临时派上用场。

"你跟他在哪儿认识的呢？"乔丝问。

我十万火急地回顾自己的过去。如此所获得的结论是——只有一个地方能够表现出"苏希鲁"的所在。在这以前，我离开艾凡利最遥远的时期，首推我十八岁时，寄居于新布兰斯克阿姨家的那段岁月。

"我是在新布兰斯克认识他的。"

眼瞧着大伙儿把我的话儿当真，完全不怀疑时，我竟然把他想象成真正存在的人物一样，娓娓道来——

"那时，他是二十三岁，我是十八岁。"

"他长得如何呢？"苏雪德急于知道。

"嗯，他长得相当帅。"

我信口开河地描写出一个理想的男子。说起来也真够邪门的，那时我竟感到非常愉快。瞧到了少女们的眼睛里充满了尊敬之意，我才明白，经过如此一场胡扯，我竟能一洗那种长久以来备受嘲讽的耻辱。今后，我将变成有过罗曼史的女人，对一个情人终生忠诚的女人——如此的女人，跟不曾有过情人的老小姐，会是两种迥然不同的人物。

"他长得很高，皮肤稍黑，卷曲的黑色头发，眼光很锐利，下巴很性感，鼻子的形状甚美，尤其是他的微笑。"

"他的职业是什么呢？"玛吉问。

"他是一名年轻的律师。"

关于苏希鲁的职业方面，我看了一眼玛莉死去的哥哥的照片就下了决定。因为她哥哥就是一名律师。

"你为何不跟他结婚呢？"苏雪德咄咄逼人地问。

"我跟他吵了一架。大吵了一架，"我很悲伤地说，"唉，那时我太年轻了，又冲动又缺乏理智。错在于我。我故意跟其他的男子表示亲密，使苏希鲁气炸了。他单独到西部闯天下，再也不回来了。自那以后，我再也不曾见过他。我甚至不知道他是否还活着呢！不过，虽然经过了那么多年，我仍然不曾爱过其他的男子。"

"唉……实在太动人心弦了！"蔚米娜叹了一口气说，"我一向很喜欢悲惨的故事。我认为你的苏希鲁一定会回来，只是不知道哪一天。"

"不，他再也不会回来啦！"我摇摇头说，"我想——他已经完全把我忘了。就算还记得我，他也不可能原谅我。"

就在这时，玛莉来叫大伙儿吃午饭，我好不容易才获救。因为我的想象力已经到了尽头，非常担心这些少女再问东问西。

不过，我感觉周围的气氛有了很明显的改变，影响所及，使我的内心充满了欣悦之情。

或许有人会问我，如此信口雌黄，会不会感到后悔，会不会感到羞耻呀？

答案是——我才不会感到后悔与羞耻。如果有机会的话，我甚至可以再来一次。

如果说，我有后悔之情的话，那就是——为何不早点如此做。

那一夜，我回到家里时，南希以一种莫名其妙的眼光看着我，然后说："今夜的你，看起来好像一个小姑娘！"

"因为我认为自己变成小姑娘了！"我一面说笑，一面奔进自己的房间，做了以往不曾干过的事情，那就是在一天里写了两首诗。因为我必须为自己的感情找一个宣泄口。

我把诗的题目写成《夏日情怀》，在这张白纸上写进了玛莉家的玫瑰和苏希鲁的眼睛。因此那两首诗充满了音乐的意境，弥漫着淡淡的哀愁，很令人高兴。

往后的两个月里，一切都进行得非常顺利。没有人再问我有关苏希鲁的事情。不过，那些少女们向我倾吐她们的恋爱，希望我能够给她们一些建议。换句话说，我已经变成了她们的知心朋友。

从那以后，我对所谓的缝纫会感到兴趣盎然。我添置了不少新衣服和新帽子，只要有人邀请，我就高兴地出席，而且一直过得很快乐。

不过有件事情是值得警惕的，那就是做了一件坏事以后，必定会招致天谴。我的天谴被延到两个月以后，而且处罚颇重，简直叫我好久都爬不起来。

那年的春季搬到艾凡利的家族，除了马莎一家，还有麦斯维尔家。不过家庭成员只有麦斯维尔先生以及他的夫人。他俩是中年夫妇，经济方面很宽裕。麦斯维尔先生购买了木材工厂，夫妇俩就居住在"大宅第"史宾塞的房子里。

麦斯维尔夫妇过着平静的生活。麦斯维尔夫人的身体很孱弱，因此极少外出。我去拜访她时，她并不在家；而轮到她来拜访我时，我也正好出门在外。正因为如此，我与她还不曾谋面。

又到了缝纫会的日子——这一次由雪拉·卡多纳夫人主办。那次我晚了些才抵达现场，因此，我进屋里时，几乎所有的人员都到齐了。我踏入屋里的那瞬间就很敏感地发现一定是发生了什么事情——只是，我想象不出到底发生了什么事情——因为大伙儿都以一种高深莫测的眼光瞧着我。

蔚米娜开口说："噢，雪洛德小姐，你已经跟他见面了吗？"

"你说跟谁见面呀？"我以平淡的口吻发问，并取出了模型纸和顶针。

"咦？我当然是说苏希鲁先生，他已经来到艾凡利了呢！他是来拜访他姐姐麦斯维尔夫人的。"

我想——那时我的举止就跟大伙儿所期待的相同吧。我手中拿着的东西全部掉了下来，事后，约瑟芬说："雪洛德小姐的脸色苍白如纸。我想——躺在棺木里面的人也不过如此吧！"

如果她们知道我的脸色为何会苍白的话，又会有什么感想呢？

"不可能有那种事情的！"我感到茫然，自始至终只能说出这句话。

"是真的呢！"蔚米娜对我的罗曼史能够发展到这种地步，感到非常欣慰，"昨晚，我到麦斯维尔家时看到了他！"

"难道……他……他真的……是同一个'苏希鲁'吗？"

我以一种细小如蚊的声音说着。因为在这种情况下，我不开口说话是不行的。

"错不了的，他是新布兰斯克人，职业是律师，二十年前到西部发展。啊！那个男人真是如假包换的帅哥！就跟你所形容的特点一模一样！只是头发全白了。他当然不曾结过婚。我是听麦斯维尔夫人说的——由此可见，他根本就不曾忘记过你。恭喜你啦！雪洛德小姐，我想，一切都能够进行得很顺利的……"

对于蔚米娜信心十足的说词，我完全不能认同。不仅不能认同，我还感到极度恐慌！我心乱如麻，不知道应该说些什么，仿佛是在做一场恶梦！错不了的，我一定是在做梦——现实的世界里，怎么可能有"苏希鲁"这种"假设人物"的存在呢？那是万万不可能的事！我的情绪陷入了恐慌中的"最低潮"。

所幸，大伙儿把我的慌乱看成是与情人久别重逢的惊愕而不再打扰我，使我能够好好地安静下来思考。对于那个叫我心惊胆战的下午，我一辈子也忘不了。一吃过了晚饭，我立刻找了个借口，火速地赶回家，把自己关入房间里面。不过，我并不是为了写诗——事到如今，我哪还有心情写诗。

我冷静下来，一一分析这个事实。

虽然这是想象不到的偶然所促成，然而，世界上真的有"苏希鲁"这个人存在，而且又在这个艾凡利。我的全部朋友——以及敌人——都相信他就是我年轻时的情侣。如果他长期滞留于艾凡利的话，以下的两件事实将有一件发生——

苏希鲁在听完我所说的话以后，一概否定它，这将使我的一生被耻辱与嘲笑所包围。不然的话，就是苏希鲁在完全不知情的情况下离开。在这种情形下，艾凡利的人们一定会认为他已完全忘了我，以致对我抱持着一种怜悯的态度。当然，两种情况比较起来的话，我宁愿是后面那种情况。也就是说，苏希鲁在完全不知情的情况下，悄悄地离开艾凡利。

为此，我不断地祈祷——虔诚地祈祷——希望万能的神保佑苏希鲁赶紧离开艾凡利。

想不到……

苏希鲁并没有很快离开艾凡利。他长期居住于艾凡利，而麦斯维尔家一直在款待他。为了使他感到快乐，时时为他召开舞会。他们甚至也邀请了我——虽然南希一再催促我参加，但是我仍然坚持不参与的原则。

接下来，又有很多人对苏希鲁表示敬意，连连地举行派对，我虽然也接到了请帖，但是一直不曾参加。蔚米娜屡次恳求我参加，又责骂我不该老是避着苏希鲁，否则他将以为我仍在恨他。蔚米娜是基于善意说了这些话，但是我仍旧不为所动。

蔚米娜又对我说，苏希鲁受到了男女老少的欢迎，而且又腰缠万贯，几乎一半的艾凡利少女都对他情有独钟。

"如果他不是你旧情人的话，我也会对他展开爱情攻势，雪洛德小姐。麦斯维尔伯母说，苏希鲁先生的脾气暴躁，又长了满头的白发，但是只要他使过了性子，一下子就会雨过天晴。"蔚米娜认真地说着。

打从那一天起，我完全不外出了，甚至也不到教会。

我整天心神不宁，烦恼异常，没有食欲，再也不能写出任何的诗章来。南希看了我的这种情形几乎要发狂，她叫我服用她发明的独家药丸。我也遵照她的吩咐服用，因为违背她的意思，只会浪费时间与精力。不过，那些药丸并没有效果。因为我的痛苦扎根于深沉而药物所不能及的地方。如果说，世上有信口雌黄而遭受到天谴的女人，那么，我可能就是最明显的例子。

我停止订阅《周刊论坛》，因为它仍然刊登那种"害惨我"的水泥广告。如果没有那则广告的话我也不会想到"苏希鲁·方尉克"这个名字，当然也不会受到这种痛苦的煎熬了。

在某个黄昏，我闷闷不乐地把自己关在房间里，南希上楼叫我："小姐，有位男士在客厅，他说要拜访你。"

我的一颗心猛跳了起来。

"他到底……他到底是什么人，南希？"我颤抖着声音问。

"我想——他可能就是来此地做客的苏希鲁·方尉克先生，"

南希并不知道我的幻想惹出了祸端，以致很轻松地说，"这个人有些莫名其妙，一直板着面孔，我真不敢领教他那张臭脸。"

"南希，你对他说，我很快就下去。"我已经恢复了镇定，便如此吩咐南希。

南希下了楼梯。我加了一条有花边的披肩，在腰带间夹了两条手帕。我认为到时一条手帕可能不够用。为了证明我所说的一切，我拿了旧的《周刊论坛》，有一点儿胆寒地走到客厅。如今，我已经能够体会到被押到刑场的罪犯的心情。所以从那时起，我就极力反对死刑。打开客厅的门以后，我又小心翼翼地把门关紧。因为南希一向喜欢站在门边偷听。

到了客厅，我的一双脚已经完全没有了力气，就连一步也移动不得了。我紧握着双手，恰如迎风的叶子一般，不停地在打哆嗦。

南侧的那面窗旁站着一个男子，正看着窗外。他听到脚步声时，整个人转了过来，面对着我。恰如南希所说的，摆着一张臭脸，一副怒不可遏的神情。他长得很帅，满头的白发更增添了他高雅的气质。不过，一直到事后我才想到这一点。

想不到，突然发生了一件非常不可思议的事情！

苏希鲁的面孔再也"不臭"了。他双眼里的怒火完全消失殆尽。他对我表示出非常尴尬的样子，两边的面颊染成一大片红霞。我则呆立在那儿，一语不发，只能一直盯着他看。

"你就是雪洛德小姐吧？"他终于开口说话，声音很深沉、很悦耳，"我……我……我……唉！我真是笨头笨脑呢！我今天来拜访你——是因为听到了那些无聊的话，心里感到有那么一点儿愤慨。我实在蠢得可以！现在，我已经明白那些话不可能是真的了。请你原谅我。"

"不，"我呻吟了一阵子才说，"在知道真相以前，请你别急着回去。的确，那些话实在叫人伤感。不过，待我向你解释清楚以后，你就会认为'它'太伤人的感情。我……我的那些话——实在对不起你。我确实说过那些话，不过我不知道真的有'苏希鲁·方尉克'这个人的存在。"

我说得坦白，使他感到一阵茫然。旋即他就微微一笑，牵着我的手——到那时为止，我都一直拼命地抓紧门把——带着我走到沙发旁边。

"好啦！我们坐下来轻松地谈谈吧！"他说。

我把那段叫人羞耻的经过，原原本本地对他说了出来。包括——我一直无人"问津"，以致被人家耻笑，终于信口雌黄说出那些话在内，并且让他看了水泥的广告。

他一语不发，一直在听我说的话，旋即就大笑起来。

"原来如此！难怪自从我到了艾凡利以后，就有那么多叫人感到莫名其妙的风言风语。尤其是在今天下午，有一个吉尔夫人来到我姐姐那儿，说是艾凡利的雪洛德跟我谈过恋爱，搞得我一头雾水，而且还绘声绘色地告诉我姐姐，还说那是你自己说的。

"坦白地说，当时我真的很生气，觉得真是岂有此理，因为我本来就是动不动就会暴跳如雷的人。那时我……我认为……

好吧，我就坦白地告诉你吧。我以为你是一个心理不正常的老小姐，专门喜欢道别人的长短，并为此感到沾沾自喜。

"不过，当我看到你进入客厅时，我就认为'错'并不在于你。"

"可是，我的做法不对，"我苦着一张脸说，"我实在不该说出那些话——那实在太愚蠢了。不过，我做梦也想不到真的有'苏希鲁·方尉克'这个人。有生以来，我不曾听说过如此巧合的事。"

"这岂止是巧合，"苏希鲁斩钉截铁地说，"这是命中注定的事。错不了啦，那么，我俩就把这件事给忘了吧。让我们改变一下话题。"

我们谈及别的事情——至少，苏希鲁一直在说话。至于我，由于感觉到羞耻，根本就说不上几句话——南希或许由于感到不安，每隔五分钟就走过来瞧瞧。不过，苏希鲁并不懂得她的暗示。

苏希鲁将离去时，又慎重地问我，能不能再来拜访我。

"我俩应该重修旧好，现在是最好的时候。"他笑着说。

我虽然是已届四十岁的老小姐，但是听到他如此说，仿佛是少女一般，脸感到热辣辣的。在内心深处，我已经重新回到了少女时代。因为把全部的事情说了出来，我已经感到无牵无挂，内心显得非常安详，甚至不再生吉尔夫人的气了。吉尔夫人是一个喜欢叫人感到不安，并以此为乐的女人。我认为与其责备她，不如可怜她。

这一晚在临睡以前，我在日记簿上写了一首诗。我已经整整一个月不曾写过诗了，如今又能够了无牵挂，自由地挥笔书写，实在感到非常快乐。

苏希鲁果然再度来访——而且是第二天的黄昏。这以后，由于他动不动就上我家，叫南希感到"拿他没办法"。有一天，我认为他必须跟南希好好沟通，不过，又有些难于开口，因为我害怕南希会难过。

"嗯……我一直提心吊胆的……这一天终于还是来临了，"南希以不悦的表情说，"自从那个男人频频在家里出现时，我就知道'有事情要发生'啦！嗯……小姐，恭喜你啦！我不知道美国加州的气候是否适合我，不过我会尽量使自己适应它的。"

"南希，我并没有叫你跟我们去加州啊。我记得，我并没有叫你跟我们一起走。"

"那么，你以为我应该到哪儿去啊？"南希惊讶地说，"如果我不在你身边的话，你还会把家里收拾得井井有条吗？反正啊，你到哪儿，我就跟到哪儿！就这样定了！"

听了这句话，我感到非常高兴。虽然我可以跟苏希鲁远走高飞，但是舍不得离开南希。关于那本日记簿的事情，我还没有告诉我的丈夫苏希鲁，不过我会很快就告诉他的。至于《周刊论坛》，我又开始订阅了。

第三章

两对新人

"当然啦，我们非邀请珍姑姑不可！"史宾塞夫人说。

蕾儿似乎要表示抗议，移动着她漂亮而白皙的手——这双手跟桌子对面黑细而弯曲的手儿截然不同，而这种不同似乎跟是否做粗活完全无关。因为蕾儿一直都在劳动。或许是遗传的关系，史宾塞家的人，不管从事何种工作或何等巨烈的劳动，都能拥有一双手指修长、白胖而光滑的手。至于杰斯韦克家的人，就算不从事劳动，不从事纺织工作，一双手仍然黑黑的，骨节突出，手指弯曲。

这两家人的不同之处，不仅见于外表，更深及心灵方面，而使得他们在对待生活的态度，对于事物的看法，以及行为举止等方面都有着很大的不同。

"为何非邀请珍姑姑不可呢？这一点我就不懂了，"蕾儿以低沉的声音说，"珍姑姑不爱我，我也不喜欢她！"

"我实在搞不懂，你为何不喜欢珍姑姑？你真是忘恩负义的人。珍姑姑不是一向对你很好吗？”

“珍姑姑的亲切并非出自她的真心啊，”蕾儿笑着说，“我至今还记得第一次碰到她时的情形。那时我六岁，珍姑姑给我一个小小的天鹅绒针扎，我由于感到害羞，不曾向她道谢，想不到，她对我说了‘为了叫你懂得礼节……’后就用戴着顶针的手指敲了一下我的头。天哪，好疼哟！

“自从那次以后，珍姑姑都以那种方式整我！

“待我长大以后，她不能再用顶针时，就用舌尖整我——这方面更让我吃不消。

“妈妈，你也知道珍姑姑是如何批评我的订婚的吧？一旦她感到某事不顺她的心，她就会当场把美好的气氛破坏殆尽，所以我不想邀请珍姑姑。”

“你不邀请她的话，人家都会指责你的。”

“为什么要担心别人的说法呢？我实在弄不懂，她只不过是我们名义上的姑姑。我才不管别人如何批评。反正这个世界闲着的人太多，他们没有什么事情做，所以喜欢整天管别人的闲事。”

“不管怎么说，你非邀请珍姑姑不可！”史宾塞夫人以断然的口气说——她一旦决定的事情，别人再怎么反抗都是徒然的。凡是懂得这点的人，都不会去惹她。倒是从外地来的人，因为不明就里，时常犯了这个戒条。

伊莎贝拉·史宾塞的脸很可爱，不过脸色并不怎么好。眼睛为灰色，睫毛很长，有着一头没有光泽但是浓密的褐色头发。

她的脸看起来高雅，但是有点儿像老鹰；嘴巴很小巧，如婴儿一般。乍看起来好似弱不禁风，实际上凡是她决定要去做的事，就是连飓风也不能改变她。

在这瞬间，蕾儿感到有些不高兴，但是很快就死心了。每当她的意见跟母亲相反时，结果总是如此。蕾儿认为——为了是否邀请珍姑姑的小事儿，母女展开争论实在是很无聊。也许隔了一小段时间，母女俩又得为某件事情争论一番。想到此，蕾儿认为贮存一些智力比较划得来，于是她耸耸肩把珍姑姑的名字写进婚礼的名簿里面。

到今天为止，伊莎贝拉一直凭着意志力以及不折不挠的精神克服了很多困难，但是无论怎么奋斗，就是斗不过遗传。不管基于哪方面来说，蕾儿不折不扣是他爸爸的女儿。正因为如此，伊莎贝拉只能凭她对女儿的爱，消除那份憎恨丈夫的心。话虽如此，由于微妙的思念之苦，她时时从蕾儿的脸上移开她的视线。在生下蕾儿以后，她甚至不敢去看这个女孩子的睡脸。

再过两个星期，蕾儿就要嫁给法兰克了。伊莎贝拉很喜欢这天作之合。她很喜欢法兰克，又由于法兰克的农场就在附近，她认为绝对不会失去蕾儿。她也知道，女儿结婚对她意味着什么。为了面对现实，她不时地叫自己觉悟。

一对母女就坐在客厅里，决定婚礼的客人，以及其他的一些杂事。九月的阳光低低地照在窗边，再从摇晃的苹果树树枝之间射进室内。阳光轻抚着蕾儿洁白如百合花的面孔。她的一头金发仿佛古式拱门一般，围绕在她的脸庞周围。白色的额头甚宽，使蕾儿看起来既年轻又充满希望。

伊莎贝拉凝视着女儿，内心感到一阵绞痛。

这个女儿实在太像史宾塞家的人了。她那浑圆的轮廓，大而有神的蓝眼睛，线条优美的下巴……简直就是她父亲的翻版！

伊莎贝拉抿紧嘴唇，吃力地把涌现出来的往事吞回去。

"宾客一共有六十位，"伊莎贝拉好似全神贯注地说着，"这个房间的家具必须全部搬走，再排几张晚餐用的桌子。我们的餐厅太窄了。至于餐刀和叉子必须向贝尔女士借用。几天以前，她已经答应了。明天，那块锦缎的桌巾应该拿出来晒太阳了。艾凡利这个地方，可没有一家拥有这种桌巾呢！然后，再把餐厅的两张小桌子搬到二楼的楼梯口，充作宾客放置礼物的地方。"

蕾儿一向没有想到礼物的事情，以及有关婚礼方面的人情世故。由于整天忙碌，使得她的呼吸速度加快，以致面颊上增添了两片红晕。她的心里很明白，结婚的时间已经逼近了。她在来客的名簿上面写下最后一个名字，然后在它下面划了一条线。

"蕾儿，你写完了没有？"母亲在催促着，"写完了以后就让我瞧瞧，我要确定一下，你是否把所有的宾客名字都写进去了。"

蕾儿默默无语地把纸片交给了母亲。此刻，整个房间静悄悄的。就连在玻璃窗上嗡嗡飞翔的苍蝇拍翅声，以及吹过屋檐的风儿声，甚至自己心跳的声音都能够听得清清楚楚。蕾儿的内心感到些许不安，可是心情却是很畅快。

史宾塞夫人小声地念着名字，念过了一个名字她就点点头。然而，当她看到最后一个名字时，她并没有把它念出来，只是用白眼瞄了一下蕾儿，淡青色的眼底，几乎飞出火花来。她的脸上刻满了怒意，旋即又表露出惊讶，不敢相信的脸色。原来，婚礼来宾的名簿上的最后一个名字为大卫·史宾塞。大卫单独居住于河口的一栋小房子里，身兼船员和渔夫之职。他是伊莎贝拉的丈夫，也就是蕾儿的父亲。

"蕾儿，你敢情发疯了！你到底安着什么心眼儿？怎会想到这种花招呢？"

"我只是想叫爸爸来参加我的婚礼。"蕾儿淡然地回答。

"在我的家里，你就甭谈这件事！"

听到女儿那句话以后，史宾塞夫人犹如受到烈火燃烧一般，苍白的嘴唇叫嚷起来。

蕾儿把她的身体向前挪出，双手交叉在桌子上，凝视着她母亲那张不悦的面孔。如今，她的不安以及焦急的心情已经退去。想到母女之间的"交战"已经拉开序幕时，她反而感到乐呵起来。

不过在另一面，蕾儿认为自己很可能不是好女儿。对于这件事，她虽然感觉到不可思议，但是她并不进行自我分析。如果她真的如此做的话，一定会发现——那是自己太过于服从母亲的必然结果。

"母亲，既然如此，那么我们就取消婚礼。我跟法兰克就直接到教堂结婚，然后直接回家。如果说，我不能邀请爸爸参观我的婚礼，那么，我就不邀请任何人啦！"

蕾儿抿紧了她的嘴唇。伊莎贝拉有生以来，第一次看到女儿如此凝视自己——这是一种很奇妙的、难以言表的感觉。与其说这是外貌的不相似，不如说是心灵世界的迥异所使然。伊莎贝拉的外表虽然显示出怒不可遏的样子，但是内心深处却兴高采烈。

因为到现在，伊莎贝拉方才深切地感觉到，蕾儿毕竟是自己跟丈夫所生的孩子。她的蕾儿，这次无论如何都要凭自己的意志做事——而且是真正要把它实践。

"我实在弄不清楚，你为何非请你的爸爸参加婚礼不可，"伊莎贝拉语带芒刺地说，"那个人始终不认为他就是你的父亲呀。他一次也不曾想到过你呢！"

蕾儿无视于母亲的批评，她太理解母亲了，母亲的那些话的效力会在无形中消失，根本就无法伤害到她。

"反正只有两条路可以选择。一条是邀请爸爸参加我的婚礼；另外一条是不招待爸爸，但是我要取消婚礼。"

"好吧！那么，你就邀请他吧！"史宾塞夫人仿佛抛掉了一个重担地说，"你就试试看好啦！不会有什么效果的！他才不会来呢！"

长久以来，专横成性的伊莎贝拉第一次表示屈服，脸上显出丑陋的怒容。

蕾儿一语不发。如今，战争已经终止，自己好不容易获胜，以致身体开始颤抖起来，甚至差一点就哭了出来。

蕾儿急忙站起来，匆匆爬上自己在楼上的房间。那是一个小小的房间，由于外面有密密麻麻的白桦树，室内显得有些幽暗——这是一个充满了少女气息的清净房间。蕾儿趴在青白格子的棉被上面，悲悲切切地哭了起来。

逢到人生的第一件大事时，蕾儿也跟别人一样，热切地思念着父亲。母亲所说的那句话——你的爸爸不可能来——很可能是真实的。如果没有父亲在一旁聆听的话，所谓的结婚誓约，听起来就不够神圣了。

在距今二十五年以前，大卫·史宾塞跟伊莎贝拉·杰斯韦克结为夫妇。这对男女的确是基于爱情而结婚。那些好管闲事之徒都异口同声地说，大卫既没有钱又没有土地，绝对不是拜金主义者所争取的对象。

大卫是一个美男子，血管里流着酷爱航海的血液。

大卫跟他父亲以及爷爷一样，一向过着水手的生活。当他跟伊莎贝拉结婚以后，伊莎贝拉就叫他远离大海，跟她留在她父亲的农场，过着安定的生活。伊莎贝拉一向喜爱农业，以坐拥肥沃的田园，丰富的果树而感到满足。

伊莎贝拉一向不喜欢海洋以及跟海洋有关联的事物。与其说，那是因为她害怕海洋的危险，不如说，她具有一种牢不可破的信念——"水手"的社会阶级是很"卑贱"的，他们只不过是一种变相的流浪者。伊莎贝拉认为那是一种叫人抬不起头来的职业。正因为如此，她希望大卫留在农场，以便当一名拥有广大土地，万人敬仰的富农。

婚后的五年，一切都过得很顺利。在这期间，难免有憧憬海洋的心思袭击大卫，但是他都咬紧牙关，拼命忍耐，不去理会诱惑他的声音。大卫跟伊莎贝拉过着神仙眷侣般快乐的生活，他俩的幸福只有一个小瑕疵，就是没有孩子。

想不到，危机在六年后来临。大卫的老友巴雷多船长怂恿大卫一块儿去航海。经船长怂恿，大卫长久压抑的对海洋的憧憬——蓝色的大海洋，吹过船桅的咸味海风，以及海潮的泡沫——终于变成一股强烈的欲望，爆炸开来。

大卫想着——我一定要跟巴雷多去过过航海的瘾——非去不可！只要经过这一次的航海，我就可以感到心满意足，当然也可以安定下来。这一次非去不可——他的内心不断地在挣扎。

伊莎贝拉在不曾考虑之下，就猛烈地反对大卫的计划，并且对大卫冷嘲热讽，又加上严厉的非难。然而，躲藏于大卫心灵深处的固执习气，助长了他的航海愿望——关于这种愿望，对于五代先祖皆爱土地的伊莎贝拉来说，实在很难理解。

"我再也不想耕种和挤牛奶了。"他以坚定的语气说。

"你的意思是说，你不想过正规的生活了？"伊莎贝拉冷笑道。

"或许，就像你说的那样，"大卫有点轻蔑地耸耸肩膀，"反正我非去不可！"

"大卫，如果你坚持要去的话，那就不要回来了！"伊莎贝拉干脆地说。

大卫终于走了。他以为伊莎贝拉并非在说真话。

伊莎贝拉则认为，不管她是否说真心话，大卫也不会把她的话放在心上。

大卫走了以后，伊莎贝拉表面上看起来很冷静，但是内心却非常愤怒、颓丧，仿佛一座将要爆发的火山。

不久，大卫晒得黑黑的回来了，他爱好流浪的癖性暂时收敛了，对田园和家畜的工作又萌生出了兴趣。当他回到家时，伊莎贝拉以冷漠的眼光看着他说："请问，你到这里做什么呀？"

这种口吻，就好像在对叙利亚商人说话！

"什么？你问我'做什么'？"

大卫由于惊讶过度，吃力地说出了第二句话："我——我——我要跟妻子在一起啊。我的航海已经告一段落了。"

"这里并非你的家，我更不是你的什么妻子！你要离家时，不是说过航海比留在家里好吗？"说完，伊莎贝拉就返回屋里，砰的一声关上门，并当着大卫的面咔嚓锁上。大卫茫然地在那儿站了一阵子，旋即就走上白桦树下面的小径。他一句话也不曾说过——从这一天起，大卫始终不曾提起自己妻子的名字。

他头也不回地走到港口，又跟巴雷多船长一起去航海。一个月后，他回来了，在河口买了一栋小房子，单独一个人生活起来。那个河口很冷清，几乎没有人住。在航海的空当，大卫就住在那儿，只靠着一把吉他和一根钓竿消遣，过着一种遁世的生活。

伊莎贝拉也采取了无言的战法。愤慨的杰斯韦克家族以珍姑姑为首，又是劝说、又是恳求，说尽了道理，试图说服伊莎贝拉，但是伊莎贝拉始终如石头般，对那些人所说的话儿置若罔闻，以装聋作哑的方式，彻底击败了杰斯韦克家族的人。

珍姑姑以无可奈何的口吻说："对于装聋作哑的女人，我又有什么办法呢？"

大卫被赶出家门的五个月后，蕾儿来到了这个世界。如果这时，大卫能够适当表示悔悟之意，稍微委屈自己回到伊莎贝拉母女身边的话，或许，伊莎贝拉能够把恨意抛诸脑后，跟大卫言归于好。

谁知道，大卫偏偏没有来。而且，伊莎贝拉生了他渴望已久的孩子后，他似乎一点也不想知道，甚至完全没有表示关心的样子。

待从产褥再度起身以后，伊莎贝拉本来就苍白的脸蛋变得更加惨白，眼光也变得锐利异常，甚至连她的态度与举止都有了微妙的变化。以前，那种焦躁、不沉着，好似在等待着什么的态度已经荡然无存。因为她已经抛弃了丈夫可能会悄然回来的希望，以致从过去的爱意所蜕变而成的恨意也急剧加深。

自从懂事以后，蕾儿就感觉到自己的生活跟玩伴的相当的不同。这件事，长久以来一直使幼小的蕾儿感到烦恼，到了稍大时，她就找到了不同的"原因"。

那就是——其他的孩子都有父亲，唯独她蕾儿·史宾塞没有。凯莉·贝儿以及莉安的父亲已经去世，而蕾儿连这一点也不如。这到底是为什么呢？

为了寻找谜底，小蕾儿走到母亲那儿，把胖嘟嘟的小手儿放在伊莎贝拉的腿上，再用一双蓝色的大眼睛看着母亲，认真地问："妈妈，为何我不像其他的孩子一般有爸爸呢？"

伊莎贝拉把她手里的针线活儿放下来，再把七岁大的蕾儿抱起来，以简单、直截了当的方式，不留情面的语句，对小女儿说出了她没有爸爸的原因。这件事情，在蕾儿的心灵里留下了不可磨灭的痕迹。

"你爸爸心里根本就没有你！"最后，伊莎贝拉说，"他从来就不曾关心你！以后，你别对别人提起你爸爸的事情。"

蕾儿默然无语地从母亲的腿上滑下来，她的内心感到一阵凄楚，因此急快地奔到春天的庭院里。她想起母亲最后说的那句话，突然悲从中来，呜呜哭了起来。她认为爸爸不爱女儿实在是件很悲惨的事，至于母亲所交代的——不许她想起父亲——未免太残忍了些。

最叫人感到不可思议的是，只凭往昔父母争吵的片段理解，蕾儿总是比较同情父亲。不过，她连做梦也不敢违抗母亲的命令，再也不曾向母亲提起父亲的事情。但她仍不能不想父亲，甚至几乎成天都在想着父亲。

很可能是日夜思念父亲，父亲竟然变成了她精神生活方面不可或缺的部分，不管她在哪儿，这一位眼睛看不到的"朋友"总是一直跟随着蕾儿。

蕾儿是想象力很丰富的女孩子，她利用幻想的方式接近父亲。虽然她一次也不曾见过父亲，但是在她的脑海里面，父亲比一般人更为生气蓬勃，更懂得取悦小孩子。

蕾儿想象中的父亲跟母亲不同。他没有母亲的严肃，时常跟她游玩，带她到果树园、牧场以及庭院散步，夜晚临睡时坐在她的枕头边。只有对父亲，蕾儿才肯说出内心的秘密。

有一次，母亲有一点不耐烦地问蕾儿，到底跟谁谈得那样起劲。

"我才不是神经不正常，自个儿在自言自语呢！我是跟一位很要好的朋友在聊天呀！"蕾儿装模作样地说。

"真是一个傻丫头！"母亲半责备半疼爱地说，然后笑了起来。

两年后，蕾儿碰到了一件很奇妙的事情。在一个夏天的下午，蕾儿跟几个玩伴一块儿到港口玩，这种远行，蕾儿从来就不曾尝试过，因此，她高兴得手舞足蹈。在这以前，母亲从来就不许她到远地。不过，蕾儿也一向不喜欢跟母亲外出。

蕾儿来到了她从未到过的地方。那个地方形成浅浅的河口，浅水淙淙地在黄色的沙面上流动。在对面，不停流动的蔚蓝色海水，受到阳光的照耀而闪闪发光。在河口外面，强风正猛然吹着，但是在这里却只有微风。

一艘白色的小船儿被搁在沙滩上面。沙滩附近有一栋奇妙的小房子，仿佛是一个由波浪打上来的贝壳。蕾儿怀着喜悦的心情望着那栋房子。

蕾儿也跟她的父亲一样，非常喜欢海滨以及岸边的寂静之处。她就坐在这里歇脚，想尽情地浏览四周美丽的风景。

"我感觉好累，想在这儿休息一会儿。我不想到海鸥角去了。你们大伙儿去吧，我就留在这儿等你们。"

"只留下你一个人在这里吗？"凯莉吓了一跳，问道。

"有人害怕独处，可是我并不害怕呀！"蕾儿很骄傲地说。

当其他的小女孩走了以后，蕾儿一个人坐在白色小船上面，披着金发的头斜靠在船边，再以一双蓝色眼睛饱览珍珠色的水平线，就这样沉湎于美丽的幻想里面。

突然，蕾儿的背后响起了脚步声。她回头一瞧，原来有个男人站在她的身边，正以他的一双蓝色大眼睛，满脸和悦地瞧着她。蕾儿虽然不曾见过这个男人，但是他的脸上却浮现着一种蕾儿熟悉的表情。蕾儿感觉到自己很喜欢这个男人。在这以前，在陌生人面前时，蕾儿总是会感觉到浑身不自在，或者因害羞而说不出话来。对于这个男人却没有那种感觉。

这个男子的个子高挑，身体很结实，身上穿着粗糙的渔夫衣裤，戴着一顶油布帽子。头发浓密而卷曲。脸晒得红通通的，微笑时，露出了扇贝似的白牙儿，蕾儿认为这个人的年纪一定不小。因为他的金发掺着很多白发。

"你在等着美人鱼出现，对吗？"那个男人问道。

蕾儿使劲地点点头。如果是其他人这样问的话，她一定会拼命地隐藏她的秘密。

"是啊。我母亲说世界上根本就没有什么美人鱼，可是我一直认为有。伯伯，您看到过美人鱼吗？"

体格魁伟的男子，笑着坐在一段漂木上面，凝视着蕾儿。

"很遗憾，我不曾看到过美人鱼。不过，我看到过很多稀奇古怪的东西。你坐到我身边来，我说一些给你听听。"

蕾儿毫不犹豫地走到男人的身边。男人高兴地把蕾儿抱到他的大腿上面坐着，使她感到欣喜异常。

"真是又可爱又惹人疼的女孩子。你能吻我一下吗？"

蕾儿一向最讨厌吻人家，就连她的舅舅、叔叔也不例外。他们分明知道这一点，却故意时常逗她，甚至追着她要一个吻。为此，蕾儿恼怒万分，并对他们说，男人实在叫人受不了。

但是对眼前这个男人却是例外。蕾儿立刻紧抱他的头，真心诚意地吻了他。

"我很喜欢伯伯。"蕾儿毫不造作地说。

她感到男人紧紧地拥抱她。他看着蕾儿的一双眼睛，噙满了泪水，但是充满了慈爱的光辉。就在这时蕾儿恍然大悟，原来他就是——父亲。

她一句话也没说，把自己的头斜靠在他的肩膀上面，恰如一个长久在海上漂泊的人进入港口一般，觉得非常幸福。

大卫虽然知道蕾儿已经察觉到了什么，但是他仍然不提起敏感的问题，只说出了自己见过的远方国家，以及一些稀奇古怪的东西。蕾儿犹如在听童话故事一般，感到非常有趣。的确，父亲就跟她想象的一模一样！在蕾儿的幻想里，父亲就时常讲动人的故事给她听。

"你跟我进屋，我给你瞧瞧漂亮的东西。"

这之后的一个小时里，实在叫蕾儿感到乐不可支。那栋房子的天花板很低很矮，有着正方形的窗户，摆满了流浪生活的种种纪念物——那些东西很美、很奇妙，非常不可思议，实在很难用言语形容。最叫蕾儿惊讶的是壁炉棚架上面的两个大贝壳——大红色，以及粉红色具有紫色斑点的贝壳。

"哇！我不知道世上还有如此美丽的东西！"蕾儿叫嚷起来。

"如果你喜欢的话……"他停顿了一阵子又说，"我就让你瞧瞧更漂亮的东西！"

蕾儿很敏感地认为，他说出第一句话时，很可能是想说一些别的事情。但是当她的视线接触到他从棚架上拿出来的东西时，立刻忘记了这件事。

他取出来的是闪闪发光的茶壶。它是紫色的陶制品，有一条镀金的火龙，张牙舞爪地缠绕着茶壶。盖子像一朵漂亮的金色花儿，火龙的尾巴绕成一个圈子，成为一个把手。蕾儿就坐在那儿，痴痴地端详着。

"我所拥有的东西里面，唯有这个茶壶最值钱了。"

男人如此说时，蕾儿觉得他的眼睛以及声音里充满了悲哀。蕾儿很想再吻他一次，借此安慰他。想不到，他竟然笑了起来，到里面取了一些糖果给蕾儿吃。那些糖果比蕾儿所预料的还好吃。当蕾儿在吃糖果时，男人取出了他陈旧的小提琴拉了一些叫蕾儿有想唱歌跳舞的冲动的曲调。此刻蕾儿感到非常幸福。她希望永远住在这一栋低矮而稍暗的屋子里面，陪伴着那些宝物，过一辈子。

"你的朋友从海角那边赶回来了，"他说，"你得回去了。剩下来的糖果就放入口袋里吧！"

他把蕾儿抱了起来，那一瞬间，他把蕾儿紧紧地抱在怀里。蕾儿感觉到对方在吻她的头发。

"好吧！小姑娘，你就跑过去吧！再见啦！"他很温柔地说。

"你为什么不叫我再来呢？"蕾儿一面哭丧着脸，一面嚷着，"反正，我会再来的！"

"如果你能够来的话，你就来吧！不过，我认为她不会让你来——反正到时再说吧。小姑娘，我是巴不得你天天来呢！"

当玩伴们回来时，蕾儿已经坐在岸边的小船上了。那些孩子不曾看到蕾儿从屋子里走出来，蕾儿也始终没有说她如何度过这一段时间。当玩伴问她是不是很寂寞时，她只是意味深长地笑笑。

那一夜，在祈祷时，蕾儿第一次说出父亲的名字。在这以前，每逢祷告时她总是说："神啊！请你保佑母亲与——父亲。"她本能地把父与母两字隔开。不过，当蕾儿说出"父亲"这两个字时，感情一向用得很深，远远地超过她说出"母亲"这两个字的时候。

从此以后，蕾儿再也不曾到过河口的低矮屋子。伊莎贝拉获知孩子们曾经到过河口时——她并不知道蕾儿见到了大卫——她立刻禁止蕾儿到那个地方去。

对于母亲的这命令，蕾儿不知流了多少辛酸的眼泪。但是她仍然遵从母亲的命令。这以后，蕾儿除了心灵方面仍然跟父亲交流，实质上始终不曾有任何的联络。

婚礼的喜帖纷纷被送到亲朋好友的手里，日子在蕾儿一天天地准备婚事以及兴奋的漩涡中过去。母亲在这期间一直显得容光焕发，然而蕾儿始终闷闷不乐。

结婚的日子终于来临。那天，海面上闪耀着银色、珍珠色以及玫瑰色的光辉，太阳带来了一个很晴朗的日子。时值九月，温暖而宜人的美好天气，恰如七月天。

婚礼在晚上八点钟举行。到了七点钟，蕾儿已经穿戴妥当，站在自己的房间里。她的婚礼将采取简单而隆重的方式，所以并没有伴郎和伴娘。一些表兄妹已经收到了蕾儿的请求，都没有去烦扰她，让她宁静地度过少女时代的最后一个小时。

蕾儿的结婚礼服是薄纱缝制的，手工异常精细。波浪型的金发上面插着白色的玫瑰花。那些象征少女之梦的花儿是新郎赠送的。蕾儿虽然感到幸福，但仍然掺杂着必须面对种种变化的悲哀。

旋即，母亲就带着一个小篮子进来。

"蕾儿，有人送你东西，那是港口的一个男孩子送来的。他说必须亲手交给你，我把东西接过来后，就把他打发走啦。我还对他说——你放心吧！我会亲手交给蕾儿的。"

伊莎贝拉以冷淡的口气说着。她知道是"谁"叫那孩子送篮子来的，因而感到满心的不悦。伊莎贝拉虽然感到不痛快，但是好奇心也很强烈。当蕾儿打开篮子时，伊莎贝拉一声不响地站在一旁。

拿开盖子以后，蕾儿的手不停地在发抖。她第一眼看到的是——有着紫色斑点的两个大贝壳。虽然岁月已经隔了十多年，她仍然很清晰地记着它们！下面是一条绸缎包裹的东西，还未取出来就香气四溢，原来是盘着一条火龙的外国制茶壶。蕾儿慎重地用两手捧着它，凝视了一阵子后，眼泪如断了线的珍珠一般涌了出来。

"那是你父亲送给你的，"伊莎贝拉以一种怪异的声调说，"我记得这件宝物。当年，我把你父亲的东西收集起来，再叫人送到河口那栋房子以前，我就看到它混杂在一堆杂物里面。那是你的爷爷在五十年前从中国带回来的宝物。你父亲一向非常珍惜它。据说很有价值。"

"母亲，你让我独处一下吧！"蕾儿恳求伊莎贝拉。因为她发现篮底有张小纸片，如果母亲在场的话，她就没办法阅读。

伊莎贝拉不情愿地走了出去。蕾儿快速走到窗边，在薄暮下读起来。纸上只有几行字，而且又是极少提笔的人所写的便条——

我可爱的小女孩，非常遗憾我不能参加你的婚礼。你真是孝顺的女儿，一心想邀请我参加你的婚礼，这已使我的内心充满了感激之情。我好想看看你的婚礼，但是我是被赶出来的人，实在没有脸回去。乖女儿，我祈求神给你一辈子的幸福。顺便送上你非常喜欢的贝壳和茶壶。你还记得十多年前快乐的一天吗？我很想在你举行婚礼以前，再看你一次，然而那只是痴人说梦。

你的父亲　史宾塞

蕾儿的眼眶不住地溢出眼泪。现在，她思慕父亲的心情更为激烈——这是一种无法忍受的感情。不管怎样，非见父亲一面不可，自己的新生涯实在很需要父亲的祝福。想到这里，突然有一种决定贯穿了蕾儿的全身——这种决定非常强烈，使得她完全无视于习俗。

天几乎完全黑下来啦！大约再过三十分钟，宾客才会到齐。从这里爬过山丘到河口，只需要十五分钟。蕾儿用新缝制的雨衣把身子包裹起来，装饰豪华的头部则盖着雨帽。她打开门，静悄悄地溜到楼下。史宾塞夫人以及帮忙的人们都在厨房忙碌着。就在那一瞬间，蕾儿走到了庭院，再笔直地穿过牧场。她的行动完全没有被人看到。

蕾儿到达河口时，天色已经完全黑了下来，天空正闪耀着水晶一般的星星，拍打海岸的小波浪声划破了沉静，微风在灰色小屋的屋檐下唱着歌儿。

屋里只有大卫一个人抱着吉他干坐着。大卫很想弹一首曲子，但是他办不到。因为他的那颗心已经飞到了女儿的身旁——同时，他也在眷恋着自己年轻时的爱妻，这个妻子如今已跟他形同陌路。他对大海的爱已经获得满足，然而对于家庭的爱，由于大卫跟伊莎贝拉仍然在赌气，所以至今仍然无法得到满足。

门突然被打开，刚刚大卫还在想念的女儿——蕾儿赫然出现于眼前。她脱掉了雨衣以后，穿着新嫁装的美艳年轻女子，光芒四射地站在门口。

"爸爸！"

蕾儿呜咽着叫了一声，父亲紧紧地拥抱着女儿。

蕾儿离去以后，家里的宾客云集，他们彼此打着招呼，说着笑话，愉悦地期待着婚礼的开始。新郎也到了，他是细瘦、黑眼睛的青年，有点儿腼腆，蹑手蹑脚地走到二楼的客房，但是很快又走了出来，在楼梯口碰巧遇到了史宾塞夫人。

"我想在下楼以前，先瞧瞧蕾儿……"青年染红了双颊说。

史宾塞夫人把宾客赠送的一匹法兰绒放置在堆满了礼物的桌子上面，再打开蕾儿房间的门，呼唤她。但是没有回应，房间里漆黑一片。感到蹊跷的伊莎贝拉从客厅桌子上面取来一盏油灯，往房间里面照探一番。小小的白色房间里，穿着白衣面带桃花的新娘已经不在了。不过，大卫的那封信却放在桌子上面。伊莎贝拉匆匆看了一下。

"蕾儿跑了！"

伊莎贝拉差一点就停止呼吸。她凭着直觉，知道自己的女儿到什么地方去了。

"什么？跑啦？"

法兰克的面孔变得苍白。看到法兰克惊讶的脸色，伊莎贝拉立刻清醒了过来，她冷静地说："法兰克，不用那么紧张！蕾儿并非要摆脱你……嘘……你过来，把房门关好。这件事情绝对不能让别人知道，否则的话，不成为笑柄才怪！那个傻女孩只是去河口看她的父亲。关于这件事情，我有百分之百的把握！她的父亲送那些东西给她，还有这封信，你也不妨看看。她一定是去恳求她的父亲来参加婚礼。真是一个神经兮兮的女孩子。牧师都来了。都已经七点半啦！她的新嫁装肯定已经被灰尘弄脏了。如果被别人看到的话，你叫我的脸往哪儿摆呀！"

法兰克很快就恢复了沉着。他早就知道蕾儿跟岳父之间的事情。

"那么，我这就去接蕾儿，"法兰克温柔地说，"请您把我的外套跟帽子带来，我悄悄地从仓库的楼梯上下去，再赶到河口。"

"那么，你要小心！"伊莎贝拉以她独特的方式，把喜剧跟悲剧混淆在一起，自以为很周全地说，"你千万别经过厨房，那儿有很多女人。我很不喜欢别人知道这件糗事。"

聪明的新郎从仓库的窗口爬了出去，接着，犹如一阵旋风奔过白桦树的森林。待他完全消失踪影后，伊莎贝拉才放下心来。

蕾儿到底还是跑到她父亲那边去了。她打破了好多年以来的束缚，犹如逃脱一般，奔到她父亲那儿去了。

"违反常情是行不通的，"伊莎贝拉想着，"看来，我是打了一场败仗。从他赠送那个宝贝茶壶判断，他仍然爱着我俩的女

儿——蕾儿。那么'快乐的一天'又是指什么呢？对啦，蕾儿
以前一定时常去找他，而且完全瞒着我！"

伊莎贝拉因为火大，啪哒一声关了仓库的门窗。

"只要傻女儿跟法兰克在别人还未察觉以前回来，我就可以
原谅她。"伊莎贝拉说着，走进了厨房。

当蕾儿用一双手环绕着父亲的脖子，坐在他的大腿上撒娇
时，法兰克气急败坏地进来了。蕾儿立刻跳了起来，那张脸飞
满了红霞。不过，她脸上的眼泪仿佛露水一般闪闪发光。

"噢……法兰克，是否太晚啦？你在生我的气吗？"蕾儿有
点儿胆怯地说。

"你别说傻话，我怎么会生你的气呢！不过我俩还是回去
吧，都快八点钟啦，大伙儿都在等着呢！"

"我在催爸爸参加咱们的婚礼，法兰克，你也帮帮我吧！"

"您最好参加吧，"法兰克由衷要求，"我也跟蕾儿一样，希
望您参加婚礼。"

想不到大卫依旧顽固地摇摇头。

"我不能进入那栋房子。因为有人把我赶了出来，又当着我
的面把门锁上。你不必管我的事情。在刚才那三十分钟里，我
跟女儿都已经体会到了幸福的滋味。我实在很想参加女儿的婚
礼，但那是办不到的。"

"爸爸，那并非办不到的事！"蕾儿以斩钉截铁的口气说，
"我一定要爸爸参加婚礼。法兰克，我想在爸爸的家里举行婚
礼！女儿在父亲家里举行婚礼是天经地义的事。你就回去对宾

客们这么说，并且把他们带过来吧！"

法兰克有一些困惑，大卫·史宾塞表示不赞成："蕾儿，如果你那样做的话……"

"只有这件事情，请爸爸听我的，"蕾儿的口气很温柔，但是不失坚决，"法兰克，你快点去！这以后的日子，我都听你的。不过，这一次无论如何你要听我的。法兰克，你就体谅一下吧！"

"嗯……好的。我认为你的想法很对。我只是在想——岳母不可能来这里。"

"如果母亲拒绝来此地的话，你就对她说，我不要举行婚礼好了。"蕾儿搬出了她的绝招。

法兰克大胆地从大门奔入，使伊莎贝拉惊慌失措。她挨到法兰克身旁，把他拖到没有人的餐室。

"蕾儿到底在什么地方呀？"伊莎贝拉很焦急地问，"你为何从大门奔进来呢？每个人都看到你啦！"

"看到与否都无所谓啦！反正非让大伙儿知道不可，蕾儿说要在父亲家里举行婚礼，否则的话，她就不要举行婚礼啦！我就是来告诉您这件事的。"

伊莎贝拉满面通红地说："蕾儿敢情是吃错药啦！好吧，一切悉听尊便，你就把宾客们都带过去吧！如果你愿意的话，晚餐也扛过去好啦！"

"我们会回来吃晚餐的，"法兰克无视于岳母的冷嘲热讽，说，"岳母大人，不要再执拗了。"

"你以为我会去大卫的家吗？"伊莎贝拉咄咄逼人地说。

"噢……岳母大人，您非去不可！"可怜的法兰克叫了起来。他很担心这一家三人的纠纷，使他永久地失去自己的新娘。"蕾儿说您不去的话，她就不举行婚礼。您也知道蕾儿说到做到。到时，大家会如何批评您呢？后果想必您非常清楚。"

关于蕾儿的脾气，伊莎贝拉非常清楚。虽然她的内心因为愤怒而翻腾，但是她仍然不想招来恶劣的批评。这使得伊莎贝拉镇静了下来。

"事到如今，我不去行吗？"伊莎贝拉以冷漠的口气说，"对于这个孩子，我只有忍耐啦。除此之外，我简直一点办法也没有呢！"

五分钟后，六十个宾客浩浩荡荡地出发了。牧师跟新郎走在行列的最前面，穿过牧场，朝河口走去。一伙人因为过度惊讶，竟然没有人讨论这件事。伊莎贝拉仍然在赌气，因此走在最后面。

一伙人"塞进"了河口那栋小房子，虽然人数众多，但仍然保持庄严的静默。只有在周围吹拂的海风，以及拍打岸边的小波浪声，划破了寂静。

大卫·史宾塞把他的女儿交给了法兰克。不过仪式完成以后，伊莎贝拉率先拥抱了女儿。伊莎贝拉苍白的脸上流下了瀑布般的泪水，流露出了充分的母爱。

"蕾儿……蕾儿……我的乖女儿，妈妈为了你的幸福会一直祈祷……"伊莎贝拉断断续续地说。

一大群想说出祝贺言词的宾客们，争先恐后地挤到这对新人旁边，而把伊莎贝拉挤到放置帆布的幽暗角落。她抬头一望，自己竟然被挤到了大卫身边！二十年后，夫妻俩的视线重新相遇。一种异样的兴奋闪过伊莎贝拉的内心，使她打了一阵哆嗦。

"伊莎贝拉……"大卫的声音在她的耳畔响了起来——那是充满了爱情与哀叹的声音——就是伊莎贝拉在少女时代，向她求婚的青年的声音，"如今，我要求你原谅我是否太晚了呢？我实在是又顽固又好面子。不过，这么多年来，我无时无刻不在想你，以及我俩的蕾儿……"

伊莎贝拉一直憎恨着这个男子。不过，她对他的憎恨，仿佛是被飘荡到天空中的落叶，根本就没有扎根在地里。以致他的那些话使她的憎恨心枯萎了，旋即又产生了昔日一般无瑕的美妙爱情。

"噢……大卫，一切都是我的过错……"伊莎贝拉断断续续地嗫嚅着。

待握手、祝贺，以及骚动告一段落以后，伊莎贝拉走到众宾客面前，双颊绯红，两眼炯炯发亮，乍看起来似乎是一个少女，甚至给人一种她是新娘的错觉。

"好啦，大伙儿请回去吃晚餐吧！"伊莎贝拉欢天喜地地说，"蕾儿，你的爸爸也要来。而且他要一辈子跟我住在一起……好吧，大伙儿都回去吧！"

一群人越过宁静的秋天牧场，一路笑谈着走了回去。因为月亮已经爬到了山丘上面，整个山丘被染成了银白色。年轻的新人走在最后面，看起来甚为幸福。不过，他俩的幸福感比起走在最前面的——一对老新娘老新郎，简直是小巫见大巫。大卫握着伊莎贝拉的手，欢喜的泪水使他的两眼模糊，时时看不到月光照耀下的山丘。

"大卫……"在越过矮篱笆时，伊莎贝拉对丈夫嗫嚅着，"你能原谅我吗？"

"没有什么原谅不原谅的，"丈夫回答，"我俩不是刚刚才结过婚吗？你听说过，在这种场合之下，新娘说'原谅不原谅'的话吗？我们从头再来吧，我亲爱的好妻子。"

第四章

母性的光辉

当罗雪达·爱莉丝小姐在额前头发上贴着卷发纸，用方巾束着后面的头发，在枞树下的庭院，挥动客厅的地毯时，巴达森先生开着马车过来了。

罗雪达小姐虽然看到巴达森先生从红色的山丘下来，但是她认为对方不可能那么早来找她，所以就没有避开。当有人来拜访，而碰巧罗雪达小姐贴着卷发纸时，她必定会奔入屋里，慌慌张张地把卷发纸取掉。不管来的是男人或是女人，甚至不管是否是涉及生死的大事，必须耐心地等着她，直到她取下卷发纸。关于这件事，艾凡利的男女老少都知道得很清楚。

但是，由于巴达森先生闪电似的把马车开入小径，罗雪达小姐根本就来不及奔入屋里。她只好尴尬万分地扯下方巾，不情愿地把卷发纸留在额前的头发上，尽量使自己沉着地站在那儿。

"罗雪达小姐，早啊！"

由于巴达森的口气很悲痛，罗雪达小姐猜想，他很可能带来了坏消息。在通常的日子里，巴达森都是一脸笑嘻嘻的，仿佛是遇到丰收的庄稼人！今天，他却是满脸忧伤，声音也是阴阴郁郁的。

"巴达森先生，你早！"罗雪达小姐开朗地打了一个招呼。她认为在还不明就里的状况下，不应该摆出一张苦瓜脸。

"今天的天气真好！"巴达森先生很沉重地说，"我是从斐勒先生那儿来的。罗雪达小姐，说起来实在很可怜……"

"是不是夏洛生病啦？"罗雪达突然叫嚷起来，"是不是夏洛的心脏病又发作啦？我就知道，早晚会听到这种坏消息的。像她那样，一天到晚坐在马车上东奔西跑，不惹出心脏病才怪。我每次出门都不曾看到她用两条腿走路，总是坐马车……

"夏洛未免也太懒了吧！那一片农场任由佣人去糟蹋，如果是我的话，我才不会那样做。巴达森先生你实在太好了，千里迢迢地来告诉我夏洛发病的消息，真是太难为你了。不过话又说回来，夏洛生病跟我又有什么关系呢？巴达森先生，想必你也非常清楚，夏洛根本就没有姐妹间的情分。她竟然在不通知我的情况下，嫁给了地痞耶可夫·斐勒……"

"斐勒太太健康得活蹦乱跳，"巴达森打断罗雪达的话说，"斐勒太太啥毛病也没有，实际上，我只是……"

"好啊！既然夏洛好端端的，你为何来此地危言耸听，你想把我吓个半死对不？你到底安着什么心眼？"罗雪达小姐越说越气，"我的心脏也不怎么好——这是我们家族的遗传病——医生叮嘱我不能过度兴奋，也不能受到惊吓。我一向尽量避免兴奋。巴达森先生，就算夏洛心脏病发作，你也千不该万不该，叫我为此激动起来呀！"

"真是秀才碰到兵，有理说不清。我并没有存心让你激动呀，我只不过要对你说——"

"到底要说什么来着？有话快说，巴达森先生，你是悠闲的人，多的是时间，我却整天忙得团团转！"

"你的妹妹斐勒太太，叫我告诉你有关你们堂妹的信件的事情。据说你堂妹住在夏洛镇，她的夫家姓罗伯……唉……她叫什么来着？"

"她叫琼·罗伯，"罗雪达小姐插了嘴，"婚前叫琼·爱莉丝。她又对夏洛说了些什么呢？老实说，我一点也不想知道。当然啦，夏洛想跟谁通信，那是她的自由，我绝对不加以干涉。如果说琼有什么话要交代，她应该写信给我才对。因为我是姐妹里最年长的一个。夏洛不跟我商量，哪有权力从琼那儿得到信件呢？夏洛一向喜欢偷偷摸摸。她要结婚时就是那种德行，连一句话也不曾对我说，就悄悄地嫁给了地痞流氓耶可夫·斐勒。"

"罗伯太太的病情很严重，"巴达森到此时才进入正题，"事实上，她可能活不成了，所以……"

"你说什么？琼生病啦？琼活不成了？"罗雪达小姐大声地叫嚷起来，"这怎么可能呢？我从来就不曾看见过比她更健康的姑娘。不过，自从她在十五年前嫁人后，我就始终不曾见过她，她也没有给我写过信。听说她的丈夫待她很冷淡，致使琼日益消瘦憔悴。我一直都不相信所谓'丈夫'这东西。你瞧瞧夏洛的情形，大伙儿都知道耶可夫·斐勒如何对待她。其实，这也怪不得耶可夫，不过……"

"琼的丈夫死了，"巴达森说，"他死于两个月以前，他们夫妇俩有一个六个月大的女儿。罗伯希望夏洛能够收养那个女孩。"

"是不是夏洛专程叫你到这里来告诉我这件事？"罗雪达有些焦急地说。

"不，斐勒太太只让我告诉你琼生病的事情，并没有让我提她收养那个女孩的事情。只是——我认为告诉你比较妥当……"

"我懂，"罗雪达小姐颇不以为然地说，"这是想当然的事情。夏洛连琼病重的事情都不曾告诉我，在以前，琼跟我非常要好，所以夏洛很担心我会抱走琼的孩子。其实没有谁比我更适合领养那个孩子了。因为我是姐妹里的老大，具有丰富的育儿经验。夏洛虽然结了婚，但是她可不能管我们两家的事儿。"

"啊！我得走啦！"巴达森说罢，拿起了缰绳。

"真高兴你来告诉我有关琼的事情。如果你不来告诉我的话，我将一直浑然不知。谢谢你的赐告，那么，等一会儿我就到城里跑一趟。"

"如果你想比夏洛早些抵达的话，你非赶时间不可！"巴达森先生提醒罗雪达，"你不妨现在就准备旅行箱，搭明早的火车去吧。"

"那未免太晚了，我现在就要准备旅行箱，下午就搭火车走！"罗雪达犹如胜利者一般说道，"我要叫夏洛领教一下，谁比较厉害……"

不过，巴达森先生已经驱着马车走了。他完成了自己的任务，也不想听到罗雪达抱怨有关耶可夫·斐勒的一切事情。

罗雪达跟夏洛已经整整十年未曾说过话。在这以前，她俩居住于白沙镇的爱莉丝家。自从她俩的父母亡故以后，姐妹俩就相依为命地生活在一起。一直到耶可夫·斐勒对夏洛表示好感时，姐妹俩的感情才产生了变化。在这两个已经不算年轻，又不算很漂亮的姐妹中，夏洛比较年轻，而且长得比姐姐罗雪达标致。一开始，罗雪达就不赞成他俩在一起，更公开地表示她讨厌耶可夫·斐勒。

况且有很多人都异口同声地说，耶可夫·斐勒应该爱姐姐罗雪达，而不应该爱妹妹夏洛。正因为如此，罗雪达每天都在非难夏洛和斐勒。

有一天早晨，夏洛跟斐勒偷偷地溜出去，在罗雪达不知情的情况下结了婚，使得罗雪达不肯原谅夏洛。夏洛也不原谅罗雪达对她跟斐勒的讥笑与难堪。

从此以后，姐妹俩就变成了公然的敌人。唯一的不同点是——罗雪达时不时地对别人发牢骚，而夏洛却是始终不曾提起罗雪达的名字。结婚后五年，斐勒亡故，但两姐妹仍然形同陌路。

罗雪达拿掉卷发纸，准备好了旅行箱，搭上去夏洛镇的午后班车。在车厢里，她笔挺地坐着，内心里想着如何跟夏洛周旋。她准备对妹妹说："夏洛，你不适合领养琼的孩子。如果你有这种打算的话，那么，你就大错特错了。你不要再搬出你已经结过婚的事实，就算你结了婚，你仍旧不懂得该如何带孩子。至于我呢，当然比你懂得多。像威廉太太去世以后，我就带过她的孩子。

"夏洛，你不服气是不是？可是事实胜于雄辩。孩子在我的照料之下不是长得很好吗？关于这一点，你不想承认也不行！既然事实摆在眼前，你就不要厚着脸皮想收养琼的孩子了。如果你真的这么做的话，就未免太不识相啦！

"你还记得吗？当威廉再婚，把孩子带回去时，那孩子不是扑在我身上，仿佛我是他的亲生母亲一般，哭得像一个泪人儿吗？你分明看到了这种情形，还好意思说要收养琼的孩子呢！我看，你就识相一点，不要再存非分之想。反正，孩子是归我的。你胆敢阻扰，你就阻扰吧！你是什么东西呀！跟野汉私奔、结婚，竟然不让身为姐姐的我知道，这成什么体统呀！如果我那样做的话，将会毕生都感到羞耻而抬不起头来呢！"

罗雪达如此打着如意算盘，又迫不及待地在脑海里描绘琼的孩子的未来，以致到夏洛镇的旅途虽然很漫长，但是她一点也不曾感觉到无聊。她下了车以后，很快就找到了堂妹居住的屋子。但是一进入屋里，她就感觉到又悲哀又失望，原来，琼在当天的下午四点钟左右就去世了。

"在没有艾凡利亲人的讯息前，她坚强地活着……"告诉罗伯夫人死讯的妇人说，"她曾经写信给艾凡利的亲人，希望他们领养她的女儿。罗伯夫人是我的义妹，自从她丈夫去世以后，她们母女俩就在我那儿生活。我们已经尽了全力。我无力养育这个女孩。可怜的琼，一直望眼欲穿地等着艾凡利的亲人，但是她已经支撑不下去了。她很痛苦，但是很有耐力！"

"我是罗伯太太的堂姐，"罗雪达一面抹着眼泪，一面说，"我是来带婴儿的。待葬礼结束以后，我就把婴儿带回去。对不起……哥顿夫人，你现在就带我去看看婴儿好吗？这样的话，她就能够很快地熟悉我，不至于怕生。可怜的琼！如果我来得及看她最后一面就好了。以前，琼跟我很合得来呢！琼对我很好，她对我的感情远远超过对夏洛的感情。关于这一点，夏洛必定很清楚。"

哥顿夫人听了罗雪达这一番话，一时拿捏不准她要表达的意思，但是仍然把她带到婴儿在睡觉的二楼房间。

"噢！真可爱！"一看到婴儿，罗雪达就欣喜地叫起来。她那一层古怪的老小姐外皮脱落了，显露出了深藏于内心的母爱，"噢！多么可爱，多么漂亮的孩子！"

婴儿确实非常可爱——她有一头金黄色的鬈发，而且还在闪闪发光！罗雪达又情不自禁地叫了起来："噢！真可爱！好漂亮的婴儿！"

罗雪达把身子俯在她身上时，婴儿睁开了眼睛，伸出她的两只小手，以充满信赖的表情，发出咕咕的声音。

"天哪……实在是太可爱了！"罗雪达伸手抱起了婴儿说，

"你是属于我的！好孩子，我绝对不把你交给卑劣的夏洛！哥顿夫人，婴儿叫什么名字呀？"

"罗雪达小姐，婴儿还没有取名字呢，你得帮她取一个名字。"

"那就叫卡美拉·琼吧！"罗雪达毫不犹疑地说，"琼这个字取自她母亲。至于'卡美拉'三个字嘛……我一直认为它是世界上最漂亮的女孩子的名字。如果夏洛来抚养这孩子的话，她一定会替婴儿取一个野蛮的名字。想起来也怪可怜的！对于一个无辜的婴儿，绝对不能让夏洛取一个不雅的名字。"

罗雪达决定留在夏洛镇一直到葬礼结束。那夜，她用手抱着婴儿睡觉，听着婴儿小小的打鼾声。罗雪达一直没有睡着，实际上她也不想睡，索性睁开一双眼睛胡思乱想。她认为这样比进入梦乡要好得多。偶尔她也说几句损夏洛的话。

罗雪达以为第二天的早晨夏洛会出现，便在内心里准备着该如何去迎战。谁知第二天仍旧没有夏洛的影子。罗雪达感到困惑。到底发生了什么事情呢？会不会听到我抢先一步来到夏洛镇，在惊讶之余，夏洛的心脏病又发作了呢？很可能。既然是一个连地痞流氓都肯嫁的女人，那有什么事情做不出来呢？

事实上，是罗雪达从艾凡利出发的那一晚，夏洛所雇用的长工折断了腿骨，夏洛必须把他送上快车，让他回到故乡疗养。因此，直到找到替代的长工，夏洛都无法离开家里。待琼的葬礼办完的那晚，夏洛奔上哥顿家的阶梯时，差一点就跟抱着白布包的姐姐——罗雪达撞了个满怀。

两个女人以挑战的眼光彼此凝视一番。罗雪达的脸受到那天下午葬礼的影响，仍然带着安详而肃穆的表情。至于夏洛，除了那双眼睛，整张脸都没什么表情。罗雪达的个子高挑，肤色白皙，长得丰满。夏洛却长得娇小，肤色稍黑，身材瘦小，有着一张受尽折磨的脸。

"琼到底怎么啦？"夏洛打破了十年以来的沉默问道。

"琼已经下葬了。真可怜！"罗雪达很镇定地说，"我现在正要把琼的婴儿带回家。"

"那个婴儿是我的！"夏洛激烈地叫嚷起来，"琼答应把那个婴儿交给我抚养。在她活着的日子里，她已经说过很多遍了。所以我今天才来带她回去啊。"

"那么，我劝你还是空手回去吧！"罗雪达以胜利者的口吻说，"这个婴儿是属于我的！以后她仍然一直属于我。你就承认这个事实吧。反正动不动就跟人私奔的女人，根本就没有资格抚养婴儿。你的耶可夫·斐勒又是……"

但是，夏洛再也不想听罗雪达的嘀咕，走过她的身边，径直奔进屋子里面。罗雪达悠哉地坐着马车到火车站。她感到非常得意，而且这种得意又夹杂着奇妙的满足感。夏洛终于跟她说话了。但是她并没有分析这种满足感，更懒得为它下定义。

罗雪达跟婴儿卡美拉平安地回到了艾凡利，在还不到十小时之内，村子里的人都知道了这件事情。有些好管闲事的女人三五成群地到罗雪达家里看婴儿，而且每个人都称赞婴儿漂亮。

一天后，夏洛默默无语地回到了她的农场。艾凡利的乡亲

都安慰她，对失望透顶的她表示同情，但是毫无用处。自始至终，夏洛一语不发。由此可见，她的失望有多大。

一个星期后，卡摩迪的店主布雷亚说出了一件奇怪的事情。那就是——夏洛来他的店里买了上等的法兰绒、洋纱布，以及高级的花边。夏洛买那些东西的用意何在？就连布雷亚也无法猜到！在通常的日子里，布雷亚只要一看到顾客买什么东西，他就知道对方有什么用途，唯有这一次，他因为猜不出这谜题而感到头昏脑胀。

在罗雪达拥有婴儿卡美拉的一个月里，她都在欢欣的心情下过日子。正因为感到沾沾自喜，她几乎不再谩骂夏洛。而且她把昔日一直诅咒斐勒的时间，完全用在了卡美拉身上。艾凡利的人们都认为这种安排非常理想。

某天下午，罗雪达暂时离开在摇篮里睡觉的卡美拉，到庭院的一端摘取无籽葡萄。因为有一大片樱花树阻挡视线，罗雪达便打开厨房的窗户，这样如果婴儿醒来啼哭，她一定可以听见。

罗雪达一面摘着葡萄，一面哼着歌儿。自从夏洛跟耶可夫·斐勒结婚以来，这是她第一次真正品尝到幸福的滋味——内心再没有任何足以使憎恨进入的间隙。罗雪达开始想象未来的岁月，她幻想着长大成人后美丽动人的卡美拉。

"那孩子一定会长成美女，"罗雪达很高兴地想着，"因为她母亲长得很标致。我要为她缝制最好、最上等的衣服。我非买一架风琴给她不可。同时，我也要她学绘画和音乐，时常为她举办派对！等她长成大姑娘时，一定要为她举办一场豪华的成人派对，叫她穿上最好的衣服。唉……我巴不得那孩子一下子就长成少女呢！不过，有时我也希望她一直停留在婴儿阶段，因为她是那样的惹人疼爱。"

罗雪达进入厨房时，第一个进入她眼帘的是空荡荡的摇篮。卡美拉不见啦！

罗雪达尖叫了起来。她只看了一眼就知道发生什么事情了。才六个月大的婴儿，怎么能够从摇篮里爬起来，在不借他人之手的情形下，从紧闭的门户消失呢？这是万万不可能的！

"好啊！夏洛来过这儿啦！"罗雪达呻吟了一声，"一定是夏洛把卡美拉抱走的！我实在太不谨慎啦，事先就应该好好地预防才对！其实在听说过夏洛买法兰绒时，我就应该想到这一点了。这种卑劣的手法也只有夏洛干得出来！哼！我不会让你如愿的！我要把卡美拉抱回来！你等着瞧吧，我罗雪达可不是好惹的！"

恰如神经错乱一般，罗雪达火速地爬上山丘，再走下海边的街道，来到了斐勒家的农场。因为心乱如麻，罗雪达忘了自己的额前夹着卷发纸。

此刻风儿正朝着外海吹拂，海湾的水面掀起了微微的波浪，羊毛般的碎云片，瞬间在蓝色的水面投下了影子，使得海水的颜色看起来更深。

小小的灰色房子，就在沙沙作响的波浪旁边。刮大风时，海水几乎可以溅到门口的台阶。

罗雪达一奔到门口，便迫不及待地击鼓似的叩拍大门，但是任由她怎么用力，一点反应也没有。她绕到了屋子后面疯狂地拍打厨房的门，还是没有任何反应。罗雪达试着打开门，这时，她才发觉门儿已经上了锁。

"做贼心虚了吧！"罗雪达以轻蔑的口吻说，"为了跟那个贼婆子周旋到底，就是整夜待在这个庭院里，我也不在乎。"

罗雪达是一个说到做到的妇人。当她壮起胆子爬到厨房的窗户一瞧时，由于激怒，胸口感到阵阵疼痛。原来，夏洛把卡美拉抱在大腿上面，很沉着地面对着桌子坐着。她的身旁有一个装饰着花边的摇篮，椅子上面放着婴儿的新衣服。

婴儿此刻穿着新衣服，好像已经习惯于新的所有者，一会儿嘻笑，一会儿咕咕嘟哝着，她甚至用胖嘟嘟的手轻拍着夏洛。

"喂！贼婆娘夏洛！"罗雪达拍着窗户大叫，"我来带婴儿回家！你赶快把我的婴儿抱出来还给我！快点，你这个杀千刀的贼婆娘！你敢情是吃了熊心豹子胆，竟敢到我家劫婴儿！好不要脸的贼婆娘！你快把卡美拉抱还给我呀！"

夏洛抱起了婴儿，得意地闪动着眼睛，走到窗边说："这里没有叫卡美拉的婴儿！她的名字叫芭芭拉·琼，是我的孩子！"

夏洛说完了这句话，立刻拉上了窗帘。

到了这种地步，罗雪达只有回家了。除此之外，她什么点子也使不出来了。在中途，她碰到了巴达森，因此对他发了一阵牢骚，发泄一下内心的怒气。到了那晚，一对姐妹"斗智"的事儿就传遍了整个艾凡利，叫人啧啧称奇。艾凡利这地方，诸如此类的话题已经很久不曾传开来了。

自从夏洛抱回芭芭拉·琼以后，她整整过了六个星期快乐如梦般的生活。在这期间，罗雪达感到异常寂寞，一颗心几乎破碎了。自从卡美拉被抱走以后，她无时无刻不在想着夺回卡美拉的计划。不过似乎很困难，否则，她早就动手了。据夏洛的佣人说，夏洛日夜都不离开婴儿，就算是要去挤牛奶，也会把婴儿一块儿带走。

"不管夏洛如何的耍心机，总有一天，我会抢回卡美拉的，因为她本来就属于我，"罗雪达自言自语地说，"就算她被叫成芭芭拉长达一个世纪，仍然不能改变她属于我的事实。芭芭拉这个名字好俗气！真亏夏洛想得出来！"

在十月的某个下午，当罗雪达一面摘着苹果，一面伤心地想着失去的卡美拉时，看到一个女人爬上山丘，上气不接下气地奔入庭院。罗雪达惊叫了一声，丢掉了手中的苹果篮子。

这件事几乎叫她不敢相信！因为那个女人竟然是夏洛！打从十年前，她跟耶可夫·斐勒私奔结婚以后，一次也不曾踏进家里。她没有戴帽子，犹如发狂一般，眼神涣散，手足无措地哭号着。

罗雪达飞奔到夏洛身边说："你一定是把卡美拉烫死了，对不对？我早就知道你会招来这种祸端——我早就预料到了！"

"噢……算我恳求你！你快点跟我来吧！罗雪达，芭芭拉痉挛了！可是我不会处理。我的佣人已经去请医生了，可是你住得最近，又有经验，所以我就来请你去看看。洁妮·怀特正好

在我那儿，我让她暂时照料一下芭芭拉。

"姐姐，好姐姐！你就不要再计较以前的事了！你原谅我好吗？请你发发慈悲，跟我回去看看芭芭拉吧！姐姐，我知道你比我聪明，当年，爱莉丝家的男孩子痉挛时，你曾经救过他。姐姐，我求求你，你赶快救救芭芭拉吧！"

"你是在说卡美拉吧？"虽然心乱如麻，罗雪达仍然如此的问。

在一瞬间，夏洛愣住啦！但是她还是用力地说："是啊！是啊！就是卡美拉！你要如何称呼她都可以，只要你赶紧跟我去就得啦！"

罗雪达在千钧一发时救回了卡美拉的一条命。医生远在八英里外的市镇。在姐妹俩以及洁妮的竭力照顾下，到了日落黄昏时，婴儿才好不容易睡着了。医生驾临以后，力赞罗雪达的处置方式很高明，说她救回了婴儿的生命。

累得不想动弹的罗雪达吐了一口气，深深地坐进一把挂肘椅子里面。

"好吧，夏洛！你蓄意从我那儿偷走了婴儿。现在你应该明白自己没有抚养婴儿的资格了吧，你实在叫人感到头大——这也难怪啦，肯嫁给坏蛋耶可夫·斐勒的女人，哪儿会有良心。"

"我……我只是想要一个婴儿，"夏洛一直颤抖着身体抽泣，"在这里，我一直过着很寂寞的日子。琼写过信给我，表示愿意把婴儿送给我抚养，不过这个孩子的命是你救回来的。所以……姐姐，我想把孩子还给你。

"但是一想到要离开这个孩子，我的心就如刀割一般……啊！姐姐，我能够时常去看卡美拉吗？因为她实在太可爱，太可爱啦……我实在舍不得。"

"夏洛，"罗雪达以斩钉截铁的口吻说，"依我看，你就跟婴儿一块儿回家去吧！这样才是最聪明的选择。为了偿还这个农场的贷款，你日夜辛苦，不停地工作。你不如把它卖掉，回到我们家里来。如此一来，婴儿不就变成我俩共有的了吗？"

"啊！姐姐，我巴不得那样呢！"夏洛的声音在颤抖，"我……我……我一直想跟姐姐言归于好呢！可是我认为你还在生我的气，还在怨我，所以我一直不敢开口。"

"或许，我说的话太过火了吧！"罗雪达表示让步，"不过，你一定也明白，我所说的那些话并没有恶意。最叫我恼火的就是我数落你的不是时，你完全保持沉默，以消极的态度反抗我……好啦！过去的事情就让它过去吧。夏洛，你跟我回家吧！"

"我会跟姐姐回家，"夏洛说，"我再也忍受不了这里的生活方式以及佣人的态度。姐姐，真高兴能回家。姐姐，恕我说句你可能恼怒的话，我的生活的确很苦，可是我是爱着耶可夫·斐勒的。"

"是啊，是啊！那又不是罪大恶极的事！"罗雪达爽快地说，"的确，斐勒虽然懒惰了一些，但是仍不失为一个好人。好啦！如果有人胆敢在我面前说斐勒的不是，我就叫谁吃不了兜着走！夏洛，你瞧瞧那个孩子，世上竟然有那么可爱的孩子。你能够跟我回家，我非常高兴。自从你走了以后，我一次也做不成腌芥子呢！因为你一向是做这个的高手呀！今后，我们姐妹俩又能够——噢！不，不！连同卡美拉都能够过快乐的日子啦！"

第五章

梦幻的孩子

男人的心——其实女人的心也一样——一旦到了春天就会变得轻飘飘的。到时，复活的精灵将到处游荡，并且用发光的手指叩打着墓碑，从冬天的坟墓里把世界的生命呼唤出来。那种"生命"会震撼人心，使人体会到孩童时代的纯真喜悦。除此以外，它也能够使人们的心灵苏醒过来，有时，甚至会把我们带到神的身边。春天是个叫人感到惊异与清醒的季节，恰如天使对一切的创造喜悦地拍手喝彩般，是个内外皆充满了欢喜的季节。

但在那一年——梦幻中的孩子闯入我们生活的那一年春天，我却非常憎恨春天。

在这以前，我一直热爱着春天。而我所获得的幸福，多数的幸福——一到了春天就会开出璀璨的花朵。约瑟芬跟我彼此相爱，春天也知道我俩的恋爱。这以后，每一个春天都变成了我们爱情的见证，并且我们在一个最美丽的春天里结成连理。

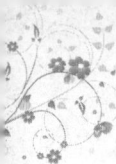

约瑟芬犹如芦苇一般细瘦，姿态犹如母鹿一般优美。她的一头黑发光泽而蓬松，她的眼睛犹如万里无云的六月天空般碧蓝。漆黑的睫毛很长，小小的朱红色嘴巴，遇到高兴或悲伤，或对我蜜语呢喃时，都会微微颤抖。那时，我就会深情款款地拥吻她。

在有一年的春天我们结婚后，我带着约瑟芬到古老灰色的港口，住进我那栋古老的灰色房子。艾凡利的人们都说，这种寂寞的地方不适合年轻的新娘居住。事实上并非如此，即使我不在家，约瑟芬也生活得很幸福。

约瑟芬喜欢不断活动着的港口，以及对面隐隐出现的无际海原，也喜欢自从开辟以来就一直与岸边会合的海潮、海鸥、波浪的声音，和傍晚吹过防风林的风儿的呼啸声。同时也非常憧憬于月亮东升、太阳西斜的景色。她如醉似痴地爱上星星落进海中，又宁静又温馨的夜晚。约瑟芬根本就不认为那儿会叫她感到寂寞。

当婚后第三个春天来临时，我的约瑟芬生下了一个男孩子。在那时，我们以为自己很幸福，现在想起来，那只不过是很快乐的美梦。不久以后，我们就在现实环境之中清醒了过来。

在刚结婚不久时，我俩以为彼此的爱情就足够换得全部的幸福！事实上，一直到我们儿子的诞生，我凝视着妻子那张苍白、疲惫，却因为人母而泪眼模糊的脸蛋时，方才顿悟我俩的爱情至今才算真正巩固。

"自从生下了婴儿，我的想法都像诗一般美呢！"有一天，妻子如此对我说。

我俩的儿子活了二十个月。他很健康，开始学会走路不久的小捣蛋，浑身充满了蓬勃的生气，每天都笑声不绝，却在某一天得了一种急病，在不到一个小时的时间里就死去了。

我根本不相信那是真的——我真想大声一笑时，事实却仿佛是烧红的铁板，牢牢地烙进我的内心。

对于儿子的死，我也跟任何男子一般悲叹哀痛，然而父亲的心毕竟不同于母亲的。俗话说"时间能够冲淡悲哀"，然而对约瑟芬来说并不如此。流逝的时光一点也没有医好约瑟芬丧子的创伤。约瑟芬始终快乐不起来，双颊失去了红霞，以往朱红色的嘴唇，现在已经毫无血色。

我希望春天能够给约瑟芬带来奇迹。随着春天气息的增浓，花蕾开始膨大，苍老的大地沐浴着阳光，树叶日益转为醒目的翠绿，海鸥也纷纷飞到灰色的港口——就连港口的灰色也逐渐地转变成金黄色。

我以为大地回春以后，妻子就会重现她的笑靥！想不到我的期待落空了，春天不仅不曾带来和乐，反而叫梦幻的孩子来扰乱我们！使得我从日出到日落，吃饭、睡觉等的日常生活都不得安宁，每一分钟、每一秒钟都充满了恐惧。

某夜，我午夜梦醒时，发现床上只有我一个人。我以为妻子在屋里做着某些事情，因此倾耳细听，但是我只能听到海岸的波浪声，以及远处大海的呻吟。

我索性爬起来，在屋里寻找，妻子并不在屋里，怎么也找不到她，于是我来到了海边。

在朦胧的青白色月夜之下，港口看起来像阴间地府一般。连带的，这样的夜晚也叫人想起宁静的死人面孔，而身边正刮着阴森森的冷风。

旋即，我就看到妻子从岸边向我走来。一看到她，我就知道自己所怀抱的恐怖感有多深。她接近我时，我发觉她在哭泣。她的脸上充满了泪痕，黑色的头发仿佛孩子的头发一般，垂在肩上。她看起来似乎很疲倦，偶尔甩甩她的一双手。

当她看到我时，一点也不表示惊讶，不过仍然隐藏不住她的喜悦，向我伸出她的双手。

"我在追那个孩子——不过，老是追不到他呀！"妻子抽泣着说，"我拼命地追，可是那孩子总是在我的前面。不久以后，他就消失得无影无踪了，我只好又走回来……你不知道我跑得多快，但是老赶不上！哎哟！我累死啦！"

"约瑟芬，你到底在说些什么？你到底去哪儿了？"我抓着妻子的手问，"你为什么如此狼狈呢？你为何一个人到处乱跑？"

约瑟芬以怪异的眼光看着我："我也没有办法呀！大卫，那个孩子在呼唤我啊，我能不去吗？"

"到底谁在叫你呀？"

"就是那个孩子啊！"她如此嗫嚅着，"大卫——就是我们的小可爱呀！我在一片黑暗中清醒过来时，听到那孩子在海岸边呼唤我。那是很悲伤的幽幽哭声。大卫，那很像又冷又寂寞的孩子在向母亲求助。我急忙跑到外面瞧瞧，但是连那孩子的影子也看不到。不过，我分明听到了他的声音。

"我就一直循着声音的方向追过去，一路追到了海岸。我拼命地追着那声音，一心一意地想追到它，但是我老是办不到。有一次，我看到前面，月光照耀之下有一只小手在挥动，但是我却不能很快地跑到那儿。

"不久以后，孩子的哭泣声停止了。待我清醒过来时，发现只有我一个人伫立在又冷又黑的海边，我好累，因此就闷闷不乐地跑回来啦！唉！如果我能够找到那孩子，该有多好！或许，那孩子不知道我正拼命地找他吧！或者他认为——不管他如何的大声呼叫，母亲还是不会理他吧！唉！真希望他没有这种想法。"

"约瑟芬，你一定是做恶梦了！"

我试着以平常的声音说着，但是内心突然感觉到一阵阴森的恐惧感。虽然我是男子汉，但是很难以自然的声调说出这句话。

"我才不是做梦呢！"妻子以非难的口吻说，"我真真切切地听到那个孩子在叫我——呼叫着我呢！在这种情形之下，我能不到他那儿去吗？你是不会懂的——因为你只是他的父亲。他是我生下来的！对于那个孩子的丧命，你并不会感到切肤之痛。所以那孩子不会呼叫你——他只是在呼叫母亲，求助于母亲。"

我把妻子带回家，劝她好好休息。她很顺从地躺到床上，

由于实在太疲倦，很快就睡着了。但是我再也无法合眼，在恐惧的心理下，睁着眼睛看着天色发亮。

我跟约瑟芬结婚时，她的一个亲戚告诉我说，约瑟芬的奶奶疯了半辈子，因为她疼爱的孩子死了，悲痛过度使她的神经错乱了。最初的征兆是——夜夜去寻找穿着白衣的梦幻孩子。根据她的说法，那个孩子不停地呼叫她，用他苍白的小手招引着她，要把她带到遥远的地方。

当时，我听到这段话时，只是微微一笑。我在心里认为——那种阴森、古老而已经逝去的事情，跟春天、爱情，以及约瑟芬又有什么关系呢？但是事到如今，那一段古老的神话，跟我内心的恐怖连成一体，苏醒了过来。那种命运会不会降临到我心爱的妻子身上呢？我感到极大的恐怖。

或许她做了一场恶梦，以致清醒过来后头脑里一片混乱，才有那种古怪的行动——我如此安慰自己。

第二天醒来后的妻子，并不提起昨夜发生的事情。我也不想提起它。那一天，我的妻子跟平常一样，很轻快地做着家务。我的烦恼已经烟消云散。到此我更相信，妻子只是做了一场恶梦。接下来的两个夜晚完全没事，以致我更进一步肯定了自己的看法。

万万想不到，在第三天的夜晚，梦幻的婴儿又再度来呼唤我的妻子。我从熟睡中醒过来时，发现妻子正急着穿衣服。

"那孩子又在呼叫我啦！"她嚷了起来，"你真的听不到吗？你听不到他的声音吗？你仔细听听——你仔细听听呀！你听！

那种细微的孤寂的哭声实在叫人断肠呢！好啦，好啦！小心肝，好啦！不要再哭啦！妈妈就过去，你等着妈妈，不要跑开哦！妈妈这就去找你！"

我抓起妻子的手，希望她带我到她想去的地方。我俩就手携着手，在透过云间的月光照耀之下，追着梦幻的孩子。妻子说，那种幽幽的哭泣声老是从她的前面传过来。她哭泣着恳求梦幻的孩子等她，并且以母亲特有的温柔语调跟"他"说话。然后很遗憾的，她又听不到那种声音了。于是，我带着哭泣着的妻子回到家里。

那个春季，实在叫人恐怖万分，想不到那么宜人的春天会弥漫着如此恐怖的气氛。

那种叫人懒洋洋的日子里，太阳几乎每天都悬在蓝色的天空里，刚长出青翠的草儿的大地，时常受到柔和雨水的灌溉，水仙、紫罗兰、马兰花在争奇斗艳，果树园变成了淡红色及白色的妖精王国。小河的潺潺流水声，小鸟儿的美妙歌唱声……曼妙的春之喜悦弥漫于大地的每一个角落。在这个宜人的季节里，梦幻的孩子几乎每夜都在呼唤着母亲，为了寻找梦幻的孩子，我俩一直在灰色的岸边徘徊。

在大白天里，我的妻子跟平时没什么两样，然而一旦天黑下来，听到了梦幻的孩子的呼叫声时，她就会立刻感到不安，即使伸手不见五指的黑暗都挡不了她，她立刻如一支箭般冲出去。她说可爱的心肝宝贝因害怕暴风雨而哭了。为了急着赶上梦幻的孩子，我的妻子总是很焦急地往前奔。我的内心虽然感到异常痛苦，然而仍旧一会儿前一会儿后地引导、规劝她。接下来，再把因找不到孩子而悲叹的妻子，在说尽好话之下，带回家里。

为了不让别人知道这件事，而到处散布谣言，我始终没有把这件事张扬出去，而是单独品尝着这种苦果。我们在附近并没有亲戚——值得分摊劳苦的亲戚。正因为如此，我只好一个人默默地承受。

不过，我认为医学方面的意见不能忽视，于是我对一位老医生说出了一切。医生在听完我的叙述后，一张脸变得很严肃。他说，对于这种症状，人力并不能起什么作用。只要时间一到，她自然就会好起来。最好是尽量顺从她，仔细地照顾她，并且保护她。这些话，不是等于没有说吗？

春去夏来——恐怖更深一层，又是一连串暗无天日的日子。我知道人们开始在散布我们夫妻俩的事情。

在某个叫人慵倦的下午，梦幻的孩子又呼叫起来。这时我知道"最后阶段"已经接近了。六十年前约瑟芬的奶奶，就是在白昼听到梦幻的孩子呼唤时，走到了人生的最后旅程。我说给医生听时，他的表情更为沉重，郑重其事地对我说，我非得有旁人协助不可。

他说，我不可能日夜都无休止地看守着妻子，除非有人来协助我，否则的话，我非倒下去不可。

我认为自己不会轻易倒下去，因为我认为爱情能够克服一切。接着我下了最大的决心——绝对不允许任何人带走妻子。

除了充满了爱情的丈夫之手，我忍受不了任何痛苦，加诸在我可怜美丽的妻子身上。

我始终不曾跟妻子谈及梦幻孩子的事情。因为医生一再叮嘱不能那样做，否则的话，只能助长她的妄想症。当医生提起精神病院时，我看他的那种严厉的眼光令他畏缩，以后就再也不曾提起过。

在八月的一个夜晚，在完全没有刮风的、溽热异常的黄昏，混浊不清的太阳就要下山。此刻海的颜色并非平常的蓝色，而是淡桃色——全部都带上淡桃色——那是一种看起来叫人感到沉郁的淡桃色。一直到天色完全黑下来，我一直在屋外的港口海岸徘徊。港口对岸的教会响起了凄凉的钟声。在我的背后，我的妻子在唱着歌儿，偶尔会情绪高昂地不断唱出她少女时代的老歌。凄凉的歌声充满了一种恸哭似的呐喊。我想，没有比这种异样的唱法，更能叫人感受到凄凉的气氛。

我回到家里时，雨开始淅淅沥沥地下下来，但是并没有刮风——万籁俱静，仿佛整个世界屏住了呼吸，等着看灾祸的发生。

约瑟芬站在窗边，一面凝视外面，一面侧耳静听。我试图叫她上床睡觉，但是她一直在摇头。

"如果我沉沉地睡去的话，那孩子叫我时，我就听不见了。孩子需要我时，如果我没听见的话，该怎么办？我最近不怎么敢睡觉。"

我感到再说也徒有浪费唇舌，于是靠近桌子坐着，准备读书。三个小时很快就过去了。当时钟敲了十二下时，约瑟芬突然跳了起来，她深凹的一对眼睛闪出了怪异的光辉。

"啊！那孩子又在呼叫啦！"她嚷了起来，"啊！他就在风雨中呼叫。好的，好的，小乖乖，妈妈现在就去！"

妻子打开了门，犹如飞翔一般，从小径走到了海岸。我焦急地从墙壁上取下煤油灯，点上了火，立刻跟在妻子后头。我第一次在那么黑暗的夜晚出门，那简直是死亡一般的黑暗。雨水倾盆而下，我牢牢地抓着妻子的手，颠颠簸簸地跟着如疯女般大步疾走的她。我俩就在煤油灯闪耀的光圈内行进。我们两个人的周围以及上方，都是叫人感到恐怖的无声世界，那一盏微弱的煤油灯所发出的光辉，是唯一叫我感到温暖的东西。

"就算一次也好，让我赶上那个孩子吧！"约瑟芬呻吟了一下，"只要一次就行！如果能够吻那孩子，把他紧抱在我疼痛的胸口，那该多好！只要让我了却这个心愿，我心头的沉痛就可以减轻很多。噢……我可爱的乖宝宝，等一等妈妈呀！妈妈马上就来！大卫你听听！他正在哭泣呢！他哭得好悲惨！你听听！你听不见吗？"

天哪，我也听见啦！在我俩前方死亡一般静谧的黑暗里，传来了微弱的哭泣声音。天哪！那到底是什么怪物啊？难道我也发疯了吗？或许，在前方真的有某种"东西"在呻吟、哭泣吧？我并非是很迷信的人，不过由于长久以来的疲劳痛苦，或许，我的神经已经变得很脆弱了吧？一种恐怖——一种无以名状的恐怖袭击了我，我的手脚开始打哆嗦，额上沁出了冷汗。

我真想逃回家——反正逃到什么地方都好。只要能够远远地离开那种幽幽的哭声就行！我的内心里萌生出了逃脱的冲动，但是约瑟芬冷若冰霜的手紧紧地抓着我，一步又一步地往前冲。

一种不可思议的声音，仍然不断传入我的耳朵里面。那种悲泣的声音并不远去，反而越来越强烈，我听得愈发清晰了。那种声音很悲凄，仿佛是告急的哭声！随着我俩的前进，那声音越来越近，现在，好像是在我们稍前方的黑暗里面。

我们终于走到了那个地方。一艘平底船搁在岸边的小石块上面，想必是潮水把它留在那儿的。船里有一个小孩——一个大约两岁的男孩子，船底有一滩水，他的腰部以下都浸在水里面。他恐怖万分地睁大一双蓝色的大眼睛，沾满了泪水的苍白色脸孔低垂着，就蹲在船里。当他看到我们时，又再度大声地哭起来，并且对我俩伸出了他的手。

恐惧恰如一件烂衣服，很快被我脱下来。这个孩子还好端端地活着呢！我不明白他是如何到这种地方来的，不过我知道自己所听到的声音，并非死后灵魂的哭泣声。

"唉……真可怜！"我的妻子叫了一声，俯下身子，从平底船上把男孩子抱了起来。孩子长长的金发垂在妻子的肩膀上面。

我的妻子把她的脸靠在男孩子的脸上，再用披肩把小孩包裹起来。

"我来抱吧！他一身湿漉漉的，也太重了些。"我说。

"不要，我要抱他回家！我的两只手一直空荡荡的——如今，好不容易又抱到孩子了。噢……大卫，我内心的疼痛消失了。让这个小孩来顶替我的乖宝宝也好，一定是神从海里把他送给我的。真可怜，他又湿又冷又疲倦呢！好吧，乖宝宝，我们这就回家！"

我默默无语地走在妻子后头。风儿开始刮起来了，接着变强劲了。暴风雨就要来了。不过在它光临以前我们已经抵达家门。暴风雨仿佛野兽一般咆哮着开始袭击我们的房子。

"约瑟芬，你身体湿漉漉的，快点换上干的衣服吧！"

"我得先把这个孩子的问题解决才行，"约瑟芬说，"你看！这孩子又冷又疲倦。乖孩子，不要怕，有妈妈在这儿，你什么都不用害怕。大卫，麻烦你快点生火！我去给这个孩子拿干的衣服。"

我就任由妻子按照她喜欢的方式去做。她给那孩子洗澡、洗头，并取来了我们孩子穿过的衣服，给这个无家可归的孩子穿上。她为他梳头发，对他笑，像个慈爱的母亲。她看起来，似乎又恢复了往日的沉静。

我却开始感到不安起来。刚才不曾想到的种种事情，如今却全部浮现了出来。他到底是谁家的孩子呢？他从哪儿来？这到底是怎么一回事啊？

他有一头金发，身子圆滚滚的，皮肤为玫瑰色，可说是一个很可爱的小孩。待他吃饱了以后，就躺在约瑟芬的怀里睡着了。约瑟芬一直眉开眼笑，她紧抱孩子坐着，如非必须换掉她身上的湿衣服的话，她一秒钟也不离开孩子。她始终不问他到底是谁家的孩子，或者来自哪儿，她一直相信那孩子是大海送给她的，再由梦幻的孩子引导她寻觅到他。她是如此的坚信不移。

那一夜，我的妻子就紧抱着孩子睡觉。她的睡脸洋溢着满足的神态，又恢复了少女时代不知愁苦的天真。

我担心天亮后将有人来要回孩子。港口的对岸有一座小渔村，那儿有个叫"柯坞"的海湾。我想——这个孩子一定是那儿的人。当约瑟芬跟孩子嬉笑、玩耍时，我却整天紧绷着神经，担心有人来要回孩子。不过，始终没有人上门。这以后，一天又过一天，仍然没有任何人来要回孩子。

我感到困惑异常。这到底是怎么回事？一想起我俩"抢了别人的孩子"时，我就会感到心惊肉跳。不过自从发现了这个孩子以后，梦幻的孩子就不曾来过了。我的妻子已经离开了那个黑暗的世界，再度恢复了一般家庭主妇的姿态。

我的妻子由于重新扮演起了母亲的角色，看起来又幸福又沉着。只有一件事情叫我感到不可思议，那就是，她淡然地接受这个事态，根本就不去考虑孩子到底是谁家的，似乎也不担心别人会把孩子要回去。

一个星期以后，我在万分困惑之余，终于拜访了老医生，对他谈及一切的经过。

"这实在是非常不可思议的事情，"医生沉思了一阵子说，"就如你所说的一般，那孩子一定是'柯坞海湾'的人所拥有。但是这些日子以来，他们对这个孩子不闻不问，那就叫人感到纳闷了。只要揭开这个谜底，事情就水落石出了。

"我看这样吧，你不如到'柯坞'跑一趟，彻底调查一下。

待你找到了那孩子的父母或者领养人以后，你就拜托他们把孩子暂时寄养在你家，只有这样才能够救回你的妻子。这种例子我看多啦！很明显的，那晚你妻子的精神错乱已经到了巅峰状态。如今，只要稍用一点心，就能够把她拉回正常的世界。为了达到这个目的，那个孩子绝对不能交给他人，只要让你的妻子拥有那个小孩，她就能够完全恢复。"

那一天，我轻快地在港口的道路上驱着马车。抵达"柯坞"之后，我第一个碰到的人是爱贝尔·布雷亚老人。我问他"柯坞"或者住在海岸的人，是否有人遗失了小孩。听了我的话以后，布雷亚老人吓了一大跳，看看我的脸，再摇摇头说，他从来就不曾听说过谁家丢了孩子。

于是，我只说出了必要的部分。我对他说，我跟妻子在海岸边散步时，无意中在平底船里面发现了一个两岁大的孩子。

"你是说绿色的平底船吗？"布雷亚老人叫了起来，"宾弗斯的绿色平底船早不见啦！因为已经腐朽又会漏水，所以宾弗斯也不再找它了。至于你所说的孩子，天哪，这到底是怎么回事啊！那孩子长得如何呢？"

我很详细地描述孩子的长相。

"啊！如此说来，他是哈利·马丁的儿子！错不了啦！"布雷亚老人很惊讶地说，"不过，这件事是极不可能发生的。如果真如你所说的话，那一定有什么隐情吧？马丁的老婆在冬天死了。隔了一个月，马丁也死了。如此一来，除了一个小孩子，啥东西都没有啦！

"至于马丁，只有一个同父异母的妹妹——玛吉。在那时谁都认为玛吉会抚养她哥哥的孩子。事实上，除了她，再也没有人会领养可怜的小哈利啦！

"说实在的，玛吉虽然一直住在这里，但是有关她的评语并不好。她是一个自私自利的女人，忍受不了小孩子的磨人，所以对小哈利一向很冷淡。到了今年的春天，玛吉逢人便说她要去美国。她还说，朋友在波士顿为她找到了工作，她准备带小哈利一起前往。

"这个星期天她就启程了。她好像从这里一直走到火车站，但是根据最后看到她的人说，她抱着小哈利走下街道，朝着海岸走去。这以后，谁都不曾看到小哈利了。

"天晓得！玛吉的心竟然那么黑！那么狠毒！她竟然把无辜的小孩子放入陈旧的平底船里面，任由它漂流，而且那艘平底船又会漏水。以前我就知道玛吉不是什么好东西，想不到她的心那么黑！那么狠毒！上天不会原谅她的！"

"布雷亚爷爷，您跟我过去看看孩子好吗？"我如此恳求，"如果那孩子真是小哈利的话，那就由我们夫妇俩来抚养他。自从我的儿子死去以后，我的妻子就以泪洗面，感到很寂寞。再说她又非常喜欢小哈利。"

抵达了家门，布雷亚老人一眼就看出对方就是小哈利。

如今，哈利跟我们生活在一起。他那双小小的手儿，为我钟爱的妻子带回了健康与幸福。不久以后，我的妻子又生下了几个孩子，不过妻子对他们一视同仁。对于沿用死去儿子名字

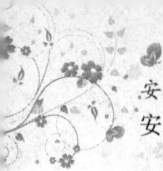

的小哈利，我俩都把他当成亲生儿子一般疼爱。

这个孩子来自海洋。而且他到了我们家以后，那个叫人毛骨悚然的梦幻的孩子就了无踪迹，再也不用他那断肠似的声音，把妻子叫出去了。

第六章

最成功的失败

爱德华王子岛的蒙罗一族的本家应该在白沙镇。此刻他们正在准备圣诞的庆祝会。自从三十年前他们的母亲亡故以后，他们一族就不曾相聚过。

这一年的春天，当爱蒂丝准备在美国的某一座城市举行音乐会时，竟然患了严重的肺炎。在卧病期间，她由于突然眷恋起自己的亲族，便想到要集合所有亲族于一堂，彼此叙叙情怀，重温一下昔日的旧梦。

爱蒂丝在身体康复以后，立刻写信给住在老家的二哥——杰姆斯，如此一来，蒙罗一族又在古老的宅第里会合了。

拉尔夫接到了杰姆斯的信件后，把他繁忙的铁路工作以及万贯家财暂时放置于多伦多，千里迢迢回到了故乡。麦尔康也暂时放下西部大学的学院院长职务，回到了故乡。爱蒂丝在最近的一次公演中获得了意外的成功，因此得意扬扬地回到了故乡。

如今已经是乌德潘夫人的玛格丽特也从诺伐·斯考西赶了回来。在那个市镇里，她以年轻有为的律师夫人身份，过着忙碌而幸福的生活。

事业蒸蒸日上的杰姆斯，身体比昔日更为健壮。他把兄弟姐妹迎进古老而宽敞的宅第里。由于他巧妙完善的管理，肥沃的土地对他回以莫大的报偿。

这一群蒙罗家的兄弟姐妹忘记了长年的辛劳，以及他们的年纪，又再度回到无忧无虑的少年时代。杰姆斯有着一群面颊泛玫瑰色的儿女；玛格丽特带来了两个蓝眼睛的女孩子；拉尔夫的身旁有一个肤色浅黑，聪明伶俐的儿子；麦尔康也带来了儿子。麦尔康的儿子是一个很精明的商人。这两个堂兄弟在同年诞生，就连生日也在同一天。蒙罗一族一直开玩笑说，一定是送子鹤把婴儿送错了地方。因为拉尔夫的儿子，不管外貌还是想法都像麦尔康，而麦尔康的儿子却酷似其伯父拉尔夫。

最后，连伊莎姑妈也驾临了。她是很健谈，喜欢使心眼儿，又精明到家的老妇人。今年虽然已经八十五岁，但是健步如飞，仍然不亚于三十岁时的身子。她一直认为蒙罗家为世界上最优秀的家族。一大群子侄辈走出这栋不起眼的农舍到复杂的社会谋求发展，个个都有辉煌的成就。为此，她感到甚为骄傲与光荣。

对了！我忘了提罗伯这个人！罗伯·蒙罗是一个老是被遗忘的人物。他虽然是这一族的长兄，但是白沙镇的人们在提起蒙罗家的成员名字时，总是会把他忽略，到了最后才会说："对了，还有一个罗伯！"

罗伯住在海岸边不起眼的一个农场里面，比任何人都早到杰姆斯家里。起先一伙人很亲热地跟罗伯打招呼，但是过不了几分钟，他们就撇下了罗伯这位大哥，集结在一起有说有笑，再也不记得有这位长兄的存在了。

罗伯安静地坐在一旁，微笑着聆听弟弟妹妹们谈天说地，自己则一直默默无言。过了一阵子，他溜出现场回到了自己的家。就连他的溜走也没有人发觉。一群人仍继续发表他们未来的新计划。

爱蒂丝滔滔不绝地谈起她公演旅行的成功；麦尔康谈论着他的大学扩充计划；拉尔夫得意扬扬地说他铺设铁路的趣事，以及种种必须克服的困难；杰姆斯在一旁，对玛格丽特谈及自己的果树园以及农作物。

玛格丽特离开农场并没有太久，因此对农作物也甚表关切。伊莎姑妈一边编织毛线，一边满足地对大伙儿微笑。伊莎一辈子不曾离开过白沙镇，然而，已是八十五岁老奶奶的她仍然感到很骄傲，因为她可以从容地跟拉尔夫谈及财政问题，也能够跟麦尔康扯起高等教育的种种，关于排水方面，她甚至对杰姆斯的意见，永远不表屈服呢！

一个来自艾凡利的小学教师，一直寄宿在杰姆斯的家里。这个少女叫贝儿，有着一双调皮的眼睛，以及红彤彤的小嘴儿。她立刻就跟那些蒙罗家的少年们玩在一起，因此罗伯溜出去时她一无所知。罗伯家那个年老的女管家，一到了夜晚就不敢一个人待在家里，罗伯为了陪伴她，只好早一点回去。到了第二天下午，罗伯又来到了杰姆斯的家。在后院的杰姆斯对他说，麦尔康跟拉尔夫驾着马车到港口去了，玛格丽特跟杰姆斯的妻子去艾凡利拜访朋友了，爱蒂丝则去森林里散步了。家里只留下伊莎姑妈和教师贝儿。

"你不妨等到晚上吧。到时，大伙就会回来啦。"杰姆斯以冷冰冰的口吻说。

罗伯走过庭院，到大门附近的走廊角落坐下来。那是一个晴朗的十二月黄昏，天气却是暖和宜人，恰如秋天一般。雪始终没有降下来，沿着屋子缓慢地向下面倾斜，蜿蜒地连续到小谷的牧场，如今笼罩着一片浓褐色。那些黑压压的森林，好像在沉思的牧场，及往日开满了花朵的肥沃山谷，现在已经蒙上了一层寂静的气息。大地就仿佛劳累而等待着休息的老人。在海面上，火红色的晚霞逐渐被冲淡，只剩下灰色的云朵，海浪拍打岸边的声音，随着晚风传进罗伯的耳朵里。

罗伯用两手托着下巴，痴痴地望着落叶树的灰色，跟常绿树的绿色交杂的山谷及小丘。罗伯是一个高挑的老人，背脊有那么一点儿驼，头发斑白而稀疏，脸上满布皱纹。不过，他那双褐色的眼睛却是充满了慈爱的光辉——那是一双为他人着想的眼睛。

罗伯一直在品尝着幸福的滋味。他对弟弟妹妹关爱备至，很高兴大伙儿又聚集在他身边。弟弟妹妹们的成功与荣誉使他感到骄傲。对于杰姆斯近几年来事业的兴盛，他感到欣喜万分。

他的心里连一点儿的嫉妒和不满都不存在。

从走廊上方打开的客厅窗户里传来了交谈的声音。罗伯因为感到无聊，便心不在焉地听着——原来，伊莎姑妈正对女教师贝儿说着话呢！不久以后，伊莎姑妈把椅子拉近到窗边，因此她所说的话，罗伯听得更加清楚了。

"贝儿小姐，你说得对极啦！我的确为侄子和侄女的成就感到骄傲。他们一家子都非常优秀呢！他们干得实在有声有色，叫人不得不佩服。最难得的是——他们起步时都没有任何财富作为后盾。拉尔夫赤手空拳地去打天下，如今变成了亿万富翁！他们的父亲一直在生病，又因为银行恶性倒闭而蒙受了很大的损失，根本就无法助儿女们一臂之力，但是他们都获得了空前的成功，只有可怜的罗伯例外。我不得不承认罗伯是一个彻底失败的人。"

"噢！没有这回事！"小学教师以不服气的口吻说着。

"真的，他是百分之百的失败者！"伊莎姑妈以激烈的口吻重复着这句话。不管是什么人，伊莎姑妈都不允许其跟她唱反调，况且是艾凡利的女人。

"罗伯一生下来就是个失败者。他是第一个叫蒙罗家族感到羞耻的人。我想——他的弟弟妹妹们一定也以他为耻！今年他已经六十岁啦！不曾做过一件风光的事情，甚至连自己农场的租金也付不起呢！如果他能够不必借钱的话，那就算很不错啦！"

"有些人甚至无法做到这种地步呢！"贝儿嗫嚅着。因为她打从心眼儿里害怕这个喜欢压制人，且厉害无比的老妇人，以致连这一点儿的抗议，也耗费了她所有的勇气。

"蒙罗家的人绝对不能如此窝囊！"伊莎姑妈狠狠地说，"罗伯是个失败者！罗伯是个彻头彻尾的失败者！'失败者'三个字就是他的写照！"

罗伯摇摇晃晃地从窗下站了起来。原来，伊莎姑妈正在奚落他！

"原来，我是一个失败者，是一族的耻辱！而且，自己最亲近关爱的人都以我为耻呢！嗯……这很可能是真的！为何到目前我仍然没有察觉到这点呢？我自己到底不是赢得权力及财富的料，不过我一直认为这两件事并不重要，也以为那并非很重要的事情呢！"

现在，罗伯透过伊莎姑妈轻蔑的眼光，以俗世的一般眼光看自己——一般俗人的眼光，也很可能是弟弟妹妹们的眼光。罗伯的痛苦就在此。他不在乎世间的人用怎样的眼光看他，然而，如果自己的至亲也认为他是个失败者，并且以他为耻的话，他将忍受不了！想到这里，罗伯一面呻吟，一面横越过庭院。

可怜的罗伯，他的眼神里充满了一种凄惨感，仿佛是善良的动物，无意间遭受到了残酷的一击。此刻，他只是一心要避免别人看到他的痛苦以及羞耻。

沮丧万分的罗伯，甚至都没注意到站在走廊那边的爱蒂丝。但是爱蒂丝看到了罗伯的眼神。仅仅在那一刻之前，爱蒂丝也听到了伊莎姑妈那段刻薄的话，以致一双黑色的眼睛充满了怒意。如今，因为眼泪夺眶而出，怒火一下子就被浇熄了。

爱蒂丝急着想追上罗伯，但是又及时忍住了这种冲动。她想现在还不宜如此做。总而言之，凭她一个人的力量，绝对不能治愈罗伯的创伤。不仅如此，而且还不能使罗伯知道，弟弟妹妹们已经领悟到那种创伤有多深。爱蒂丝用泪眼目送着罗伯穿过起伏的海边牧场，进入他寒酸的屋子里面。

爱蒂丝很想追上罗伯，好好地安慰他一番，不过她认为罗伯现在最需要的不是安慰，而是正确的处置方法。唯有正确的处置方法，才能够拔出那一根刺痛罗伯的针。否则那一根针将深入内心，甚至置他于死地。

拉尔夫跟麦尔康坐着马车进入前院。爱蒂丝走到他俩身旁，以断然的语气说："两位哥哥，我有话要跟你们说。"

古老宅第里的圣诞晚餐正欢愉地进行着。杰姆斯夫人在餐桌上面摆满了美味佳肴。席间充满了笑谈声，幽默的话语声，以及高谈阔论声。只有罗伯始终一语不发，穿着寒酸礼服的身体缩成一团，低低地垂下他满是白发的头，仿佛在避开家人的视线。

偶尔有人对他说话时，罗伯只回对方一两句，便再度钻进自己的硬壳里面。

不久以后，大伙儿都吃得差不多啦！剩下来的李子布丁被拿走了。罗伯偷偷地喘了一口气。好不容易吃喝完毕了。再过一小段时间，就可以远远地离开那些喋喋不休、精力过剩的男女，重新把自己的身体以及羞耻心隐藏起来了。这些男女都获得了成功，从这个世界里取得了权力和财富，当然就拥有嘲笑世界的权力。至于我——只有我——只有我是见不得人的失败者。

罗伯感觉到焦躁不安，为何杰姆斯夫人不站起来呢？此刻，杰姆斯夫人以能够烹饪满足一家族人的菜肴感到满足，因此，心满意足地靠在椅背上，瞧着麦尔康。

麦尔康从自己的座位站了起来。一伙人立刻保持肃静，除了罗伯，每个人都仿佛预先就知道将发生这件事，纷纷摆出了一种架式。罗伯仍然是一副垂头丧气的样子，心底似乎感到很不是滋味。

"因为大家都说我具有一种逗口舌的才能，所以就由我先说些话吧！不过今天我也不想多说虚华无实的话，只是想以一些简单而富有诚意的言词，表达出我内心最深刻、最难以忘怀的感情。

"各位兄弟姐妹们！今天，我们好不容易聚集在这栋充满了回忆的老屋。我在想——或许我们肉眼所看不见的客人——盖了这一栋老屋，早就完成人间大事的祖先灵魂，也出席了这一次的盛会。我的这种想法是不会错的，因为唯有如此，我们一族的成员才能够全部聚齐一堂。

"在此地，以肉体方式现身的我们每个人，都拥有着某种形态的成功。不过，在我们当中，真正唯一有价值的人——他的价值不会因为时空的迁移而消灭——是那位在大公无私、同情、体恤，以及在自我牺牲方面获得至上成功的人。我要说出自己的遭遇，给当时还未出世的人们听听。

"我在十六岁那年，为了赚取自己的学费，到处拼命打工。我想——有人还记得这件事情。那时，住在艾凡利的布雷亚先生叫我在他的店里帮忙一个夏季，所得到的工钱足够付中学的一学期费用，于是我卖力地工作。谁知道在九月碰到了意想不到的灾难，原来，布雷亚先生丢了一些钱。他的怀疑很自然地集中到我身上，我在万分尴尬之下被解雇了。

"附近的居民都相信我是罪有应得，就连家族里面也有人以怀疑的眼光看我——其实那也怨不得他们，因为当时的情况真的对我非常不利。"

听了麦尔康的这段话，拉尔夫与杰姆斯露出了腼腆的模样。

而当时还没出生的爱蒂丝与玛格丽特则天真地抬起头来。罗伯仍然毫不动弹，也不抬起他的眼睛，仿佛并没有在听。

"那时，我不但感到羞耻，更感到绝望！"麦尔康又继续说，"我感到自己的生涯已经断送了，于是舍弃了抱负，想远到没有人知道我耻辱的西部。想不到有一个人坚信我的无辜，对我说：'你绝对不能自暴自弃，否则的话，人们将以为你真的犯了罪行呢！我相信你是无辜的，只要时间一到，你就能够洗清你的冤屈。在这期间，你就做一个男子汉给大家瞧瞧吧！你既然已经赚到了一部分学费，我就再帮你一些吧！你绝对不能投降，你并没有做任何坏事，干吗非投降不可呢？'

"我接受了他的忠告，进入了中学。想不到没过多久，大家都在谈论我的那件事。同学们都轻蔑、避开我，如果不是那个人不断鼓励我的话，我可能已经跌入了绝望的深渊呢！这个人是我的再造恩人，在那时我就痛下决心，等到将来一定要好好报答他。

"由于不懈地用功，我获得了班上第一名的荣誉。那一年的夏天，我认为再也没有赚钱的机会，想不到新桥的一个农夫给了我一份长工的差事，如果我肯屈就的话，以后的学费就不成问题了。刚开始时，我认为这个农夫未免太瞧不起人啦！竟然要我做那种低贱的工作，但是那位我最相信的人叫我暂时屈就一下，于是我就咬紧牙关做那种粗重的工作。

"就这样我还是支撑到了中学毕业，最后的一个学期我获得了奖学金，而进入雷蒙学院攻读。

"在雷蒙学院，并非全部的学生都知道我'不名誉'的过去，但是仍然有部分同学听到了风言风语，使得我的生活多多少少受到了影响。

"所幸，到了最后一年，上天总算还了我清白，真正的小偷——布雷亚的外甥在良心受到呵责之下，把他的罪行——吐露出来，使得一向过着暗无天日生活的我，重见了光明！"

"不过——"说到这里，麦尔康转了一个身，把他的手放在罗伯瘦削的肩膀上面，"我的成功都是长兄罗伯所赐，那是长兄带给我的！那是长兄罗伯的成功——并非我的成功——对于长兄对我的一片友爱之心，我非常感激。我以拥有这位兄长为傲。今天，我要在他面前，表示我的万分感谢。"说着，麦尔康恭敬地向罗伯鞠了一躬。

罗伯一时目瞪口呆，在感到万分困惑之下，以难以置信的表情抬起了他的脸。

麦尔康坐下来以后，拉尔夫霍地站了起来，"我比不上麦尔康的能言善道，"他很愉快地引用麦尔康的话说，"不过，我将叙述的真人真事，在这些兄弟姐妹当中，只有一个人知道。四十年前，当我开始进入实业界时，并没有今天的财富。那时我非常需要一笔钱。有一天赚大钱的机会来了！不过，那并非是正当的赚钱方式，而是以投机取巧的方式赚取的。

"说得明白些，表面上看起来似乎公正，骨子里却是耍诈欺骗的手段。很遗憾的是，我缺乏一双看穿它的法眼——愚钝的我，以为它是循规蹈矩的赚钱手法呢！我对长兄罗伯提起这件事，结果罗伯很快就戳穿了它的假面具，看破了它的狡猾面目，并且向我分析它所包含的种种阴谋，并且针对蒙罗家的传统——诚实与自尊心展开了一场说教。我想——只要秉性善良的人，看法绝对不会跟罗伯相左的。以后我在从事任何买卖时，都彻底遵守长兄罗伯的教诲，努力彻底做到公正和正当。

"我虽然家财万贯，但是在我所拥有的钱财里面，绝对不含一分肮脏的钱。不过，这些钱财并非是我赚来的。说实在的，这些钱财的一分一厘都是长兄罗伯所赚来的。如果没有他的话，我今天不是变成了一文不名的穷光蛋，就是由于赚钱方法不当已经锒铛入狱了！

"今天我带着儿子来参加家族的聚会，曾经希望他将来变成麦尔康叔父一般的知识分子，不过我现在却期望他变成罗伯伯父般慈爱，又值得尊敬的人。"

听到这些话以后，罗伯又再度呻吟了一声，把他的脸深埋于双手里面。

"这一次该轮到我了，"杰姆斯说，"我想要说的话，只有以下几句：母亲亡故后不久，我患了伤寒症。那时没有一个人肯照料我，于是长兄罗伯就挺身而出，无微不至地照顾我。他那种慈爱殷勤的照料方式，时至今日我还没有碰到过呢！医生曾经对我说，并非是他救了我的命，而是长兄罗伯从鬼门关把我夺了回来。在座的诸位兄弟姐妹中，除了长兄罗伯，又有谁救过人命呢？"

爱蒂丝揩了泪水以后，站了起来说："那是好多年前的事情了。有个贫穷，但是有一副天生好嗓子，又充满了希望的姑娘，她一心一意想往音乐方向发展。为了达到这个目的，她唯有一条路可走——取得教师资格证，教几年书，以便有钱接受声乐训练。问题是那位姑娘，那年如果不进入皇后学院的话，将永远不能获得教师资格证。小姑娘急得犹如热锅上的蚂蚁，就在这时，长兄罗伯来找她，说他拥有足够让她上哈里发克斯音乐学校一两年的钱，再把那笔钱交给了小姑娘。

"后来，那个小姑娘得知——他为了得到这一笔钱，卖掉了一匹很美——他一向很钟爱的马儿。小姑娘进入了哈里发克斯音乐学校，不久以后，又获得了音乐奖学金。今天，她能够过着幸福的日子，获得成功，都要归功于长兄罗伯……"

说到此地，爱蒂丝已经无法继续说下去啦！她开始呜咽起来，一面哭泣着，一面坐下来。

接着，玛格丽特抽泣着说："母亲亡故时，我只有五岁。对于幼小的我，长兄罗伯扮演着父母的角色。那时我就认为——除了我，不可能有人拥有既聪明又洋溢着爱心的保护者了。我从来就不曾忘记长兄的教导。如果说我的生活或者性格方面有什么优点的话，无疑的，那是长兄罗伯的教导成效。我时常表现出固执的脾气，一向又任性无比，但是罗伯从来就不曾发过一次脾气。"

突然间，小学教师贝儿的眼眶里噙满了泪水，她涨红着面颊站了起来说："我也想说一些话。你们都是说发生在自己身上的事情，我则要说一些白沙镇人们的事情。有个人很受这个村子居民的尊敬。现在，我就要说一些这个人做过的事情。

"在这个秋季，也就是在十月的暴风雨中，港口灯塔的求救信号旗被升了起来。为了调查原因，只有一个勇敢的人冒着危险划船到灯塔，他正是罗伯先生。罗伯先生发现灯塔管理员扭伤了腿，于是再度回到岸上，拉着不情愿冒险的医生到灯塔。我亲眼看到罗伯先生对医生说：'非去不可！'

"我想，不管是谁，在那种情况下是难以违背罗伯先生的意志的。

"四年前，雪拉婆婆不愿被送进养老院，罗伯先生就把雪拉婆婆带回他家里，亲自照料她。这个老婆婆经年躺在床上，不仅贫穷，脾气又暴躁，就连罗伯先生的女管家都受不了她！他却是细心地照料她，为她付医药费，日夜看护着她。两年后，雪拉婆婆过世了，临终时她所讲的一句话是——神会祝福罗伯先生的。因为她认为罗伯先生是神所创造出来的人里面，最为慈悲的人。

"八年前，杰克·普利特在找工作时，没有人肯雇用他。因为杰克的父亲犯罪而锒铛入狱了，人们也就一致认为——杰克也应该被关起来。但罗伯先生雇用了这个孩子，援助这个孩子，使他能够跟正常人一样成长，正确地踏上人生的道路——如今，杰克变成了一个前途无量的好青年。

"白沙镇里，男女老少中几乎没有一个人不曾受到过罗伯先生的照料。"

贝儿说完了以后，麦尔康站了起来，伸出双手说："大伙儿都站起来唱《Auld Lang Syne》吧！"

大伙儿就站起来，手牵着手，但是有一个人没有唱。罗伯的脸及眼睛都闪闪发光，很笔直地站立着。所有的人对他的非难已经成为过去。如今，他的亲人都一起站起来，对他表示敬意，并且为他祝福。

唱完了歌，麦尔康的儿子伸手跟罗伯握手说："罗伯大伯父，等我到了六十岁时，我也希望自己变成像您这样受人敬重的成功者！"

伊莎姑妈擦着她纵横的老泪，对小学教师贝儿说："虽然是失败，仍然有一种最成功的失败呢……"

第七章

雪拉选择的路

暖和的六月阳光，透过开着芳香白花的苹果树，照进明亮的玻璃窗里，在哈蒙·安德鲁夫人纤尘不染的厨房地板上编成漂亮的花纹。吹过果树园以及三叶草牧场的芳香风儿，从开启的窗儿闯了进去。哈蒙夫人跟她的宾客闲来无事，看着雾霭弥漫的细长山谷的流水，蜿蜒地流进海里。

乔娜丝·安德鲁夫人在兄嫂那度过了一整个下午。她是身材高挑、面貌标致的可人儿，玉肤凝脂，那对褐色的眼睛水灵得很。在她身材窈窕，玫瑰色面颊的少女时代，这双眼睛看起来充满了浪漫气息。但是到了今日，看起来有些滑稽，因为跟她容貌的其他部分不怎么协调。

坐在窗边小茶几旁边的哈蒙夫人有一个很挺拔的鼻子，以及一双明亮水色的眼睛。她的个儿娇小细瘦，似乎随时随地都能够提出可行性极高的意见。

"在新桥的学校里，雪拉教得如何？"

乔娜丝夫人一面问着，一面取了一片哈蒙夫人的焦糖水果蛋糕。对哈蒙夫人来说，这是比什么都好的赞词，因此她答复道："嗯……她好像很喜欢在那儿执教呢！至少，比起她在白沙镇执教时好多了。我想——那孩子很中意那所学校，虽然来回必须走一段很长的路程。依我看哪，最好如整个冬季一般，寄宿于摩利森家，但是雪拉说还是回家里比较好，而且她好像很喜欢走那一段路。"

"昨晚，我到过新桥的姬娜姑妈那儿。姑妈问我，她听说雪拉决定嫁给莱奇·巴克斯达，便一再地问我，这个消息是否可靠。我回答说，我也不知道啊。姑妈说，她希望这个消息是真的。露依莎，这到底是不是真的呢？"

"才没有这回事呢！"哈蒙夫人很悲哀地否定，"雪拉仍然不改初衷，她完全没有嫁给莱奇的意思，或许错在我吧。因为我一直针对这个问题唠叨个没完。我的用意无非是为她着想，希望她嫁给莱奇——谁知道那孩子很坦白地表示她不喜欢呢！"

"真是一个傻女孩！"乔娜丝夫人批评说，"莱奇到底有什么地方不好呢？如果连莱奇都遭嫌弃的话，那又有谁比莱奇好呢？"

"可不是吗？莱奇的事业一向做得那么顺利，生活又那么惬意，每个人对他的评语都很不错呢！而且他又在新桥盖了那么好的房子，你想想看，窗户是突出来的呢！地板又是实木的，那不是很风光吗？我好几次梦到雪拉在那儿当家庭主妇呢！"

"你不要失望得太早嘛，或许，雪拉的想法会改变呀！"乔娜丝夫人如此安慰嫂子。

乔娜丝夫人一向有着根深蒂固的习惯，那就是对于一切事情都抱着观望的态度，对于雪拉的固执亦是如此。不过，她也难免感到失望，因为确实一点成功的迹象也看不出来。

关于莱奇跟雪拉的婚事，艾凡利的安德鲁一族已经尽了全力。为了促成莱奇跟雪拉的婚姻，他们已经整整忙碌了两年，乔娜丝夫人也不断地协助，想不到还是徒劳无功。

由于当事人雪拉的出现，使得两人的对话不得不暂时中断。

雪拉正站在门口，以一种近乎揶揄的表情看看姑妈。因为她很清楚姑妈正在谈论她的事情。此刻，乔娜丝夫人有一种近乎尴尬的表情，而哈蒙夫人还没有完全收回她不满的表情。

雪拉放下自己的书本，在乔娜丝牡丹色的面颊上吻了一下，再坐在茶桌旁边。哈蒙夫人带来了新泡的茶和雪拉喜欢的砂糖腌杏果，又切了一片水果蛋糕给她。虽然哈蒙夫人对雪拉的固执非常生气，但是仍然疼惜着她。对于没有男孩的哈蒙夫人来说，雪拉就是她的掌上明珠。

严格地说来，雪拉·安德鲁算不上美女。不过，人们跟她擦身而过时，都喜欢再看她一眼。她的皮肤很黑，不过是具有光辉的健康黑色。深陷的眼睛为褐色，嘴唇与面颊为红色。

雪拉因为从老远的新桥走回来，运动量大，食欲很好，因此吃了不少卷心面包和砂糖腌制的果子。她一面吃，一面说着当天所发生的趣事，令两个年长的妇人大笑起来。她俩都以雪拉的伶俐为傲，所以交换了一下眼色。

待喝完了茶，雪拉倒尽了牛奶壶里面的牛奶，说道："我要拿这些牛奶喂我的猫儿！"然后就走出了房间。

"我真是拿她没办法！"哈蒙夫人叹了一口气说，"乔娜丝，你也知道我家有只养了两年的黑猫。一开始，我跟哈蒙就非常疼爱那只猫，不过雪拉似乎并不喜欢它。所以只要她在家的时间内，猫儿就无法在炉子下面睡觉。最近，那只猫儿不知怎的折断了一条腿，哈蒙跟我认为必须杀了它，但是雪拉不依，她取来一块木板把它固定在猫儿跌断的腿上面，再用布条包裹好，这以后她就如照料生病的婴儿般照料它。

"现在，那只猫儿已经痊愈了。雪拉给它吃好的，睡好的，这就是雪拉的做人方式。我家里有只生病的小鸡，雪拉耐心地给它喂药，整整照顾了它一个星期，直到它复原。还有一只小牛误碰了杀虫剂，身上溃烂了一块，雪拉也一直很用心地照顾它呢！"

眼看夏天即将过去，哈蒙夫人感觉到自己的空中楼阁就要崩塌了，不禁骂起了雪拉："雪拉，你为什么不喜欢莱奇呢？他是一个模范青年呀！"

"我就是不喜欢模范青年嘛！"雪拉以烦躁的口吻说，"并且，我似乎一点也不中意莱奇这个人。因为他一直被当做范本啊。听着别人从一到十数着他的优点，我实在感到烦不胜烦呢！什么不喝酒、不抽烟、不偷不抢、按时到教会……对于诸如此类完全没有缺点的人，我实在不敢领教。依我看，为了新桥新建的房子，他必须另找一个妻子啦！"

到了六月，开满了粉红色以及白色花儿的苹果树，结成了赤褐色以及铜色的果实。到了十月，哈蒙夫人就开始缝被单了。

这种被单是用印有星星的布料缝成的。以艾凡利来说，它已经是很豪华的被单了。哈蒙夫人原准备把它当成雪拉的嫁妆之一。她一面缝接着红白两色的菱形布料，一面想着它如果放在新桥新屋的客房，当她去看雪拉时，她就能够把自己的帽子及披肩放在这上面。想到这里，她的心情也愉悦了起来。

想不到这种豪华的苹果梦，竟然随着苹果花化为无形，使得哈蒙夫人再也没有缝制被单的力气。

被单在星期日的下午完成。因为是星期天，雪拉不必到学校上课。哈蒙夫人的亲密朋友们绕着新被单围成一圈，手指以及舌头都在不停地活动着。雪拉帮着哈蒙夫人做晚餐。当雪拉从食器架上拿出盘子时，乔治·派尔夫人方才抵达。

乔治夫人是迟到大王。今天她比以往任何一天都来得晚，看起来好像很兴奋。那些围绕着新被单的妇人们，不约而同地认为她带来了值得一听的消息，以致当乔治夫人坐下来时，大伙儿都以充满了期待的眼光看她。

乔治夫人长得高挑细瘦，脸也长，血色不良，拥有一双透明的绿色眼睛。她环顾座上朋友的表情，就仿佛一只面对美食舔着舌头的猫儿。

"大伙儿已经听到那个消息了吧？"

其实，乔治夫人分明知道在座的妇人们，根本就还未听到这个消息。绕成一圈的妇女停止了缝纫。哈蒙夫人捧着一大盘

热气腾腾的饼干出现在门口，雪拉停止数盘子，朝向乔治夫人那边。甚至她脚边的黑猫也停止了舔身体。乔治夫人感到听众的注意力都集中到了她身上。

"莱奇兄弟破产啦！"她绿色的眼睛顿时明亮了起来，"而且是很不光彩的恶性倒闭呢！"

乔治夫人在那瞬间停止不再说下去了。不过当她看到听众由于惊骇，目瞪口呆之余，她又说："我刚要来这儿时，乔治从新桥带回了这个消息。听完他的话，我惊讶万分，差一点就倒下去呢！我以为那家公司挺稳当的，就像直布罗陀的要塞一般。天晓得！它完全崩溃下来了呢！噢……露依莎，请给我一根好的针。"

露依莎在万分灰心之下，砰的一声把饼干盘子放在桌子上面。从食器架那里传来了乒乒乓乓的声音，是雪拉的碗碰到了食器架。

听到了这声音以后，一伙人麻痹的舌头好似获得了解放，叽叽喳喳，你一句我一句地开始说起话来。在哗啦哗啦的声音当中，乔治夫人的声响显得最为高昂，最为刺耳："你们想想看，每个人都那样相信莱奇兄弟，他俩却恩将仇报！实在太不应该啦！乔治由于莱奇兄弟的恶性倒闭，损失好惨呢！蒙受到损害的人比比皆是。莱奇两兄弟也没有好日子过啦！他俩的所有财产都保不住了！彼德的农场，莱奇的新建房子都得易主啦！以后，彼德夫人的头再也抬不起来啦！乔治在新桥碰到了彼德，据说他满脸羞涩！"

"这一次的破产，责任应该归于谁呀？"蕾洁·林顿夫人以尖锐的语调说。她一向不喜欢乔治夫人。

"关于这一点，流言可多着呢！依着乔治的判断，那是彼德用他人的钱投资而导致的下场。很多人都说彼德为人不太正派，喜欢走歪路。莱奇一直规劝他走正路，因为莱奇一向犹如圣人一般……"

"这又怎能怪莱奇呢！"蕾洁·林顿夫人愤然地说。

"我说莱奇这个人啊，就算不是坏人，也是一个不折不扣的呆瓜！"哈蒙·安德鲁夫人说。以前，她可是莱奇最热烈的支持者呢！

同时她又转向雪拉说："莱奇应该一直监视彼德，看着事业的营运情况才是。说真的，在我们这些人当中，你算是最沉着的一个——我现在才明白这一点。你想想看，如果你已经嫁给了莱奇，或者跟他订了婚，他才出了纰漏，一文不名的话，就是后悔也来不及了呢！纵然他洗刷了嫌疑，情形也好不到哪儿去！"

"彼德这个小子啊，一向以诈欺、诉讼、遐迩闻名呢！"乔治·派尔夫人一面操作针线，一面说，"新桥的大部分人，几乎异口同声地在责难彼德，对莱奇寄以同情。依我看哪，他俩是一丘之貉，莱奇也好不到哪儿去。平常装成圣人模样，其实啊，他也跟彼德一般，已经陷入了很深的泥沼里面。我一直认为莱奇是戴着假面具的人！"

在食器架那儿，又响起了咔锵的声音，是雪拉用力掼食器的声音！她走到了前面，站在林顿夫人的椅子后面，把她美丽的一双手放在林顿夫人宽阔的肩膀上面。她的脸非常苍白，不过她以她那炯炯的眼神凝视着乔治夫人猫儿似的眼睛，充满了挑战的味道。她的声音由于愤怒和轻蔑而颤抖着。

"你们哪，还算是人吗？莱奇一旦落了难，大家都你一句我一句的，把他贬得一文不值。前一阵子，你们不是力赞他，把他捧上天了吗？

"我绝对不能一声不响地任由你们去胡扯！好吧，就算莱奇运气太差，拥有一个作奸犯科、不知羞耻的兄弟，但是莱奇一直都是仰不愧于天，俯不怍于人的好男儿！关于这点，相信你们比我更清楚！

"派尔夫人，你分明比任何人都了解莱奇的为人，为何一旦他濒临危险，你就要落井下石呢？好吧，你们就尽量逞口舌之快，大举地毁损莱奇吧！我雪拉绝对不会同意你们的！"

说罢，雪拉狠狠地瞪了周围的妇人几眼，使得那些原本嚣张的妇人矮了一大截！

就连厉害角色的乔治夫人也开始动摇，顿时失去了狂妄的态度。一直到雪拉收起杯子，昂然地走出去，没有一个人敢吭气。唯有心有不甘的乔治夫人，看到雪拉砰然巨响地关上门儿时，说了一声："天哪！想不到这姑娘如此厉害！"

此后的两个星期，由于蜚语流长，以及风言风语，艾凡利以及新桥两地沸腾了起来，使得哈蒙夫人很害怕客人来访。

"反正那些来访者都会谈论莱奇、彼德两兄弟的惨败，尤其喜欢非难莱奇，"她对乔娜丝夫人说，"客人一旦非难起莱奇，雪拉就会暴跳如雷。往日，她口口声声说，对莱奇不敢领教，如今哪，只要她听到有人数落莱奇的不是，就会萌生出同仇敌忾之心，仿佛别人就是跟她过意不去！就以我来说吧，我一向以同情的口吻轻责莱奇，但是雪拉还是会跟我怄气咧！"

有一晚，哈蒙·安德鲁先生带来了一个新消息。

"莱奇、彼德两兄弟已经面临破产了，"他在烟斗上点燃了火后又说，"彼德透过诉讼抹掉了他欺诈的事实。你们瞧瞧吧，他会用不正当的手法使自己的两脚脱离泥沼，在维护自己的声誉下从商界引退。但是莱奇的日子就不好过啦！如今的莱奇瘦成一副皮包骨。的确，也有不少人同情莱奇。我个人认为他不应该把一切都交给彼德，应该由他来管理才是。

"如今说这种话已经无济于事啦！据说明年春天，莱奇将到西部买片土地，过着与世无争的庄稼汉生活呢！我想这种生活方式最适合莱奇了。这片土地的居民对他兄弟俩已经感到头痛万分。待他俩都离开新桥以后，咱们就可以舒一口气了。"

在黑暗的角落里，雪拉正坐在炉灶旁边。听了哈蒙所说的话以后，她霍地站了起来，使得本来蜷伏在她腿上的猫儿跌了下来。哈蒙夫人担心地瞧着雪拉。因为她害怕雪拉会把哈蒙·安德鲁骂得狗血淋头。

然而，雪拉犹如呼吸困难一般的呻吟了几声，再以飞快的速度奔出了厨房。

她取了挂在客厅的披肩，再砰的一声关上大门，进入秋天黄昏的冷冽空气中，朝小径跑过去。她的心里抱持着小动物被欺负时的同情。

她仿佛要缓和内心的痛苦一般，盲目地在静寂的牧场奔跑。她穿过了小丘的羊肠小道和笼罩着青紫色雾霭的松林，衣服上面沾满了容易折断的枯草，以及羊齿草类的植物，迎面而来的潮湿晚风吹乱了她的头发。

雪拉终于跑到了一座小小的木造房子前面。当她想拉开木门时，背后响起了男子有力的脚步声，接着，莱奇握起了雪拉的手。

"噢……莱奇！"雪拉发出了啜泣似的声音。

莱奇开了门，把雪拉带了进去。

"莱奇，好久不曾看到你了。"雪拉先开了口。

莱奇透过黑暗，以一种很怀念的表情看着雪拉。

"是啊，我也觉得非常漫长呢！雪拉，我以为你不会再来看我啦。你也知道，如今的事态对我非常不利。人们几乎都把我看成恶贼流寇呢！我的运气委实太坏了。不过，我一直觉得问心无愧，对得起良心。如果别人对我持着不好的看法，请你不要相信。"

"说真的，对于那些人所说的话，我一句也不相信呢！"雪拉以激烈的口吻说。

"这样的话，我实在太高兴了。不久以后我就要离开这儿啦！当你拒绝了我的求婚时，我真是痛苦极了！不过，我认为你拒绝我是对的。我是男子汉，非常庆幸我的痛苦不会影响到你。"

雪拉站了起来，走到户外，莱奇就跟在她的后头。他俩走过小径以后，眼前展开了一片很宽广的牧场，澄净如湖水般的天空，在她站立的树荫里投下了一些光辉。头上出现了银色镰刀一般的新月。雪拉看着一向笑意迎人，如今却是非常苦恼的莱奇的脸庞。

"莱奇，"雪拉柔声细语地问，"如今，你还爱我吗？"

"关于这点，你不是比任何人都清楚吗？"莱奇很悲哀地回答。

只要听到这句话就够了。雪拉激动地投入莱奇的怀抱中，把流满了热泪的面颊贴在莱奇冷冷的脸上。

当雪拉将跟莱奇结婚，并且将双双到西部生活的消息传开来时，安德鲁一族有人举手表示赞同，亦有不少人表示置疑。

乔娜丝夫人为了打探虚实，上气不接下气地爬上小丘来瞧瞧。结果她看到哈蒙夫人正拼命地缝制"爱尔兰之锁"模样的被单；雪拉亦以殉教者一般的表情，在另外一条被单上接合菱形的布片。雪拉本来就不喜欢女红，但是哈蒙夫人强迫她参与工作。

"雪拉，你非缝一些被单不可！如果你俩要到那个平原生活的话，你们非得准备一大堆被子不可，因为那儿太冷了。我会尽量多缝一些给你，可是你也得帮忙啊。"

于是，雪拉就老大不情愿地缝着。

乔娜丝夫人一到达，哈蒙夫人就叫她一块儿去邮局。

"这一次是真的喽？"乔娜丝夫人问。

"嗯……当然是真的！"哈蒙夫人说，"雪拉已经下定决心了。我好几次想改变她的心意，但是完全无济于事。于是，我就任由她去了。老实说，莱奇是一个既出众又正派的青年，雪拉跟他在一起绝对不会吃亏。虽然莱奇已经一无所有，但是想起当初哈蒙跟我结婚时，情形更糟呢！"

乔娜丝夫人叹了一口气说："你能够那么想，我感到非常高兴。其实在很早以前我就喜欢莱奇，但是我仍然惊讶于一直都在挑剔莱奇完美的雪拉居然会跟他结婚。"

"其实，我早就知道会有这种结局，"哈蒙夫人信心十足地说，"这也就是雪拉与众不同的地方！如此看来，莱奇的失败也就等于成功了。"

第八章

荷丝达的幽魂

那一天，夜幕就要低垂时，我登上了二楼，穿上了一件洋纱的衣服。我做了一整天的糖腌草莓——唯有这件事绝对不能交给玛莉·史龙做——整个人感到非常疲倦。自从荷丝达亡故以后，就没有人看我穿漂亮的衣服，更没有人叫我穿得漂亮一些。

不过我认为，如果荷丝达还在的话，她现在一定会叫我去换上漂亮的衣服，因此，我便决定去换一件衣服。荷丝达喜欢看我穿得漂漂亮亮的。我穿上水色的洋纱衣服，并且梳了一种发式。

最初，我梳了一种自己很喜欢的发式。荷丝达在时，她一直不赞成我梳那种发式，虽然那种发式非常适合我。但是我突然感觉到那等于背叛荷丝达，于是咬紧牙关，又把头发梳成荷丝达喜欢的旧式发型。

我的头发里，已经掺有不少白发，但是仍然很浓密，很接近褐色。

其实，这些事情都变得无所谓啦！荷丝达已经死了，而且自从我第二次被逐出休恩·布雷亚以后，一切都显得非常安静。

新桥的人们都感到很纳闷，为什么我不为荷丝达穿丧服。那是因为荷丝达一再嘱咐，叫我别穿丧服，只是我始终没有告诉别人。荷丝达时常说，不感到悲伤的人就算穿了黑色丧服，事态也不可能有所改变，而感到悲伤的人也不必借外表的装饰表现出来。在亡故的前一晚，荷丝达一再叮咛我，叫我继续穿漂亮的衣服。又一再嘱咐说，纵然她死了，也不必改变生活方式。

"或许，你的生活会改变吧……"荷丝达有一点忧伤地说。

真的如荷丝达所预料的一般，发生变化啦！不过我时常在想——那是否是因为荷丝达亡故所导致？或者是由于荷丝达的吩咐，我的心扉在第二次爱情前面关闭了呢？如此想了一阵子以后，我的良心就会受到谴责。

换过了衣服以后，我就走到楼下，走到大门处，坐在常春藤拱门下面的石阶上。如今，家里只剩下我一个人，玛莉·史龙到艾凡利去了。

那是一个很美丽的夜晚。满月爬上了蓊郁的森林上方，月光透过白杨树照耀着我家的庭院。从两侧没有树木的一角，能够看到残留下来的银青色天空。这时的庭院实在美不胜收。现在正是玫瑰花开的季节，我家的院子里已经开满了红色、淡红色、白色以及黄色的玫瑰。

荷丝达非常喜欢玫瑰。就算种得再多，她也嫌不够。荷丝达在她中意的地段种满了玫瑰花——花瓣是白色的，花蕊为淡红色。

我摘了一把玫瑰花，胡乱地把它们插在胸前。我虽然插着美丽的花，但是眼泪却不断地涌出来——因为我感到寂寞。

我现在是孤零零一个人。虽然我也喜欢玫瑰花，但是它们还是不能够填满我心灵的空虚。我所渴求的是，被人用一双热烘烘的手握着，以及看到他们眼睛里闪动的爱之光辉。一旦如此想象，我的一颗心就会飞到休恩那儿。

我一直跟荷丝达住在一起。父母在我还是婴儿时就亡故了，我对他俩一点印象也没有。比我大十五岁的荷丝达，与其说是我姐姐，不如说是我的母亲更为恰当一些，因为我一直把她当成母亲一般看待。

荷丝达对待我，可以说是无微不至，凡是我要的东西，她从来就不曾拒绝我，只有涉及某个"重要问题"时例外。

我一直到了二十五岁才有了情人。我想这并非意味着我比其他的女人引不起男人的注意。梅帝家本来就是新桥的望族。因为我们是大地主——梅帝——的孙女，以致男人们只远远地看着我们，认为向梅帝家的姑娘求婚，根本就是一件"徒然"的事情。

其实，诸如这种事本是不应提出来的。但是我对所谓的"望族"并不感到自豪。正因为我们的地位太高，使我们不能跟一般人家的姑娘一般，享受到纯朴的友情以及交际方面的喜悦。

我的姐姐荷丝达对于"家世"感到非常骄傲，正因为如此，她不允许我以对等的立场跟新桥的年轻人交往。荷丝达告诉我，我们必须对别人采取有好感的态度，对别人亲切，对别人客气——换言之，那是贵族的义务——不过，绝对不能忘记我们是梅帝家的人。

我二十五岁那年，休恩·布雷亚来到了新桥。他在村子附近买了农场。他是从卡摩迪来的，并非当地人，所以对于梅帝家的优越性并没有先入为主的观念。在他眼里，我跟其他姑娘并没有什么不同的地方。他认为，只要生活方式正常，就有资格向我求婚。

我在主日学校上课的那些日子里，曾经跟着班上的同学到艾凡利远足。就在那一天，我邂逅了休恩。我认为休恩是一个直爽的好男儿。他一路上不停地跟我交谈，甚至最后用马车把我送回家。每个星期天的晚上，我从教会回家时，他就一直陪伴在我身边。

那时，碰巧荷丝达不在家，否则的话，这件事情就不会发生了。荷丝达到远方拜访朋友去了，要整整离家一个月。

在那一个月内，我度过了属于自己的一生。休恩向我求婚，带我坐着马车兜风，夜晚又来拜访我。每当他来到我家时，我俩几乎是在花木扶疏的庭院度过的。因为我一向不喜欢梅帝家那间阴气沉沉的客厅，而且一旦进入客厅，休恩就会显得手足无措。他宽阔的肩膀，爽朗的笑声，以及飘逸的举止，跟那些陈旧的家具显得格格不入。

玛莉·史龙非常高兴休恩的来访，她认为我一直缺乏追求者，是新桥人轻蔑和诽谤我的最大原因。正因为如此，玛莉甚感愤慨。如今，休恩时常来拜访我，她当然就在一旁不断地鼓励他。

不过，当荷丝达回家知道休恩的事情以后，立刻表现出怒不可遏的样子，接着她为此流泪悲伤。荷丝达的悲伤比愤怒更叫我感到难过。荷丝达指责我忘了自己的身份，叫我立刻停止跟休恩来往。

在这之前，我从来就不认为姐姐荷丝达叫人害怕，但是那时，我感觉她叫人胆寒，所以我屈服了。或许，我不该如此软弱，我一向不好强，也正因为如此，才会牢牢地被休恩的强壮所吸引。我觉得自己需要爱情以及能够保护我的人。我想——荷丝达一向很傲慢，很可能不需要那些，所以她才不能理解我的需要，甚至因此而轻蔑我呢！

我欲言又止了很久，才期期艾艾地对休恩说，因为荷丝达不赞成我俩交往，只得斩断我俩之间的情丝。休恩很爽快，答应了我的要求，头也不回地走了。他的这种态度，使我认为他缺乏一颗执著的心，太大男子主义了，这令我柔肠寸断。

在很长一段时间里，我只能以泪洗面。但是我尽量不使荷丝达看到我的狼狈相。因为在某些地方，荷丝达也不算太聪明。

经过了一段漫长的岁月的洗礼，我内心的创伤被抚平了不少。但是恋爱再也不会降临到我身上了。我虽然把全部的人生投入到了玫瑰花、主日学校，以及荷丝达身上，然而心灵方面还是感到空虚异常。

我认为休恩一定会很快找到妻子，完成他的终身大事，想不到他一点也不焦急。岁月如梭，我俩仍然孤身一人。不过在教会里，我曾经看过他好几次，但荷丝达一直监视着我。事实上没有那种必要。休恩一次也不曾跟我交谈，更不用说约我。

但是长年以来，我对他朝思暮想。在心坎深处很庆幸他始终不曾成家。因为一旦他成了家，我的梦只有破碎一途了！

刚刚跟休恩分手时，一想到他，我就会感觉到心痛如绞、痛不欲生，但是经过了岁月的冲刷，尤其是当我知道休恩一直没有结婚时，我就会窃窃地打从心眼儿里高兴。那种高兴就仿佛海市蜃楼一般，朦朦胧胧的，想抓又抓不到。

十年的光阴成为过去，不久，荷丝达亡故了。她突然生了一种病，而且在短时间内去世了。不过在她亡故以前，她要我发誓，绝对不跟休恩结婚。

好多年来，荷丝达始终不曾提起休恩的名字，因此我以为她已经忘记这个人了呢！

"姐姐，那种誓不发也罢……"我一面抽泣，一面说，"如今的休恩根本就不想跟我结婚。他再也不可能有那种念头了。"

"他不是到如今仍然没有成家吗？这表示他根本就没有忘记你呀！"荷丝达以激动的口吻说，"想到你会嫁给身份比我们低的人，我实在不甘心死去呢！你就答应我，绝对不嫁给休恩，玛格丽特！"

于是我只好答应荷丝达。为了让姐姐安心地走，我可以答应任何自己办得到的事情。

"对于休恩，实在不必再存什么奢望，依我看，他根本已经把我忘得干干净净啦！"

听到了我的话，荷丝达满足地笑了笑，握紧了我的手说："你真是一个好妹妹，那太好了。玛格丽特，你一直都是好女孩，既善良又温柔，只是有那么一点儿感伤。你的面貌以及性格都像极了母亲，母亲是柔弱而善良的女人。我则遗传了梅帝家的刚强。"

说得一点儿也没错。就算是躺在棺木里面，荷丝达漆黑色的头发，端丽的眼鼻仍然有一种高雅的气质，以及意志坚强的痕迹。她死时的最后表情，牢牢地刻进我的记忆里面，叫我感到有那么一点儿不自在。

活着时的荷丝达，对我很亲切，她对我的一举一动，都充满了亲情和温柔。不过，看到了她死后脸上的坚强表情时，我只能够想到她摘掉我刚刚萌生出的幸福的冷酷。不过，我并没有因此而怀恨荷丝达。

我认为这样也好——至少对我来说是不太坏的。只不过，她的做法错了。

荷丝达亡故的一个月后，休恩曾经来找过我，要求我嫁给他。他说，这么多年来他一直爱着我，根本就无法爱上其他任何女人。

我承认昔日对他的爱又开始萌芽——他那双强壮的手臂环绕着我，我感觉到他浓浓的爱意正包围着我，同时也在保护我。一向对他心有所恋的我，立刻被强壮的他所吸引，而不知如何自处。

但是我已经答应过荷丝达了。在荷丝达临终时，我曾经对她许下诺言，当然就不能食言了。

我把一切经过对休恩说明。我一面说，一面流泪。

这一次，休恩并没有一走了之。他就站在我面前，一会儿责备我，一会儿对我晓之以理。他的一言一语恰如尖刀般刺进我的心坎里。

话虽如此，我可不能对死者食言。如果荷丝达仍然活着的话，我或许可以不管她的愤怒，以及绝交的恫吓，毅然地跟休恩结婚。但是，荷丝达已经亡故了。我再也不能那样做了。

休恩长叹了一声以后，气咻咻地走了。

这已经是三个星期以前的事情了——如今，我独自坐在月夜的玫瑰园里面，思念着休恩，痛苦地哭泣着。但是过了不久，我的泪水也干了，内心萌生出了一种不可思议的情绪，仿佛是身边站立着一个挚爱的人，我沉醉在幸福而舒适的气氛里面。

从这里开始，我所说的话将进入不可思议的境地——关于这部分，我想很少人会相信。如果它不是带来一个很确定的结果的话，连我自己也不会相信，而以为它是梦境呢！

那一夜，周围都显得静谧异常，没有一点儿声音，风儿似乎完全静止下来了。

月光出奇的明亮，没有白杨树遮盖的庭院中心，恰如白昼一般，连最小的印刷体文字都能够看得很清楚。西边的天空，仍然残留着玫瑰色的光辉，在高耸的白杨树树梢上，稀落的几颗星星在闪闪发光。

空气如梦幻一般，显得既静谧又甜美。我一直屏息欣赏着美景。

就在这时，我发现有个女人在庭院的那端散步。刚开始时，我以为是玛莉·史龙。不过，当我看到穿过月下小径的身影时，发觉她并非身材臃肿的老太婆。那女人的身材很高挑，而且背脊直挺。

看到那道身影，我想到的第一个人便是荷丝达。因为，生前的荷丝达最喜欢在傍晚时欣赏那些花木。诸如这种身影我已经看过无数次了。

咦？这个女人到底是谁呀？我感到纳闷。当然，她一定是附近的人。不过，她的步伐有一些奇怪。她顺着白杨树的影子，朝房子的方向走过来。有时，她俯下身子，仿佛在闻花香，但是并不摘花。走到一半时，她赫然地在月光下现形，朝我走过来。我吓得准备拔腿就跑，但是她很快就来到了我的身边。

不错，她是死去的——荷丝达！

我不知道如何形容这时的感受。刚开始时我的确很害怕，但是看清楚了对方是自己的姐姐后，我就不再害怕了。我相信荷丝达至今仍然疼爱着我，一颗心便不再狂跳了。

荷丝达走到距离我两三步时就停止了脚步。在明亮的月光下，我很清楚地看到了她的脸，那张脸浮现着我不曾看到过的表情——那是一种谦虚、和悦而慈祥的表情。在有生之年，荷丝达也时常用慈祥的眼光看我，但是每一次都透过夸耀以及严肃的面罩。如今，她揭掉了那种面罩，使我觉得荷丝达比以前更为可亲可爱。

那一瞬间，我突然领悟到荷丝达已经理解我的心意。如此一来，我最初的恐怖和畏惧，一下子就烟消云散了，使我感觉到我俩之间并没有阴阳相隔的恐怖。

"玛格丽特，你跟我来。"荷丝达对我招招手说。

我站了起来，跟在荷丝达后面，走出了庭院。

我们在杨柳下面，在我家的小径上面慢慢地走着，进入了街道。

街道沐浴着明亮而宁静的月光，一直蜿蜒到无穷无尽的地方。我完全无法抗拒，仿佛无意识地在梦幻中举步，内心只感到不可思议以及无限的满足。

我俩走在两侧排列着枞树的街道上。我一面走着，一面嗅着幽邃的香气，看着尖尖的树梢耸立于黑色的天空中。我听到踏到路边植物上的自己的脚步声，以及衣摆擦到草丛的声音，但是我发觉荷丝达自始至终没有发出任何声音。

不久以后，我俩进入了林荫大道，也就是艾凡利的安妮所谓的"欢欣的白蒙路"。

此地黑得伸手不见五指，然而四周就仿佛月亮照耀一般，使我能够清晰地看到荷丝达的脸。

每次我看着荷丝达时，她必定会浮现出奇妙的温柔笑容，很慈祥地看着我。

我俩刚走完林荫大道时，杰姆斯·多伦多驾着马车超过了我们。

在那一瞬间，我多么希望喜欢饶舌的杰姆斯没有看到我和荷丝达。我担心他会到处说他亲眼看到鬼魂的奇遇。

想不到，杰姆斯对我点了点头，说："玛格丽特小姐，你好！你喜欢单独在月夜散步吗？今晚真不错呢！"

就在这时，杰姆斯的马儿好似受到惊吓，长鸣了一声，然后疯狂地奔跑起来。杰姆斯在惊讶万分下被马儿拖走了。我也舒了一口气，原来杰姆斯并没有看到荷丝达。

我俩越过山丘以后，眼前展现了休恩·布雷亚的住宅。到达那儿时，荷丝达轻飘飘地进门去。

这时，我才领悟到姐姐的幽魂回家的原因，内心里感到几乎难以抑制的喜悦。我停下了脚步，看着荷丝达。荷丝达凹陷的双眼温柔地凝视着我，但是始终不曾说过话。

我俩继续走路。在常春藤覆盖之下的休恩的房子沐浴着月光，庭院在右边，古老的花草在一片杂乱中，飘散出香气，在月光下争奇斗艳，实在是一个充满了野趣的地方。

我沿着两边种着薄荷的小径走，那种沁人肺腑的香气，恰如不可思议的莫名香气，一阵又一阵地飘散开来。我感受到了一种难以言表的幸福。

抵达门口时，荷丝达对我说："玛格丽特，你敲门吧！"

我按照姐姐的吩咐敲了一下门。果然，休恩很快就来开门。就在这时，我才恍然大悟，这件不可思议的事情，绝对不是梦境，更不是我的幻想。休恩并没有看我，他的目光越过了我的身体。

"啊！荷丝达！"他喊叫的声音，充满了人类的畏惧与恐怖。

身强力壮的男人，从头到脚一直在发抖，接着，他整个人斜靠在栏杆上面。

荷丝达说："在神制造的宇宙里面，除了爱，任何东西都是微不足道的——"

休恩跟我惊讶得面面相觑。

那时，我们发现除了我俩，根本就没有第三者。

第九章

茶色笔记簿

艾宾先生和拉宾达小姐——即使在拉宾达小姐结婚以后，我跟黛安娜仍然如此称呼她——婚后，第一次回到"回声庄"的夏天，黛安娜跟我也到那儿度过了大部分的时间。这时，我们也认识了很多克拉夫顿的居民。

其中，我俩跟麦克·李斯家的成员最熟。晚餐后，我俩时常到李斯家玩槌球。

米莉·李斯跟玛嘉莉·李斯是一对很讨人喜欢的少女，李斯家的男孩子也非常惹人疼爱。对于这个家族，我跟黛安娜都很喜欢，唯独对于年老的爱米莉小姐，无论如何都喜欢不起来。但是为了让自己喜欢她，我尽了最大的努力。

爱米莉小姐似乎很喜欢我跟黛安娜，因为不管我俩急着想上哪儿，她都会黏住我俩不放，在我俩身旁说一些她的陈年旧事。那时我俩都会感到坐立不安，但是都不曾把内心的不耐烦表现出来。关于这点，我感到非常高兴。

在某方面，我俩也觉得爱米莉小姐挺可怜的。她是李斯家未婚的老大姐，但在家族里并没有受到重视。

尽管如此，我俩仍然不喜欢她。

爱米莉小姐喜欢大惊小怪、好管闲事，而且为人又不够机灵。她也喜欢说些风凉话儿，对人们冷嘲热讽，对于年轻人以及他们的恋爱，一向抱着敌对的心理。我跟黛安娜都认为——那是因为她不曾被人追求过。

总而言之，我认为要把爱米莉小姐跟恋爱事件联系在一起想象，是一件万万不可能的事。她的个子很矮，人又长得肥壮，面孔浑圆而多肉，皮肤红彤彤的，乍看起来，似乎连眼睛和鼻子都不显眼！头上仅有的一些头发又是白苍苍的。

爱米莉小姐还有一个特点，那就是她走起路来，如蕾洁·林顿夫人一般摇摇晃晃的，而且老是上气不接下气。看了她的外表，我俩几乎不敢相信她有过青春期，然而李斯家的邻居马利老爹却说，爱米莉在年轻时是数一数二的美女呢！

"横看竖看，她一点都没有美女的影子。"黛安娜如此说。

天晓得，有一天，爱米莉小姐骤然亡故，而且没有人感到悲伤，好像也没有人为她流泪。我一向认为——在没有任何人惋惜之下过世，是一件最叫人感到恐怖的事情。

爱米莉小姐亡故之后，在我跟黛安娜获知这件事情以前，她的家人就把她埋葬了。有一天，我拜访完黛安娜回来时，在"绿色屋顶之家"的房间里，发现了一只钉着钢钉的奇妙皮箱。

玛莉娜说，那是杰克·李斯带来的。原来，那口皮箱是爱米莉小姐的遗物。爱米莉小姐过世以前嘱咐她的家人把它送给我。

"它到底装着什么东西呢？我应该如何处置它呢？"我感到困惑万分。

玛莉娜说："麦克·李斯并没有交代里面装着什么东西，也没有说你应该如何处置它。因为爱米莉指定要送给你，所以他也就没有打开来查看。看来，那是一只很奇妙的皮箱。安妮，你老是会被卷入莫名其妙的事情里面。

"安妮，你不如把它打开来瞧瞧吧！钥匙在这！麦克说，爱米莉小姐很喜欢你，说看到你，就会想到自己的年轻时代呢！所以才把这只箱子送给你。依我看哪，爱米莉到了最后，可能有些精神错乱。她说希望你彻底地理解她。"

于是，我跑到黛安娜家，叫她跟我回到"绿色屋顶之家"，两个人共同来研究这只皮箱。因为爱米莉小姐并没有指定必须保守秘密，而且不管箱子里面装着什么东西，我相信和黛安娜分享的话，爱米莉小姐绝对不会有什么异议的。

那是一个凉爽的阴天下午，我刚回到"绿色屋顶之家"，雨水就哗啦哗啦的降下来了。待我跟黛安娜登到阁楼的房间时，又刮起了一阵旋风，使得窗外的古木"冰雪女王"咻咻的鸣叫起来。

黛安娜感到很兴奋，不过也有点害怕。

我俩打开了那只陈旧的皮箱，这只皮箱很小，里面只放了一个牛皮纸箱，除此以外什么也没有了。箱子用绳索绑牢，开口用蜜腊封紧。我俩把牛皮纸箱取了出来，再把绳索解开。那时，我无意间碰到了黛安娜的手指，两个人同时叫了起来。

"哇！你的手好冷！"

纸箱子里面，放着一件青色洋纱，上面印有深青色花纹的典雅图案。在它的下面有腰带，黄色的羽毛扇子，以及装满了干花的一个信封。箱底则放着一本茶色的笔记簿。

它就像一般少女的练习簿又小又薄，纸页本来是青色与粉红色，如今却褪了色，到处散满了污点。

封面是有着漂亮笔迹的"爱米莉·李斯"五个字，练习簿的头两三页写满了相同笔迹的字，其余的则空白着。我跟黛安娜就坐在地板上面，全心全意地阅读那些字。另一方面，雨水正激烈地拍打着玻璃窗。

一八××年，六月十九日

今天，我到夏洛镇的玛格丽特姑妈家里小住。姑妈所住的房子非常别致——感觉比我们家舒畅多啦！在这里，我不必挤牛奶，更不必费神去养猪。

我刚到姑妈家里不久，她就给了我一块青色的洋纱衣料，我就把它拿到裁缝店去做了一套，预定在下星期的布华顿园游会穿的衣服。

到目前为止，我不曾拥有过洋纱制的衣服——除开那件难登大雅之堂的印花布衣服以及黑色的羊毛衣服，什么漂亮的衣服也不曾拥有过。

"我真希望我家也像玛格丽特姑妈家一样的富有。"

听了我这句话，玛格丽特姑妈笑着说："如果我能够变成你一般年轻、标致，心情又跟你一般愉快的话，那我愿意以全部的财产交换。"

我今年十八岁，我知道自己年轻，不过我真的长得很标致吗？关于这一点，我就不敢保证啦！

不过，当我照玛格丽特姑妈家漂亮的镜子时，我竟然有几分把握，我可能真的长得不赖吧。姑妈家的镜子所照出来的我，跟我房间的那面既旧又有裂痕的镜子所照出来的我，根本就像两个不同的人。

我家的那面镜子照出来的我总是怪怪的，实在叫我感到失望！不过，当玛格丽特姑妈说我跟她年轻时很像时，我却是倒抽了一口气！想到了自己以后像现在的姑妈，我就会感到悲从中来。因为姑妈长得肥肥胖胖的，一张脸又红彤彤的。

六月二十九日

上个星期我参加了游园会，邂逅了一个名叫保罗·奥斯蒙的青年。他是来自蒙特娄的年轻画家，住在赫伯克。天哪……我从来就不曾见过如此英俊的男人——他身材高大，长得细瘦，一双黑色的眼睛散发着梦幻般的色彩，脸色苍白，看起来似乎很聪慧。

自从看到他以后，我对他日思夜想。今天，他来到了姑妈家，要求我当他的模特儿。玛格丽特姑妈爽快地答应了，我感到非常高兴。他叫我站在阳光穿过的白杨树下面，看着我使劲地挥着画笔。他把那幅画取名为《春天》。

那天，我穿着青色洋纱的衣服，头发上面戴着一个花环。保罗一直在称赞我的头发，说他至今还不曾看到过浅色的金头发。自从他赞扬了我的容貌以后，我觉得自己真的比以前标致了呢！

今天，我的母亲写了一封信给我。她在信里提起——母鸽孵出了十四只小鸽子，我父亲卖掉了那一头有斑纹的小牛。而我对于这些事情，已经没有往日那么感兴趣了。

七月九日

保罗对我说，那张画画得相当不错。我一眼就看出他把我画得太标致了。但是保罗说，他并没有把我的美丽充分地表现出来。

保罗说，他将拿着这张画参加大型的展览会。不过他会送我一张相同的画，只是它比较小，而且是一张水彩画。

在那段日子里，保罗每天都来。我跟他有说有笑的，感到日子过得很愉快。保罗从他读过的书本里面，挑选一些有趣的事情说给我听。不过他所说的，我不能全部听懂，但保罗会耐心地解释给我听。

他又对我说，拥有我这般眼睛、头发以及皮肤的女人，根本就不必变得聪明伶俐。他又一再强调，不曾听过我这般动人的笑声。他说我的声音犹如出谷的黄莺。得啦，我不要再写他称赞我的事情啦！因为，我认为——他只是在口头上说说罢了。

到了日落黄昏，我俩在针枞树之间散步，感到有点儿疲倦时就坐在洋槐树下休息。有时，我俩只是含情脉脉地对看，始终不说一句话。虽然如此，我俩也不会觉得时间太长。实际上，我一直觉得时光飞逝得太快了呢！待火红的夕阳来到港口上面时，保罗就会长叹一口气说——我得回去了。

七月二十四日

我感到非常幸福。因为太过于幸福，偶尔也会叫我恐慌起来呢！啊！我从来就不知道人生能如此美丽。

今天傍晚，他跟着我到港口散步，我俩并肩看着落日时，他悄悄地靠近我的耳边说他爱我，还要求我做他的妻子！

其实，我刚邂逅保罗时就有这个念头，不过总认为自己不够聪明，没有资格做保罗的妻子。我的教育水平离他太远了！因为我只是一个无知的乡下姑娘。我一向过着农村生活，我的一双手因为从事劳作，如今还相当粗糙呢！

经我如此一说，保罗只是笑笑，再握着我的手，深情地吻了几下；接着，深情款款地凝视我，又再度微笑起来。时至今日，我已经无法隐藏我爱保罗的心了。

我们决定明年的春天结婚，保罗说，到时他就会带我到欧洲游历一番。这件事情固然叫我感到兴奋，但是只要我能够跟保罗在一块儿，就是不到欧洲，我也会甘之如饴。

保罗家非常有钱，他的母亲跟姐妹都是名流贵妇。对于这些女人我感到害怕，但是又不敢说出来，为的是——担心伤害到保罗。

我暗下决心，为了保罗，我什么委屈都可以忍受。我做梦也想不到，我会存着这种彻底牺牲的念头。那时我认为——爱我的男人必须把我视为女皇一般款待。时至今日我才明白，爱情会使人谦逊，为了自己心爱的人，我什么事情都乐意去做。就是赴汤蹈火，也在所不辞。

八月十日

今天，保罗回家去了。唉！我实在受不了啦！就算只有短短的几个小时，没有了保罗，也会非常难熬！不过保罗不回去是不行的，但他说一定会时常写信给我，甚至还会频频来找我呢！话虽如此，我仍然感到非常寂寞。

临别时，我为了使他时常忆起我的笑容，强忍住欲哭的冲动，咬紧牙关，不曾流出一滴眼泪。

但是保罗走了以后，我立刻山崩地裂似的哭了起来，哭得两眼红肿如蜜桃。我实在不想哭，然而眼泪仿佛决了堤的河水一般，根本就无法遏止。在这十四天里面，我俩感觉到一天比一天幸福，一天比一天灿烂。如今，一切都变成了过往云烟，那种日子再也不会降临了。

我做梦也想不到会如此深爱一个人。今后如果失去了他，摆在我面前的，只有死路一条。

八月十七日

今天，保罗的母亲来找我。她看起来并不愤怒，也不曾表露出不快的模样。如果她表示愤怒，或者显露出不愉快态度的话，我可能就不太会惧怕她。正因为她一直和颜悦色地说着话，我才一句话也说不出口。

保罗的母亲是标致、大方，而且具有一种威严气势的妇人。她说话的声调低沉，态度冷静，气质高雅，一对黑色的眼睛闪动着狡黠的光芒。她的脸很像保罗，但是缺乏保罗那种吸引人的魅力。

保罗的母亲跟我谈了很久，而且说了一些伤透人心的话——事实上，她所说的都是真实的——她说，保罗只是迷恋我的美丽和年轻。但是这种事情无法维持长久。她又问我,除了这两样东西,我能够给保罗什么东西呢?

保罗为了保持自己的名誉与地位,必须娶一位跟他门当户对的女性。保罗具有十足的才能,又拥有不可限量的前途,如果跟我结婚,我将毁掉他的一生。

听了保罗母亲的话后,我一切都明白了。于是我对她说——我不想跟保罗结婚了,请你回去告诉保罗——想不到保罗的母亲却说,别人对他说,他是不会相信的,你得亲口告诉他。

我要求她别再折磨我,但是她充耳不闻。我终于明白了,她并非是同情或怜悯别人的妇女,而是一个心肠很硬的女人,于是我就断了要求她的念头。

保罗的母亲临走时,一再感谢我听从了她的话。但是我告诉她,我并非为博得她的欢心才如此做,只是为了保罗。我还对她说,因为她口口声声说我会毁掉保罗的一生,我将永远憎恨她。想不到,她仍然笑嘻嘻地走出去。

唉!我情何以堪?我做梦也想不到,自己会受到这种痛苦的煎熬!

八月十八日

我把一切都解决了。今天,我写信给保罗。因为我实在没有勇气面对着他说出那种话,想来想去,还是用写信的方式最为妥当。不过，我还是没有什么把握。如果是聪明的人，或许能够在毫不造作的情况下写成一封泣血的诀别书，但是我一向很鲁钝，写了一张又一张，但又一张张撕掉。

忽然我心生一计，为何不假装成一个用情不专、在情场打滚的女人呢？如非这样的话，我再怎么解释，保罗都不会相信的。我故意写了几个错字，又故意用错文法，给他一种粗俗的印象，再对他说，我只是跟他玩玩，因为我在故乡已经有了很要好的"男人"。末了我又对他说，我之所以接近他，不过是看在钱的份上。

写了这么一大堆谎言以后，我有一种撕心裂肺的痛苦。不过话又说回来，我之所以肯做到这种地步，不外乎是为了保罗的锦绣前途。

保罗的母亲说过，如果我跟保罗结婚的话，我将变成吊在保罗颈上的一块石头，毁掉他的一生。我实在不愿意拖累保罗，所以才肯如此牺牲自己。为了保罗，就是死我也不在乎。保罗在看到我的信件以后，一定会放弃我的。不过，我以后要如何活下去呢？

或许，看到这封信以后，保罗就不再去找爱米莉了。因为小小的茶色笔记簿到此就没有任何记载了。阅读完了以后，我俩的脸上都充满了泪痕。

"唉！真是太可怜了……叫人肃然起敬的爱米莉小姐！"黛安娜哭着说，"我实在太不应该了！为什么说她爱管闲事又可笑呢！我真该死！"

"爱米莉小姐是善良又勇敢的人！"我说，"我绝对不能做到爱米莉小姐的地步，完完全全不考虑到自己。"

于是，我想起了弗衣杰的一首诗——

> 善变的外表容易看出来
> 隐藏的泉水却难以发现

小小的茶色笔记簿后面，有一幅描绘少女的褪色水彩画——画中人有着大而蓝色的眼睛，漂亮如波浪的金发，身材窈窕，的确是长得很标致的少女。在水彩画的一角，有着保罗·奥斯蒙的签名。

第十章

独生子

赛拉·卡留正等待杰斯达回家。她就坐在厨房西侧的窗边,凝视着即将降临的黑夜。

当全神贯注时,她就会一动不动,而且也不会显露出坐立不安的样子。赛拉不管做什么事情,都是一板一眼的。

"如果与石像排列在一起的话,或许石像也会吓一大跳呢!"隔着一条小路的辛西亚·怀特夫人说,"眼瞧着她如铜像一般,在完全不动弹之下,睁大一双眼睛,死盯着道路时,我就火大。当我读到'除了我,不得把任何东西当成神'的戒律时,我就会想到赛拉。她把儿子当成神一样崇拜,有一天必将会遭受天谴的。"

如今,怀特夫人仍然瞧着赛拉。不过为了不浪费时间,她在使劲地编织毛衣。至于赛拉呢,她什么事儿也不做,只是把双手放在腿上。怀特夫人说,她实在非常不喜欢看到那种"景色"。

"看到一个女人家，那样一动也不动地坐在那儿，真叫人感到不寻常。有时我难免会如此想——如果她也如年老的荷雷萧一样得脑溢血的话，那该如何是好？"怀特夫人说。

那晚很寒冷，秋意很浓。海洋那边，太阳西沉的地方变成了火般的红艳，在它上面，犹如冷冻了的天空正重叠着黑紫色的云层。卡留家下面的那条河流呈铅色，对面为黑沉沉的海洋。

这种景色会叫人不禁想到初冬已经悄悄来临，不过赛拉本人却喜欢这种傍晚。凡是苛酷而美丽的东西，赛拉都很喜欢。她之所以不想点油灯，是不想使海空壮大的景色消失。同时，在等着杰斯达回来以前，她都喜欢坐在黑暗里。

今夜，杰斯达迟迟不归。赛拉认为他仍然在港口加班，当然就没有什么挂虑了。只要工作一做完，他就会回到母亲正等着他的家里。

想到这，赛拉的思绪已经飞到寒冷的港口街道，迎接自己的儿子去了——

在寒风的吹刮之下，沐浴着冷森的空气，身材魁梧，面貌俊美的年轻人——杰斯达穿过了沙质的洼地，大踏步地在山丘地带行走。他裂开的下巴正是塞拉的遗传，而浓灰色正直的眼睛却是承袭自父亲。

"以艾凡利来说，根本就没有一个女人能拥有像我一般优异的儿子。"即使杰斯达稍微离开赛拉一小段时间，她也会因为母爱不能得到满足而感到焦急，甚至肉体方面也会感到疼痛。赛拉对于道路那边正在编织毛衣的怀特夫人萌生出了轻蔑的怜悯。

因为她没有儿子，只有一群脸色苍白的女儿。

赛拉一次也不曾想过，如果有女孩子那该多好。

在外面的阶梯，杰斯达所饲养的狗突然发出尖锐的哀叫声。它不想待在冷冽的石板上面，想去炉灶后面它自己的地方。听到了狗的叫声，她甚至浮现了残酷的笑容，狗根本别想进她的屋子里去。

赛拉自称她自幼就讨厌狗。至于真正的理由，她始终不曾说过。由于杰斯达很爱这只狗，使得她憎恨它！就算是口不能言的兽类，赛拉仍不喜欢它分享杰斯达的爱。除了杰斯达，这个世界上没有一样东西是她所爱的。

赛拉也希望儿子杰斯达只爱她一个人。当她听到狗悲鸣时，内心竟感到阵阵的痛快。

现在，太阳已经完全下山了。在丰收后的田园上，有一些星星在眨眼睛。杰斯达仍旧没有回来。在小路对面，已经监视腻了的怀特夫人，拉下了百叶窗，点亮了油灯。少女活泼的影子在椭圆形的光圈里走来走去。看到那种情形，赛拉感觉到一种不可救药似的孤独。当她下定决心，想走到小桥旁等杰斯达时，有人急促地敲打着厨房东侧的门。

凭那种要命式的敲打方式，赛拉知道来者是奥卡斯多。于是，她慢条斯理地点燃了油灯。赛拉一向不喜欢奥卡斯多，因为他喜欢东家长西家短地说别人的闲话。凡是喜欢道及别人的闲话的人，不管是男是女，赛拉都不喜欢。不过，她对奥卡斯多特别的"开恩"。

赛拉手提油灯走到门口。她本来并没有意思请奥卡斯多到屋里坐坐。但是奥卡斯多不等赛拉请他进去，便威风凛凛地推开赛拉，自顾自地进入屋里。他是小个儿的男人，腿有毛病，背脊上又长了一个瘤。大约中年的年纪，虽然深陷的眼睛充满了恶意，但是那张面孔却跟少年一模一样。

他从口袋里抽出一份皱巴巴的报纸交给了赛拉。他是艾凡利非正式的邮差，当他到邮局替人带回报纸或者信件，总可以获得少许赏金。除了此途，他还依靠其他方式赚些小钱，以养活他自己。

奥卡斯多的风言风语，每一次都充满了恶意。艾凡利的居民们都说，奥卡斯多每天带给艾凡利的害处，足足抵得上别人一整年带给艾凡利的祸害。不过由于他是残障之身，人们也就不怎么跟他计较。

那也是人们对身份低微的人所抱持的宽容态度。关于这点，奥卡斯多非常清楚。或许，他大部分的怨尤来自这里，正因为如此，他最讨厌对他亲切的人，尤其是赛拉和杰斯达。他更嫉妒身材魁伟且容貌英俊的人。他认为伤害这两个人的机会来临了，以致他残障的身体，消瘦的面孔，都仿佛那盏油灯，发散出闪闪的光辉。赛拉看到他的矫态，产生了一种漠然的敌意。她犹如对一只狗指示擦鞋垫子一般，对着奥卡斯多指指那把摇椅。

奥卡斯多坐到椅子上，爽朗地微笑着。他在内心里如此想着——这个恶婆娘一向把我看成毒蛇猛兽，今天，我就要叫你哭笑不得。

"你在路上看到杰斯达没有？"赛拉抢在奥卡斯多想说出话的当儿质问他，"吃过晚餐后，那孩子为了备用小艇去找乔雷蒙，可是照理说，他应该要回来了才对。他到底在干什么事呢？"

"还不是去找漂亮的姑娘。赛拉，她可是人见人爱的俏姑娘啊！很难找到的！"

"这个男人到底在胡诌些什么呢？"赛拉感到困惑。

"我是说，如今你的宝贝儿子正在汤姆·布雷亚那儿，跟德玛莉·卡兰那姑娘打情骂俏呢！"

赛拉颓然地坐进椅子里，苍白的脸并没有太多的变化，不过她的嘴唇完全失去了血色。瞧到了这种情形，奥卡斯多的内心感到欣喜异常。对于一向幸灾乐祸，巴不得天下大乱的奥卡斯多来说，损人利己是他唯一的乐事。对于长年欺压他的赛拉，如今，他已经举起了复仇的酒杯。

"奥卡斯多，我可不是一个很有耐心的人，"赛拉以冷若冰霜的口吻说，"我是在问你，杰斯达到底在哪儿？到底在干什么事？你只要告诉我这些就够啦！你说杰斯达去布雷亚那儿了？是否真的？这孩子也真是的，我在这里望眼欲穿地等着。唉！未免太荒唐了吧！"

奥卡斯多点了点头。他认为再愚弄赛拉就不厚道了，回答道："就是！我来这里以前，曾经到布雷亚那儿转了一圈。看到杰斯达跟德玛莉坐在一个角落里，卿卿我我。啧啧……赛拉，你不要瞪眼咧嘴、咬牙切齿啦。我以为你早就知道这件事了。

"自从德玛莉来到我们这个小镇以后，杰斯达就一直对她如痴如醉。这件事几乎众所周知。俗话说男大当婚，女大当嫁，难道你要一辈子把儿子绑起来，叫他永远在你身边吗？那是万万不可能的！杰斯达长大了，他有权选择自己的身边人。你阻止不了他的。依马莎·布雷亚的说法，他俩的亲密程度可用如胶似漆来形容。"

赛拉一面听一面呻吟，好像有人在掐她的脖子！到了最后，赛拉完全一动不动了。奥卡斯多一说完，赛拉就站起来，以一种高傲、瞧不起人的神情瞥了奥卡斯多一眼，看得奥卡斯多哑然无言。

"好啦！你已经把话说完了，看到我丧气的模样儿，你满意了吧！立刻给我滚出去！"赛拉缓慢地说。

"可是……赛拉……"奥卡斯多想抗议，但是赛拉立刻打断了他的话。

"你不用再说啦！滚蛋吧！以后不必给我带信件来，看到你这副幸灾乐祸的样子，我就有气！"

奥卡斯多走了出去，但到门口，又说了一句话："赛拉，我并没有说谎。关于你宝贝儿子那件事，几乎所有艾凡利的居民都知道了，我只不过是实话实说。村子里的男男女女都知道杰斯达迷恋着德玛莉，谁也料想不到你还被蒙在鼓里。我想，一定是你喜欢吃干醋，动不动就要发脾气，因此杰斯达才不让你知道。你的岁数也一大把了，火气还那么旺，我给你带来消息，你却要赶我走……"

赛拉并不答腔。待砰的一声关上门以后，她又上了锁，吹熄了灯火。接着，她把自己掼在沙发椅上面，呜呜哭泣起来。

赛拉的内心感到痛苦万分。她已经不再年轻，却犹如台风一般激烈地哭号起来，恰如一个被情人遗弃的少女。哭了一阵子以后，她开始认真地思考起来。

赛拉哭尽了眼泪以后，想着奥卡斯多所说的话。她实在不敢相信杰斯达会去爱别的女人，因为她犹如命根子般疼爱着他呀！想不到，那种可能性就仿佛缓缓地爬上陆地的海雾，在她无法捉摸的情况下，既冷酷又无情地侵入她的内心。

赛拉生下儿子后，由于身子非常屡弱，必须在床上躺几个星期。在这期间，须由别的女人代替赛拉照顾婴儿，正因为如此，赛拉非常厌恶那些照料过她儿子的女人。

她的丈夫在杰斯达一岁时亡故。赛拉把婴儿放在临终的丈夫的臂膀上，在婴儿受到最后祝福以后，又把婴儿抱回来。对赛拉来说，那一瞬间就等于神圣的仪式一般。从此以后，她对儿子有着绝对的权力，谁也别想把她的宝贝儿子夺走。

对于一般人所谓的婚姻，赛拉始终不曾把它跟杰斯达联系在一起想象。杰斯达的家族几乎都跟婚姻无缘。

杰斯达的父亲到了六十岁才结婚，赛拉嫁给杰斯达父亲时也将近半百。不管是杰斯达的父亲或母亲的亲戚方面，几乎没有人在适婚年龄结婚，甚至有大部分的人一辈子不曾结婚呢！在这种情形之下，难怪赛拉会把杰斯达看成婴儿，把他当成自己的所有物了。

想不到如今，别的女人正想夺走她心爱的儿子！想到这里，赛拉才想起德玛莉这个年轻女人。

德玛莉刚来艾凡利不久。她在失去母亲以后，到这里投奔她的舅舅。大约在一个月以前，赛拉在木桥上碰见过德玛莉。

她的额头狭窄，稍带红色的金发，犹如瀑布一般披在背上，大红色的嘴跟乳白色的皮肤交相辉映，恰如一朵盛开的花儿。至于她的眼睛，赛拉想起来它们是淡褐色，很深邃，充满了笑意。

德玛莉一脸笑意地走过去。她一微笑，脸上就会浮现动人的酒窝。她的态度好似在显示，她对于年轻的自己感到甚为满意，又仿佛要对所有的人展示她的美丽。赛拉在心里也觉得她甚为标致。

今夜，身为母亲的自己在黑暗中寂寞地等待着儿子，想不到杰斯达却是到布雷亚家跟这年轻女孩打情骂俏。

"毫无疑问，杰斯达爱这个年轻女孩，年轻女孩也中意杰斯达。一定错不了啦！"赛拉如此一想时，立刻感觉到死一般的痛苦，心里骂着——好不要脸的女人！赛拉把她满腔的怨气发泄到德玛莉身上。这个德玛莉，凭着她的一双蔚蔚双瞳以及朱红色的嘴唇勾引男人，让杰斯达掉进了她的陷阱里面。赛拉心怀恶意地想着德玛莉的脸。

"我怎么能把儿子交给那种女人呢？"赛拉很不以为然地又想，"我绝对不把杰斯达交给任何女人，更何况是那个年轻的姑娘！那个姑娘一旦占据了我儿子的心，我的儿子就再也不会想我了！我为了生这个儿子差一点就丢了命。儿子是我的！我绝对不会把儿子交给她。她大可去找别人的儿子，尤其是去找兄弟众多的男子，我是绝对不会把独生子交给她的！"

想到这里，赛拉站了起来，披上了外衣，进入黑暗而金色的夜景里面。飞雪已经停止，月儿正在照耀着四周。空气恰如钟声一般冷清。河岸的赤杨树在赛拉走过旁边时，发出了叫人骇然的沙沙声，即使赛拉走到了桥上亦是如此。

赛拉在桥上停止了脚步，用一种忐忑不安的眼神凝视着前方的道路，再斜靠在桥梁的栏杆上面，看着水面上的月光。走过她身旁的夜归人都以奇异的眼光看着她。

卡尔·怀特看到这种情形以后，一回到家，就对他的老妻子说："赛拉如神经错乱一般，在桥梁上面大踏步地踱来踱去。刚开始时，我以为是头脑有问题的梅布蕾婆婆。夜都那么深了，她在那儿干什么呢？"

"我想，她一定是在等杰斯达，"辛西亚说，"因为她的宝贝儿子还没有回家。此刻，他一定是逗留在布雷亚家里，跟德玛莉谈笑风生、卿卿我我。赛拉想必已经知道杰斯达迷上德玛莉的事情了，我始终不敢对她提起这件事，怕她会像母狮子一般扑到我身上。"

"如果是赏月的话，赛拉选择的这个夜晚未免太寒冷了一些，"卡尔是一个头脑简单的人，一向喜欢以单纯的眼光看东西，"天气太冷啦！好像就要降雪了。赛拉也应该明白杰斯达已经长大了。他当然也会像其他的男人一般去做一些自己喜欢的事情。

我不相信赛拉不懂得这一点。如果不想开一点，赛拉很可能就会跟她奶奶一样发疯。我到桥上去好好劝劝她。"

"你千万别那么做！"辛西亚对自己的丈夫说，"她心情不佳时，最好由她去，别去惹她！她跟艾凡利的任何女人——以及任何地方的女人——都不同。如果你要去规劝由于吃儿子的干醋，而大发雷霆的她，不如去惹一只老虎。我想——德玛莉让赛拉碰到的话，她很可能会被赛拉掐死！"

"你们这些妇人对赛拉存有偏见！"卡尔责备自己的妻子。在往昔，卡尔曾经爱过赛拉，时至今日，仍然把她当成好朋友。正因为如此，每当听到艾凡利的女人贬低她时，他就会为她辩护。

他整夜都想着赛拉在桥上来回踱步的情形，很后悔听了妻子的话，不到桥上把她劝回去。

回家途中的杰斯达在桥上碰到了母亲。

在朦胧的月光下，母子俩长得实在很像，不过杰斯达的脸荡漾着喜气。杰斯达长得非常俊美，赛拉虽然受着痛苦与嫉妒的煎熬，但是仍然很欣赏他的俊美。她伸出双手抚摸儿子的脸，却以一种谴责的口吻问他，这么晚了，到底到什么地方去了。

"我到布雷亚那儿……"

杰斯达说罢准备继续走路，但是赛拉抓紧他的手问："原来你去找德玛莉了？"

听了这句话，杰斯达感到不安。他虽然深爱着母亲，一直对母亲抱着畏惧之心，但是对于她戏剧性的举止和说法，却有一种难以忍受的嫌恶。

杰斯达有些愤慨，他认为艾凡利的任何青年，即使访友而晚归，他们的母亲也不会站在桥梁上面等待着，以悲剧式的口吻问东问西。他想甩掉母亲抓着他的手，但是始终办不到，知道非答复母亲不可了。他一向很直爽，因此照实以告。不过，他的口气充满了母亲不曾感觉到的愤怒。

"是啊。"他很坦白地说。

听了这句话，赛拉放开了杰斯达的手，发出一阵尖锐的叫声，并拍了一下自己的手。她的叫声充满了狂暴的气息。如果在那一瞬间，德玛莉在场的话，赛拉很可能就会宰掉她！

"母亲，请您不要那样！"杰斯达很不安地说，"天气实在太冷了，我们进去再说吧。母亲，您实在不应该出现在这儿。到底是谁说了我的闲话？乱嚼舌根的人实在太可恶啦！我去找德玛莉又有什么不对呢？"

"喔——喔——喔！"赛拉叫嚷起来，"我——孤孤单单一个人——焦急地等着你回来，你的脑子里面却只有那个女人——德玛莉！快告诉妈妈，你爱那个女人吗？"

一股血气上升到青年的脸上。他不知在嘴里喃喃着什么，试图向前走，但是赛拉又拖住了他。到了这种地步，杰斯达只好以柔和的语气说话："母亲，这件事情又算什么呢？"

"那么，我对你来说，又算什么呢？"

"你是我的母亲啊。就算我另有一个心仪的人，我对母亲的感情也不会改变啊。"

"你最好别去爱别人！"赛拉大声地叫嚷起来，"我要你完整的爱——我是说一点也没有缺陷的！跟你母亲比起来，那个娃娃脸的女人又算什么呢？对于你，我拥有至高无上的权力！我绝对不放你走！"

杰斯达认为在母亲情绪激昂的情况下，讨论这个问题不会有什么结果，便决定在母亲恢复平静后再讨论这个问题。但是赛拉不想如此，她奔过赤杨树，又追上了杰斯达。

"你对我发誓，不会再去找德玛莉！"赛拉恳求自己的儿子，"你放弃她吧！"

"这件事我绝对不能答应！"杰斯达愤然地叫嚷起来。

他的愤怒比一记拳头更伤害赛拉的心。不过，她并不表示畏缩："你是否想跟那女人结婚？"赛拉叫了起来。

"噢……母亲，请您把声音放低一点。几乎全村子里的人都听到了。您为何要排斥德玛莉呢？您不知道她有多温柔，如果您认识她的话。"

"我才不要认识她呢！"赛拉犹如烈火般地说："我绝对不会把你交给她！杰斯达，我绝对不会把你交给她！"

杰斯达没有答腔。

赛拉哇的一声哭了起来，再大声地呜咽。杰斯达立刻感到后悔，回过头来拥抱母亲。

"母亲，母亲，请您不要这样！我实在看不得您哭泣。不过，您总得讲道理吧。我也跟其他的男人一样，总有一天非结婚不可。难道您没有想到这点？"

"你别说梦话了。我绝对不会答应的！我绝对忍受不了那件事！杰斯达，你得答应我，不再跟那女人在一起。除非你答应我，否则的话，今晚我决不回去！"

"母亲，这件事我力有未逮。母亲，请您不要再为难我了，我们进去吧！进屋里再说吧！您看，您已经冷得在发抖啦！"

"除非你答应我，否则的话，我连一步也不想走。你答应我，放弃那个女人吧！只要你答应，我什么事情都可以为你做！如果你不答应的话，我绝对不进去！你瞧着好啦！我绝对不会进去的！"

杰斯达很清楚，赛拉一向是说得到做得到的女人。而且有一件事情叫杰斯达更为害怕，那就是母亲在发狂以后，什么事情都干得出来。当杰斯达的父亲跟母亲结婚时，曾经有过一阵子传言说，赛拉出身于一个古怪的家族，她的娘家有着疯狂的血统，屡屡有妇女投河自尽。当杰斯达想到这个问题时，不觉打了一个寒噤。对于德玛莉的热情一下子就冷却了不少。

"母亲，请您冷静一点。唉……用不着如此大呼小叫啊！请您等到明天吧，到时我给您一个明确的答复。好了，我们进屋里去吧！母亲……"

赛拉放开了拥抱杰斯达的手，退到月光照耀的地方。她以悲剧演员的表情瞧着自己的儿子，再以严肃的口吻说："杰斯达，如果你选择那个女人的话，我就立刻离开你，再也不回来了！"

"母亲！"

"你选择呀！"赛拉以激烈的口吻说。

杰斯达感到母亲对这件事占有绝对的优势。至今为止，他一直都服从母亲的命令，而且他比任何儿子更爱着自己的母亲。他非常明白，既然母亲希望他放弃德玛莉，他就等于没有什么选择权了。

"好吧！就按照母亲您的意思吧！"杰斯达以不高兴的声音说着。

赛拉奔了回来，把杰斯达紧紧抱在怀里，又哭又笑。到此，一切又恢复了平和的状态。

"好啦！一切都能够变得完好如初。"赛拉如此想着。因为她深信杰斯达会坚守诺言。

"噢……我的儿子……我的儿子！"赛拉啜嚅着，"如果你选择了她，我可能会死掉呢！现在，你又变成我的了。"

赛拉并不在乎杰斯达不高兴——也就是说，根本不在意杰斯达对她的倔强、霸道生气，即使进入屋里以后赌气不说话，她也完全不在乎。

虽然赛拉从德玛莉手里抢回了杰斯达，但是儿子不但没有回到她身边，甚至再也不能完整地做她的儿子了，母子之间已经形成了一面牢不可破的围墙。

杰斯达虽然感到心灰意懒，但是仍然对母亲很温柔。因为杰斯达从来就不曾在别人身上发泄他的不快。而且，他以一种非常理解的眼光看着母亲霸道而专横的爱。

这些日子以来，杰斯达一直在回避自己的母亲。赛拉当然也看出了这一点，于是便把一切都迁怒到德玛莉的头上。

"杰斯达一天到晚都在想着德玛莉，"赛拉自言自语地说，"我叫他放弃德玛莉，他一定会憎恨我。如果杰斯达跟别的女人私奔的话，我宁愿他跟德玛莉在一起。唉！我的儿子！我的儿子！"

赛拉也知道德玛莉感到莫大的痛苦，德玛莉那一张苍白的脸已经道出了一切。不过，这件事使赛拉沾沾自喜。当她获知痛苦在腐蚀德玛莉的内心时，赛拉内心的痛苦顿时减轻了不少。

这些日子以来，杰斯达时常离开家，只要稍有余暇，他就去找乔雷蒙那伙人，到港口嬉乐。艾凡利的居民都很明白，那伙人对杰斯达有害而无益。

十一月末，杰斯达跟乔雷蒙划着小船沿着海岸旅行。赛拉表示担心，但杰斯达却是付之一笑。

赛拉怀着一颗忐忑不安的心送走了自己的儿子。赛拉一向对海洋很恐惧，因此非常害怕时常发生强风的十一月天气。

打从孩童时代起，杰斯达就喜爱海洋。赛拉拼命地压抑儿子爱海的心，想尽办法阻止儿子跟渔夫去捕鱼。不过到了现在，她已经失去了对杰斯达的约束力。

自从杰斯达出发以后，赛拉从这个窗户看到那个窗户，担心地瞧着硬是不放晴的天空。来访的卡尔知道杰斯达出海后感到愕然，接着非常担心地说："现在的季节非常不安全。那个瞻前不顾后的莽夫乔雷蒙，实在叫人不敢恭维。依我看哪，他俩一定会溺水的。在十一月这种季节里还敢沿海出游，实在是疯狂到家了！乔雷蒙倒罢了，再怎么说你也不应该答应杰斯达出海啊。"

"我根本就留不住那个孩子啊！我说得口干舌燥，他就是不听，非去不可！我很清楚是谁改变了杰斯达，我如今已恨她入骨了呢！"

卡尔听后，耸了一下他肥厚的肩膀。如今他也知道艾凡利居民正在谈论的杰斯达与德玛莉不和的症结了。卡尔认为赛拉很可怜，自从上个月来，她一下子苍老了很多。

"赛拉，你对杰斯达未免太残酷了！他已经不是受到母亲管束的小孩了，你大可不必那么严厉地管束他呀！恕我说句不中听的话，你教育儿子的方法不对。"

"你懂什么呢！你自己都没有儿子啊！"赛拉说出一句残酷的话，因为她分明知道卡尔以没有儿子为一大憾事。

卡尔对赛拉完全没有办法，打从年轻时代就是如此。如今，他一面走回家，一面庆幸自己没娶赛拉。事实上，辛西亚就比赛拉容易相处多了。

那一夜在艾凡利这个地方，除了赛拉，仍然有很多人忧心忡忡地在看着天空与海洋。德玛莉一面预感到将发生灾害，一面倾听着东北大西洋方向传来的轰然巨响，那些可爱的码头工人们都摇摇头说："希望此刻的杰斯达跟乔雷蒙正在陆地上。"

"千万别跟十一月的飓风过不去，它可是最无情的家伙呢！以前我就领教过一次！"布雷亚说。他年轻时，曾经在这个海岸目睹过很多次悲惨事件。

那一夜，赛拉始终不能入眠。强劲的风逆着河流刮到村庄，开始袭击房子时，赛拉起床穿上衣服。风正犹如发威的野兽般，在窗户外面怒吼。一整夜，赛拉从这个房间走到那个房间，搓着一双手大声呼叫，再降低嗓门，用毫无血色的嘴唇说出祈祷文，或者在满面忧愁、默默无语之下，聆听着肆虐大地的暴风雨的声音。

第二天，暴风又整整肆虐了一整天。夜晚，风势开始减弱，到了第三天早晨，天空完全放晴，暴风已经停了下来。

东方带着红色与金色的云朵在告诉人们，太阳就要露脸了。从厨房窗户往外瞧的赛拉，发现桥上集结着一大堆男子。他们正对着卡尔说话，却频频地把视线投到赛拉的房子。

赛拉走出了屋子，朝向人群走过去。在那一天看到她凝重而苍白脸的人，一辈子都忘不了那时的光景。

"你们有话要跟我说吧？"赛拉怀着不安的心情说。

男人们面面相觑、久久不语。

"你们不必担心，有话尽管说吧！"赛拉很沉着地说，"其实，你们想说的话，我早就猜到了。是不是我的儿子溺死啦？"

"唔……还不太确定呢，赛拉！"布雷亚老人快速地说，"那是最坏的情况——但是你仍然有希望呢！昨夜，有人在离海岸四十里的青色海角那儿，发现乔雷蒙的小艇被打到沙滩上面了。"

"赛拉，你快别那样！"卡尔的内心感到一阵痛楚，"他们两个人都获救了也说不定。"

赛拉以泪眼对着卡尔说："你们分明已经知道凶多吉少，我那孩子是不会回来啦！大海夺走了我可爱的儿子！哇——大海夺走了我的心肝宝贝！"

赛拉转身奔进她那栋凄清的房子。没有一个人具有跟她一块儿回去的勇气。所以卡尔回到家后，立刻叫他的妻子辛西亚去安慰赛拉。

辛西亚进入赛拉屋里时，发现赛拉把手放在腿上，坐在那把放在窗边的椅子上。她的眼睛干燥而充血。看到了辛西亚充满同情的脸庞时，她以微笑迎接辛西亚。

赛拉以缓慢的口吻说："辛西亚，在好久以前，你就看不惯我的行为，说我对自己儿子的崇拜远远超过了对神的崇拜，迟早会遭受到天谴。你还记得吗？现在正如你所料。神看不惯我过度溺爱杰斯达，所以把他带走了！我叫那孩子放弃德玛莉时，好似一切都不成问题——但是，我到底斗不过万能的神啊。我注定要失去那个孩子，不管在什么情形之下，我都无法保住那个孩子。神把他夺走啦！就连一个供凭吊的坟墓都没有呢……辛西亚。"

"赛拉的眼神好吓人，发了疯似的！"回家以后，辛西亚如此对卡尔说。

不过在当时，辛西亚并没有说出这句话。辛西亚虽然只是一般的家庭主妇，但是她好歹具有女性的同情心，而且又具有这种生离死别的痛苦经验，所以她很清楚应该如何安慰她。

辛西亚坐在赛拉身旁，拥抱着她，再用她暖和的手握着赛拉冰冷的手。辛西亚的一对蓝色大眼睛噙满了泪水，颤抖着声音说:"啊！赛拉，真叫人料想不到，事情竟会演变到这种地步。我——我——我以前也痛失过儿子——我的第一胎是男孩，况且杰斯达又那么可爱、那么乖巧……"

在那一瞬间，赛拉摆脱了辛西亚的臂膀，但是不到几秒钟，又颤抖着身子哭泣起来，最后依偎在辛西亚的胸前失声痛哭。

待这个恶耗传开以后，艾凡利的所有女人都去安慰赛拉。大部分妇女基于同情而来，但是仍然有一小部分女人是怀着好奇心而来的，想来看看赛拉如何处置这个问题。赛拉都一一地看穿了她们的内心，但是并没有像往日一般发怒。对于那些不诚心的慰问，不自然的言词，以及徒具形式的安慰话语，努力着想缓和她悲伤的言语，赛拉都宁静地去听。

待太阳西斜时，辛西亚表示她得回家，但是会叫一个女儿来跟赛拉共度夜晚。

"因为一个人会感到寂寞。"

赛拉下定了决心，抬起头来说:"如果可能的话，请你叫德玛莉过来吧！"

"什么？你要德玛莉过来？"辛西亚几乎不敢相信自己的耳朵。

这件事大大出乎辛西亚的预料，她实在弄不清楚赛拉到底在想些什么。

"是啊。你就对德玛莉说，我很想见见她。最好请她立刻就来。或许她很憎恨我，不过我已经受到上天的责罚了！想必她已经原谅我了。你就对她说，看在杰斯达的份上，请她来一趟吧！"

辛西亚按照赛拉的意思，叫她的女儿去找德玛莉。然后，她就在家里等着。就算家里再忙碌，她还是要亲眼看到德玛莉跟赛拉见面才能够放心。她认为赛拉会见德玛莉是一件神圣的事情，因此不想放弃亲眼目睹的机会。

辛西亚认为德玛莉可能会拒绝呢！想不到她还是来了。在十一月火红的晚霞里，洁妮带着德玛莉来到了杰斯达的家。在她俩抵达时，赛拉站了起来。那一瞬间，两个女人彼此凝视着。

德玛莉已经失去了她挑战似的美丽。一双眼睛由于不停地哭泣，已经肿成核桃一般，嘴唇再也没有了血色，甚至笑起来也看不到那对酒窝了。只有露出披肩的头发在夕阳里闪闪发亮。

看到了这种情形，赛拉后悔了，她怎会是往日的德玛莉呢？在夏季里，赛拉在桥上碰到的德玛莉并不是这样的啊！

"唉……这一切都是我造的孽啊———切的一切——都应该归罪于我。"想到这里，赛拉伸出了她的双手。

"噢，德玛莉！你原谅我吧！我俩都深爱着杰斯达——或许这件事情会把我俩紧紧地联系在一块儿吧！"

德玛莉向前走了一步，赛拉立刻拥抱她。德玛莉抬起头来以泪眼看着赛拉。辛西亚认为她在此地是多余的，于是对手足无措的洁妮说："我们出去吧……"

待辛西亚把洁妮拖到外面后，赛拉把德玛莉抱了起来，一面抚慰着她，仿佛是母亲在带自己的婴儿一般，低声地哼着歌给她听。

十二月已经过去好几天了，但是德玛莉仍旧在赛拉那儿。至少她计划在那儿住上一个冬季。赛拉几乎成天守着德玛莉，两个人不停地谈论有关杰斯达的事情。赛拉对德玛莉说出了以前她内心所怀抱的憎恨以及愤怒。德玛莉原谅了赛拉，但是赛拉却无法原谅自己。

这几天以来，赛拉改变了很多，她的感情变得非常脆弱。她叫来奥卡斯多，向他赔不是，声称自己不该以那种口吻跟他说话。

那一年的冬天来得很缓慢，地面没有下雪的痕迹。在乔雷蒙的小艇被发现后的一个月，赛拉在庭院里踱步时，发现草丛里开了几朵三色堇。她准备把它们摘下来送给德玛莉时，发现一辆马车咔啦咔啦地驶过桥梁，进入被赤杨树所遮蔽的怀特家小径。

经过了两三分钟以后，卡尔与辛西亚火速地穿过庭院，站在一棵巨大的枞树下面。卡尔的面孔泛红，他的庞大身躯在发抖。跟随在卡尔背后的辛西亚，不断在掉眼泪。

赛拉感到恐怖至极，是否德玛莉发生了什么事情呢？她看了一下在楼上窗边做女红的少女，确定她没有什么事情时，才放下一颗心。

"噢！赛拉！赛拉！"辛西亚上气不接下气地喊道。

"我们有天大的好消息要告诉你，你可不要昏倒！"卡尔的声音在发抖，"这是一个天大的好消息呢！"

赛拉一副莫名其妙的神情，轮流看着这对夫妻的面孔。

"对我来说，天大的好消息只有一个，"她叫了起来，"到底是什么好消息呀？"

"是杰斯达！不错，就是杰斯达！赛拉，杰斯达还活着呢！他根本就没有事，乔雷蒙也好端端的！这不是天大的好消息吗？辛西亚，你抓紧她！"

"你们放心，我不会倒下去的！"赛拉扶着辛西亚的肩膀，以便支撑她摇摇欲坠的身体，"什么！我的宝贝儿子还活着？我的儿子在哪？"

"我俩是在港口听到的。麦克的那艘客轮诺拉里号刚刚从马克达伦群岛回来。杰斯达跟乔雷蒙在刮暴风的那一夜翻了船，不过他俩紧抓着船，到了天快亮时，航行到魁北克的诺拉里号发现了他俩，及时把他俩救了起来。想不到诺拉里号破损得很厉害，非得停靠在马克达伦港口修缮不可。自从那时起，杰斯达及乔雷蒙就暂时住在那儿。又加上海底电线混乱不堪，同时始终没有一只船到那儿收取邮件，所以我们才没有他们的消息。如果不是气候特别温暖的话，诺拉里号轮船也不能从马克达伦港开出来呢！"

"那么，我儿子杰斯达现在在哪儿？"赛拉迫不及待地问。

卡尔与辛西亚面面相觑。接着，辛西亚说："告诉你吧！如今，杰斯达正在我家的庭院，是卡尔从港口把他带回来的。我对卡尔说，为了不让你受到太大的刺激，最好这样。瞧！杰斯达就在那儿等着你呢！"

赛拉急快地朝门前踏出了一步，但是她又很快抽回了她的脚。她脸上的光彩消失了少许。

"不行！有一个人比我更有权力走到杰斯达那儿。谢天谢地，我可以补偿那个孩子了！"

赛拉走进屋里，叫了德玛莉的名字。少女走到了楼下后，赛拉以喜悦和激动的表情对她说："德玛莉，杰斯达回来了——大海把那个孩子还给我们啦！现在他就在卡尔家里，你快去把他带回来吧！"

第十一章

贝蒂与史蒂夫

当雪拉·卡莉嫁给杰克·丘吉尔时，我跌进了悲哀的深渊里面。对于二十二岁的青年来说，这种打击未免来得太大了一些。以当时来说，我以为自己只认识雪拉。如今想起来，我除了雪拉，还认识杰克。杰克跟雪拉结婚时，他还要求我当他的伴郎。

我答应当杰克的伴郎。很久以前杰克就是我的挚友。虽然我失去了雪拉，但是我不想连好友也失去。其实，雪拉的选择是正确的。比起我来，杰克更像一个男子汉。为了生活，杰克必须不停地工作，而他的男子气概也由此而生。

正因为如此，在雪拉的婚宴上，我的一颗心也像一双脚一样不停地在舞动。不过，等到雪拉跟杰克到克伦比定居以后，我也离开了自己的那栋房子，到外国旅游。我这个人一向不考虑到时间跟金钱问题，不管做什么事都很任性和主观。我整整离开了自己的房子达十年之久。在这段漫长的时间里，屋子遭受了白蚁和老鼠的破坏，并且到处长满了铁锈。

我在外地逍遥的岁月里，表面上看起来似乎是在尽情地享受人生，很快乐，不过事实上真是如此吗？我的未来在哪儿呢？我似乎没有什么"未来"可言！

有一天，杰克猝然去世。他死后一年我才回到家乡，怀着一颗义务似的心向雪拉求婚。雪拉却死气沉沉地说——她的心已经跟着杰克死去，已经被埋葬了。

于是，她再度拒绝了我的求婚。

这时我才发觉自己坚强了许多。虽然遭受到拒绝，但是我已经不会像往日一般垂头丧气。到底，我已经是三十二岁的人了，比起十年前，对人情世故看开了许多。于是我又回到了自己的家园，并且着手于教育贝蒂的计划。我的内心感到非常充实。

贝蒂是雪拉十岁大的女儿，我简直把她给宠坏了，凡是她想做的事情，我无一不答应她。因为她承袭了她父亲对户外活动的嗜好，我只好对她采取户外式的教育方式。贝蒂的肤色浅黑，身材如她父亲一般又高又瘦。她第一次跟我见面时，给我印象最深的是长长的脖子，以及长得离谱的手脚。不过贝蒂仍然具备她独特的美。她的一双眼睛顾盼生姿，应了那句"回眸一笑百媚生"的说法。她不仅长得眉清目秀，而且一双手儿又纤小又细致，蓬松而褐色的头发绑成两条辫子垂在背后。

我想依照杰克喜欢的方式，成功地把贝蒂教育成为优秀的女孩子。关于这点，雪拉不仅不会，而且根本就不准备如此做。

我那时就已经有先见之明，除非以启发她潜能的方式教育她，否则她将变成问题重重的少女。

关于这件事，似乎除了我，并没有任何人表示关心。我决定要凭"上了年纪"的单身汉身份，拟订出一套适合于贝蒂的教育方式。说实在的，我只差那么一点点就变成了贝蒂的父亲。再退一步想想，就算不是她的父亲，她的父亲也是我的挚友啊！除了我，谁更有教育贝蒂的资格呢？

我对雪拉说，我有意教养贝蒂。雪拉听后如往日般叹了一口气。在往昔，我对她的叹气是又爱又怜，想不到在今天听起来却叫我感到心烦。我多么希望雪拉不要再对我叹气。

"史蒂夫，贝蒂的教育问题叫我非常头疼。因为贝蒂跟别的孩子不一样。在幼小时，她的父亲就把她宠坏了，而且她又有一副自己特有的臭脾气。天哪！我实在拿她没办法。她的个性怪得可怕，一年到头在户外跑，皮肤变得好难看……"

说着，雪拉很满意地瞧着镜子里面的自己，再抱怨说："夏天，我总叫她要戴遮阳帽，但是她把我的话当成耳边风，实在叫我感到泄气。"

"实在很遗憾，贝蒂并没有遗传你白皙光嫩的皮肤。不过话又说回来，就算有再好的潜能，如果教养方式错误的话，说不定会毁了她的一生。不过你可以放一百个心！我相信自己有办法使贝蒂变成端庄文雅的小淑女。当我第一眼看到贝蒂时就有这种感觉，那就是把她教养好是我的天职。"

雪拉对于我所说的话，一点也不理解。她甚至吝于做出理解的模样。

　　"反正我把对贝蒂的教育责任完全委托给你了，史蒂夫！"说到此，雪拉又长叹了一声，"我想没有比这个更好的方法了。你一向都是很可靠的人，我就把贝蒂交给你了！"

　　对雪拉来说，我是非正式的顾问；对贝蒂来说，我是毛遂自荐的监护人。这个职位叫我非常满意。为了把我拟订的目标付之实践，我甚至认为雪拉拒绝我的求婚，是对我极为有利的一件事，我一直有一种感觉，那就是——如果我是贝蒂的继父的话，我非以失败收场不可。因为贝蒂对于她生父的感情一向很炽烈，如此一来，她对于替代父亲的男人，一定会以憎恨以及不信任的眼光看他。所幸，我是她父亲的旧友，当然，她就会对我表现出客气的态度。

　　我那份艰难的事业注定要成功，因为贝蒂喜欢我。如果贝蒂讨厌我的话，一切就不能进行得那么顺利了。

　　有一天，贝蒂对我说："史蒂夫，你是我认识的叔叔中最好的一个。真的，你是一个很出众的人！"

　　正因为有了这一个有利的条件，我的工作进行得甚为顺利。我自认为——如果贝蒂不认为"我是出众的人"的话，事态一定会演变得非常糟糕。既然我已经许下了诺言，不管工作如何艰苦，我都非硬着头皮进行不可。但是贝蒂如果不喜欢我的话，她就会处处找碴，不断地跟我作对。正因为如此，我认为必须跟贝蒂保持友好的关系。

　　我在跟雪拉商谈妥当的第二天，就驱着马车到克伦比，以便跟贝蒂沟通，借此建立双方良好的基础。

贝蒂是一个很敏感的女孩。她具有一种非常敏锐的洞察力，似乎能够看穿厚厚的石板。如果跟她一见面就谈及那些有关教育方面的话，她一定会感到愤怒。于是我在内心里盘算着，应该一开始就对她说，我只是来照顾她的生活起居。

不过，当我看到贝蒂飘动着长发，带着两只狗在海滨散步时，我就感觉到雪拉的担心是多余的了。

贝蒂并没有戴帽子，她因为一直在追逐狗，一张小嘴一直在喘气。当她跑到我面前时，我就微笑着把她抱到马背上。

"史蒂夫，妈妈对我说过，你要负责教育我，对吗？"贝蒂喘不过气，说道，"我实在太高兴啦！我早就知道有人会负责教育我。不过在我认识的人里面，你是最理想的。"

"谢谢你，贝蒂，"我仿佛念台词一般地说，"但愿我如你所说的那么好。我希望你能够依照我的吩咐做事，不管什么事情都遵从我的意见。"

"好的，我全部听你的，"贝蒂说，"不过你不可以叫我做一些我讨厌的事。你或许也知道，我不喜欢被关在房间里面做女红。因为我一向都不做女红。"

我答应贝蒂，绝对不叫她做那些事情。

"还有我不到寄宿学校就读。我母亲时常恫吓我，说要把我送入寄宿学校。其实很早以前，她就想如此做了。不过我对妈妈说只要她那么做，我一定会逃出来，她才放弃了这个念头。史蒂夫先生，你不会把我送入寄宿学校吧？我是绝对不去的。"

"我不会把你送入寄宿学校，"我以宽大的口吻说，"我才不会把你这个活泼爽朗的女孩子送进寄宿学校呢！"

"史蒂夫先生，我想咱们一定能够相处得很愉快，"贝蒂亲热地把她晒黑的面颊靠在我的肩膀上面，"你很懂得人心，像你这种人已经非常难找了。就连我爸爸也不如你理解我，他虽然任由我做一些自己喜欢做的事情，然而那只是我对他说过，我非常喜欢那样做的缘故。他并不真正了解，我不喜欢整天被关在房间里面跟布娃娃玩过家家。

"老实告诉你，我非常讨厌布娃娃。如果是活着的婴儿那还好，对于无生命的东西，我一向无法接受。比起布娃娃来，狗儿、马儿、猫儿都强多啦！"

"不过贝蒂，你不可以整天只是玩耍，必须读书写字才行。贝蒂，我会给你选择一些教师，让他们来教导你用功。不管是在读书方面，或者在其他事情方面，我都希望你能够使我有面子。"

"史蒂夫，我会使你很有面子的。"

贝蒂信誓旦旦，而且她真正做到了。

刚一开始，我把贝蒂的教育当成自己的义务，然而在不久以后，它就变成了我的乐趣。也就是说，它变成了我人生中最大的欢乐来源。

我在前面已经说过，贝蒂是一个素质良好的女孩，她对于我所说的教育方式，显示出了叫我感到满意的顺应性。日复一日，在我的仔细观察下，贝蒂的性格与气质逐渐发生了蜕变。

恰如在自己的庭院里长了奇花异卉一般，叫我感到莫大的惊喜与骄傲！

贝蒂变成了一个具有十足女人味，既贤淑又心地善良的姑娘。她仍然保持着率直的本性，但是心思变得更为细密，她厌恶撒谎和欺瞒。

她这种冰清玉洁的心，仿佛是一面水晶镜子，凡是照到这面镜子的人，只要发现自己不如她的话，即刻就会感到羞愧难当。

贝蒂很谦虚地说，凡是她所知道的东西，都是我教给她的。说实在的，贝蒂教给我的东西，更远远地多于我教给她的东西。如果说我俩之间谁"负债"的话，那应该是我，而并不是贝蒂。

对于我的教育方式，雪拉感到相当满意。她说贝蒂长得不够标致，并不能怪我。的确，为了培养贝蒂的精神与性格，我已经做了最大的努力。虽然贝蒂仍旧没有玫瑰色的皮肤，以及吸引人的神情，但是雪拉对我相当宽大，始终不曾责备我。

"待贝蒂到二十五岁时，"我加强语气对雪拉说，"她就会变成一名非常出众而标致的可人儿。搞不好，她会出落得比你年轻时更为动人。雪拉，你难道看不出贝蒂是一个美人胚子吗？"

"可是贝蒂长到十七岁了，仍然又高又瘦，浑身皮肤黑黝黝的！"

说着，雪拉长长地叹了一口气："我在十七岁时，已经是此地闻名的俏姑娘。而且前后有五个男人向我求婚。可是……你瞧瞧贝蒂的情形，她连一个男朋友都没有。"

"这样子好啊！"我毫不造作地回答，"贝蒂仍然是一个孩子，她的头脑仍然如白纸般纯洁。"

"我何德何能呢？"雪拉叹了一口气说，"你已经用书本把贝蒂的头脑塞得满满的。史蒂夫，我完全听你的，毫无疑问，你会使贝蒂变成'女孔明'，这是指日可待的。不过我还是认为——你未免把她教养得聪明过度了。男人都是相同的德行，他们不喜欢太聪明的女人。那孩子的父亲就时常说——喜欢书本胜过追求者的女人，根本就不正常。"

我才不相信杰克会说出这种话，一定是雪拉自己编造的。

不过话又说回来，由于雪拉暗喻贝蒂是一个书呆子，使我感到满腔不悦。

"现在时间还没有到，只要时间一到，贝蒂就会对她的追求者感'兴趣'！"我以严肃的口吻说，"就以现在而言，与其谈小孩子的恋爱，沉浸在感伤里面，不如用书本把心灵填满。或许，我是古板又不通融的老头儿——不过贝蒂却是感到甚为满意，雪拉，她对于我的教养方式非常满意！"

雪拉又叹了一口气说："嗯，既然是这样的话，你就完全照自己的方法教养贝蒂吧。史蒂夫，我也打从心坎里感激你。换成是我的话，我根本就无法教导那个孩子。当然，我并没有怪你的意思，但是我仍然希望她多少跟其他女孩子一样。"

听了雪拉这句话，我气得七窍生烟，想尽快离开克伦比。

这时候我才发觉，没有娶到雪拉真是三生有幸。我想在我们年轻的岁月里，雪拉一定是凭着她的叹息声、鲁钝，以及玫瑰色的皮肤，使我的头脑发挥不了正常的功能。不过，再冷静地想想，雪拉仍不失为温文尔雅、气质良好的可人儿。好歹她使杰克过了很多年幸福的日子，又生出了贝蒂这么一个惹人疼爱的孩子。光凭这些，就可以原谅雪拉的很多缺点。

回到了自己的房子以后，我坐进书斋那一把吱吱作响的安乐椅里面。想到了上述的种种优点以后，我立刻就原谅了雪拉，并且对她表示敬意，再仔细地思考她所说的那些话。

贝蒂真的跟其他女孩子不一样吗？换句话说，本来应该是共通的某些特点，如今却是异于其他的女孩子？如果真是如此的话，这可不是我所希望的一件事情。我虽然是个有那么一点儿古怪的"老光棍"，不过仍然认为少女是上帝所创造的美妙之物。所以我当然也希望贝蒂拥有少女该具备的美，而我又看不出贝蒂缺少了些什么。

我每天都仔细地观察贝蒂，结果我下定了自己从未想过的决心。

我决定叫贝蒂进入寄宿学校一年。因为必须经过这个"阶段"，贝蒂才能够学到少女的生活方式。

第二天我来到克伦比时，贝蒂正下马站在绿色的草坪上，看着在她周围嬉乐的狗，吃吃笑出声来。

我以一种愉快的表情瞧着贝蒂。她虽然遗传了父母高个子，然而看起来，仍然有着十足的孩子气，这一点最叫我感到欣慰。她的两条粗大的辫子从天鹅绒的帽子下面垂下来，脸如一般少女紧绷，不过仍然具有一种高雅的浑圆气息。

雪拉感到最遗憾的黑皮肤，由于骑过了马，有着一层很明显的血色，炯炯有神的黑色眼睛闪动着孩子特有的天真。总而言之，她的心境仍然停留于孩童阶段。我真希望她永远停留在这个阶段，但这只不过是痴人说梦。作为一个女人，非得开花结果不可。我所肩负的义务也就是看着这个蓓蕾开花。

当我对贝蒂说非到学校上一年课不可时，她耸了一下肩膀，再扮了个鬼脸，才答应。

贝蒂已经领悟到，即使是她不喜欢的命令，只要是出自我口，她就必须遵守。在以往，贝蒂很乐观地认为——我绝对不会发出违反她意思的命令。不过，自从她知道我对她的期望很高时，她就对我全盘信赖，以致每次只要我下达命令，她就会遵从。

"史蒂夫，既然你这样说，我当然会去的。不过，请你告诉我非去不可的理由好吗？我想你会这样做，一定有某种理由——不管做什么事情，都非得有理由不可！快告诉我，到底是什么理由？"

"关于这个理由，你最好自己找出来。反正，回来时你就会知道了。如果你找不出理由的话，就表示理由并不好，你不妨把它忘了。"

当贝蒂要出门时，我对她说："你每星期都要写一封信给我。同时，别忘了自己是贝蒂·丘吉尔。"

贝蒂原来站在阶梯上面被一群狗所包围，接着她很快地走下一段阶梯，搂着我的脖子说："史蒂夫，再见！我不会忘记你是我的挚友，同时，我也不会忘记要使你有面子。"

贝蒂吻了我两三次，我也吻了她。接下来，她对骑马而去的我，挥动她的小手。我骑马奔驰到林荫道路尽头，再回过头看时，穿着短裙子，头上没有戴帽子，以不知道什么是恐惧的眼睛望着落日的贝蒂，是我所看到的她最后的孩童时代。

对我来说，那一年是既寂寞又无聊的岁月。由于我已经没有了工作，在发闷之余，我自以为已经到了"无用"的年龄。我开始认为人生毫无意义。只有每星期能够收到一封贝蒂的信函，给予我单调的生活些微的滋润。

贝蒂所写的信，每一封每一行都能够打动我的心弦，到此，我才发现贝蒂有着文学方面的才华。刚开始时，她一直诉说眷恋家园，要求我让她回来。一遇到我严词拒绝时——拒绝她令我感到异常难过，她就会说出她的不高兴。但是不久以后，她已能开始享受学校生活，到了一年快结束时，她写信告诉我——

"史蒂夫，我知道你为何送我到这所学校。我很高兴你如此做。"

贝蒂回到克伦比那一天，我为了一件非常重要的事情，必须离家一天。第二天的下午我去时，贝蒂又出去了。不过雪拉却在家里，她看起来满面春风，一副喜不自胜的模样。她喜滋滋地对我说，贝蒂完全改变了，乍看之下，我可能认不出来。

听后，我感到坐立不安。到底贝蒂变得如何了呢？当我听到贝蒂到松林散步时，立刻单独走到那儿。当我发觉她走在金褐色的羊肠小道上时，我犹如一阵旋风躲到了一颗树后面，仔细地瞧着她。换句话说，我在她看不到我的情况下，偷偷地看她。随着她的接近，一直在凝视的我，心胸开始起伏，充满了骄傲、惊讶，以及崇拜的情绪——心底却汹涌着一股沮丧的浪潮。这种沮丧的浪潮，即使在雪拉拒绝我求婚时也不曾出现过。

一袭白色的衣服裹在她高挑纤细的身材上，显露出了优美又柔雅的线条。头上光泽闪闪的褐色发丝，柔美而优雅的轮廓，都非常迷人。不过，我感觉到沮丧的并非这些，而是她眼睛所流露出的梦一般的表情。贝蒂如此大的变化，强烈地敲打着我的内心，叫我的心头感到一颤！

不过我感到很高兴，因为贝蒂已经变成了我理想中的典型姑娘。但是，我仍然喜欢孩童时代的贝蒂。因为这个充满了成年女人味的贝蒂，对我来说是一种遥不可及的存在。

当贝蒂看到我走入小径时，她的脸顿时为之一亮！如果是一年前的话，她一定会扑入我的怀里，现在她却不这样做了。不过她仍然加快步伐，走到了我面前，并且伸出了她的一只手。最初看到她时，我以为她的脸色并不怎么好，结果原来是她的脸有一股红晕爬了上去。我握着她的手——但是这一次并没有亲吻。

"贝蒂，你回来啦！"

"噢，史蒂夫，你来啦！"贝蒂闪动着她的眼睛说。

她并没有对我说，能够看到我，她感到很高兴之类的话。虽然我巴不得她如此说。事实上，在经过了最初的寒暄后，贝蒂显得有点冷漠以及微微的不安。我俩就在松林里面徜徉，闲话家常。我发觉贝蒂头脑灵敏，既冷静又富于机智，充满了女性的魅力。

我认为贝蒂已经变成了一个很出众的淑女，然而我的内心却感到莫名的疼痛。如此光芒四射、年轻又标致的姑娘，实在不多见！不知哪位幸运的男士能够获得她的垂青？唉，我为什么会想到这个问题呢？实在太无聊了。

我想——在不久以后，克伦比就会出现一大群的追求者。只要贝蒂向外面走出一步，就很可能碰到蜂拥地追求她的男人——这又关你什么事呢？

当然，贝蒂也不能例外，终究要结婚。但是我仍然有一项不可推却的义务，那就是为她寻觅理想的郎君。但是说一句真心话，我宁可监督贝蒂的学业，而不愿意干这等差事。不过话又说回来，为她寻觅理想郎君，仍然属于毕业后的一门"学科"。当贝蒂开始学习人生的最大学问——爱情时，一向是她足以信赖的诚实友人兼指导者的我，必须如往日贝蒂的法语教师，或者植物学教师一般，给她充分的指导。如果不加上这门"学科"的话，她所受的教育就不算完整。

我沉默着回家。回到了自己的家以后，我做了好几年不曾做过的事情，那就是照镜子，再对影中人自我批评一番。站在镜子前面时，我的内心顿时萌生出了一阵不愉快的感觉，我的胸部感到一阵焦躁，想不到自己已经显出了老态。消瘦的面颊上有了明显的皱纹，太阳穴的黑发掺着不少白色的发丝。贝蒂在十岁时就认定我为"上了年纪的人"，如今她已经是十八岁的姑娘，无疑，她一定把我看成了"老太爷"！

这就奇怪了，被她看成老太爷又有什么关系呀？虽说有那么一些无聊，然而一旦想起我在松林看到贝蒂的容貌时，内心总是会感到一阵刺痛。

有关贝蒂追求者方面，我的预言很快就变成了事实，不久，克伦比到处都有贝蒂的追求者。奇怪，他们到底从何处冒出来的呢？在我的想象中，这个地方的年轻人连这个数目的四分之一都没有啊！

看看成群的追求者，雪拉犹如登到天堂一般的快乐。贝蒂终于扬眉吐气了，她再也不是昔日的黑炭姑娘了。对于这种追求者云集的现象，贝蒂甚为高兴。不过，她对追求者表露出奇怪的举止。我一心想矫正她的"重大缺点"，不断地努力，但是徒劳无功。我苦口婆心地劝她正经一些，想不到我越是苦劝，她越是在一群追求者面前大笑。我看情形不妙，板起脸孔来责骂她，想不到，她甚至表露出疯疯癫癫的怪模样。

固然有一些追求者被她吓跑了，但是后继者大有人在。只是贝蒂仍然维持那种夸张的态度，叫我整整一年拿她毫无办法。

不久以后，我把心一横，计划来一场"霸王硬上弓"。我认为非给贝蒂物色一个适当的丈夫不可，绝对不能再任由她胡闹下去啦！

我明察暗访后发现，竟然没有一个年轻男子适合贝蒂。最后我只好以破釜沉舟的决心，搬出了自己的外甥——法兰克。

法兰克是个眉清目秀，心地善良，老实而上进的好青年。不管是基于一般人的眼光，或者基于雪拉的挑选标准，他都是最佳人选。法兰克不仅拥有社会地位，又腰缠万贯，是一位如日中天的好律师。好吧，我就来成全他俩吧！不过，我内心总是有一点点……

法兰克跟贝蒂从未谋面过。于是，我立刻开始工作。本来，我是一个很不喜欢喧闹的人，如今为了贝蒂，也只好咬紧牙关忍耐了。

我仿佛一个媒婆进行牵线搭桥的工作，前后好几次叫法兰克到我家里，跟他详细面谈。而在我会见法兰克以前，又前后好几次跟贝蒂提起有关法兰克的事情。我一面赞扬法兰克是个深思熟虑、做事有计划的年轻人，一面又吐露出少许法兰克的缺点。因为女人并不喜欢典型的模范人物。

平常，每当我提起一个青年的琐事时，贝蒂都表示没兴趣，这一次她却是侧耳倾听。不仅如此，她甚至还询问一些法兰克的身边小事。我认为良机不可多得，便更为卖力地鼓吹。

但是，我始终不曾对法兰克提起有关贝蒂的容貌之事。那一天他到我家时，我就顺便把他带到克伦比。当我俩在太阳照耀下的小毛榉道上散步时，不期然地遇到了贝蒂，于是我当场把法兰克介绍给她。

在那种场面下，如果法兰克不会爱上贝蒂的话，那么，他就不像一个人了。只要是一个男人，绝对无法抗拒魅力十足的贝蒂。那时，她头发上插着白色的花，穿着纯白色的衣服。那一瞬间，不管是法兰克，还是其他追求者，只要他有心冒渎贝蒂的话，我或许会忍不住杀了他！

不过，我仍然极力地保持镇定，使两个年轻人在一块儿以后，就一个人悻悻地走开了。

不过，我本是可以进入屋里跟雪拉闲话家常的。当年轻人在谈情说爱时，"老年人"不妨静静地回顾自己的青春。不过我并没有那样做。我一直在松林里徘徊，努力想把法兰克看到贝蒂时的喜悦表情忘掉。

奇怪了，这又关我什么事呢？我不就是为了达到这个目的才把法兰克带来这里的吗？难道对于自己的计划，我并不感到高兴？嗯……我想——我当然高兴！我能够不高兴吗？

第二天，法兰克连招呼也不跟我打一下，独自赶到克伦比。那里，我正监督着温室的建筑。这间温室是为了玫瑰花而建造的。提起玫瑰花，我立刻想起了上周某个夜晚，贝蒂插在胸前的那朵淡黄色玫瑰花。

那一晚，始终没有追求者出现。我跟贝蒂在松林下散步，如往昔她还小的时候一般，我俩侃侃而谈。那时，我还没有隔开我俩的情谊。不知贝蒂是否有意把一朵玫瑰掉到地上，我在屋里跟贝蒂道别以后，悄悄捡起了那朵玫瑰花，然后直接回家。如今，那朵玫瑰花仍然夹在我的杂记簿里。

天才晓得，我对贝蒂所抱持的感情，是否纯粹只是叔叔跟侄女之间的感情呢！

法兰克的求爱似乎很成功。因为自从法兰克出现以后，原来在克伦比出没的其他年轻人，逐渐地销声匿迹了。贝蒂以温婉的态度接触法兰克，就连雪拉也对法兰克表示好感。我则彻头彻尾地变成了幕后人物，永远站在这对年轻人的背后，得意非凡地为他俩牵红线。

到了一月的最后几天，不知发生了什么不如意的事情，有一天，法兰克从克伦比回家以后，整整垂头丧气了两天之久。到了第三天，我为了打探究竟，亲自骑马到克伦比察看。在那一个月里，我很少去克伦比。然而，只要贝蒂遇到困境，我还是会义不容辞地为她解决。

贝蒂就跟往常一样，在松林里消磨时间。她看起来似乎脸色苍白了一些，整个人显得无精打采。我想，她一定是为了法兰克的事情在烦恼。不过一看到我，贝蒂的脸立刻明亮起来。或许，她知道我是来为她解决难题的吧？但是，她装出一种狂妄而冷淡的态度。

"史蒂夫，我以为你已经把我抛到脑后了。你已经整整一个星期没来啦！"

"真亏你还记得，"我坐在一棵倾倒的树上，抬头瞧着贝蒂。此刻她正斜靠在一棵松树上，把视线从我身上移开。"因为我担心时常来的话，会打扰你们年轻人的谈情说爱。毕竟我已经是赶不上时代的'老人'啦！"

"你这人真是莫名其妙！"

虽然我说出了有关法兰克的事情，但是她一直充耳不闻，甚至不高兴地责备我。

"我毕竟已经老了，贝蒂，你瞧瞧我的白发！"

我摘下帽子，贝蒂连一眼也不看。

"那些白发，更能增添你的威严！你今年只不过四十岁，四十岁是男人的壮年，到了四十岁才懂得人情世故——我想，有些人到了这种年龄仍然在浑浑噩噩地过日子呢！"想不到，贝蒂如此的揶揄我。

我心里的小鹿儿撞了一下！贝蒂是否已经感觉到了？她最后的那句话，是否在嘲笑我呢？难道她看穿了我的内心？

"我是来询问你跟法兰克之间到底发生了什么事情。"我以沉重的口吻说。

贝蒂咬了一下嘴唇回答："什么事情都没有发生啊。"

"贝蒂，"我以责难的口吻说，"我一直要求你说实话，绝对不能说谎。我再给你一次机会，你是不是跟法兰克吵架了？"

"才不！"贝蒂有点儿不高兴地说，"他的话中带刺，我当然也回敬了他一些，他就气呼呼地回去啦！就算他永远不再来，我也完全不在乎。"

我摇摇头说："那样不好。直到你拥有一个骂你的丈夫，我还是拥有责备你的权力。你绝对不能欺负法兰克，因为他是难得的好青年。贝蒂，你必须跟法兰克结婚！"

"我非这样做不可吗？"贝蒂红了双颊。她以一种迷惑的眼光看着我，"史蒂夫，你是否希望我嫁给法兰克？"

"是啊！那就是我的希望。因为他最适合你，"我故意移开视线说，"在所有我认识的年轻男子里面，唯有法兰克最适合你。

我以监护人的身份，希望你能够找到幸福的归宿。贝蒂，你不是一向都很听我的话，遵从我教你做的事情吗？而且你一直都认为我的方法很对，不是吗？贝蒂，你别反抗！我所做的一切都是为你着想，法兰克是不可多得的好青年，更何况他从心眼儿里爱你。你就听我的话，跟法兰克结婚吧！贝蒂，我并非命令你，因为我没有这种权力。就算我有权力，你已经不是随便接受命令的年龄了。我只是说出自己的希望与忠告……"

在说话时，我始终没有看贝蒂，只一心一意地凝视着夕阳照耀下的松林远景。

我感觉到自己的一言一语都在撕裂我的心肺，好似都要把鲜血吐出来了。不错，贝蒂应该跟法兰克结婚！

可是，我又将如何自处呢？

贝蒂离开了松树，在我身边绕了一圈，走到我面前，我也不得不看她了。贝蒂非常狡黠，只要我移开了视线，她的身子就会跟着我移动。

贝蒂的态度，看起来完全没有温柔及柔顺可言。她把头抬得很高，眼睛散发出光芒，面颊染上了一片火红色，不过她的谈吐却是很温柔。

"如果你是在说肺腑之言的话，"贝蒂凝视着我的脸说，"那么，我就跟法兰克结婚。史蒂夫，你是我的朋友，又是我的监护人。诚如你所说，我始终听你的话，一次也不曾违背过你的决定，同时，我也不曾感到后悔。这一次，我也要听你的话。

"但是，这一次是涉及毕生幸福与否的问题。如果这是你的真心话，你就要说得肯定一些，绝对不能叫我感到丝毫的怀疑。

"史蒂夫，你别心虚地撇开脸，你勇敢地面对我！史蒂夫，今天一整天……噢……不……自从我从学校回来以后，你就不曾好好地瞧我一次，你到底怎么了？史蒂夫，你好好地看着我，再肯定地对我说必须跟法兰克结婚的理由。只要你能明明白白地告诉我，我就跟法兰克结婚。"

到了这个地步，我是不得不面对贝蒂了。因为我再逃避的话，她一定不能原谅我。于是我决定忠于自己的内心。

我内心的"男人的力量"以排山倒海的气势反抗起了言不由衷的谎言。

"不！我绝对不希望你嫁给法兰克！"我以激动的口吻叫嚷起来，"贝蒂，除了我，我不希望你跟世界上的任何男人结婚！因为我一直爱着你——我一直都在爱你！对我来说，你比我的生命更重要——你比我自己的幸福更为重要。因为我只考虑到你的幸福，才叫你嫁给法兰克！我认为法兰克一定能够带给你幸福。"

听我如此一说，贝蒂挑战似的态度完全消失了，而是转到另一个方向，高高地昂着她的头说："如果心底有中意的人，在这种情况下，就算跟其他的人结婚也不可能幸福啊。"贝蒂以嗫嚅一般的声音说。

我站了起来，靠近贝蒂。

"贝蒂，你到底喜欢谁？"我也小声地问她。

"喜欢你，我爱你！"贝蒂以温顺的口吻说。我值得骄傲的小女孩子展露出了风情万种的样子。

"贝蒂,"我断断续续地说,"我已经老了——对你来说,实在太老了!我——我大你二十多岁呢!"

"天哪!"贝蒂又转向了我,不断地跺脚说,"求求你!你就别再三地提你的年龄啦!就算你再老,我也完全不在乎!不过,我绝对不勉强你娶我!如果你不喜欢我的话,我也不会跟任何人结婚——而且会感到很满足的!"

贝蒂又哭又笑,试图跑开,可是我一把把她揽入怀里,紧紧地搂着她,亲吻她。

"贝蒂,我是世界上最幸福的男人!刚来这里时,我却是世界上最凄惨的男人呢!"

"你是罪有应得!"贝蒂恶作剧似的说,"你是应该感到凄惨的,像你这种大笨瓜,应该多品尝一下凄惨的滋味!我打从心眼儿里爱着你,你却一心一意要把我送给别人!你呀,你把我的心都撕成碎片了!

"我……我一开始就喜欢你,史蒂夫!可是在进入那所学校以前,我竟然一点也不知道!直到我跟那一群女孩子生活在一起以后,我才恍然大悟。我以为——你是为了这个目的,才把我送进那所学校呢!

"想不到我回家以后,你竟然叫我悲恸欲绝。正因为如此,我才对那些无辜的男孩子'开刀',我对他们装疯卖傻,我知道你感到颇不以为然,但是我也没有打胜仗。因为你一直以父辈的态度对待我,叫我感到泄气!

"当你把法兰克带来时，我的沮丧已经到了极点。我想死了这条心，重新振作起来，再跟法兰克结婚。如果你不说出由衷之言的话，我可能就要那么做了。

"但是，我不到黄河心不死。为了幸福，我还想做最后的挣扎。因为我的心里仍存着一个小小的希望。那一天，我目睹你把我丢掉的玫瑰花捡了起来，我悲从中来，跑进自己的房间痛哭了一夜。"

"这可是天下第一奇事，贝蒂竟然会爱上我。"

"这件事情根本就不算稀奇——我……我不能不那样啊，"贝蒂把她的褐色头发贴在我的肩膀上说，"史蒂夫，除了恋爱，你把什么事情都教给我了。正因为如此，除了你，我绝对不对别人传授我的'独家恋爱秘诀'。"

"贝蒂，你什么时候肯嫁给我呢？"我问。

"你竟然想把我推给别人，除非我满肚子里的'气'都消了，否则才不会嫁给你呢！"贝蒂恶狠狠地回答。

当我把一切经过告诉法兰克时，他的脸色苍白，不过他仍然祝福我，然后如绅士一般毅然离去。

不久，法兰克娶了一位如花美眷。不过话又说回来，他不可能幸福如我，因为全世界只有一个贝蒂，而贝蒂正是我的妻子！

第十二章

姐弟情

五月初的一个黄昏，微寒的风吹入垂死的娜美·赫兰房间，使窗帘沙沙作响，空气既潮湿又寒冷，但是垂死的女病人并不想关上窗户。

"什么都关上的话，要如何呼吸呢？不管发生什么事情，我绝对不想窒息而死。"娜美说。

窗外有一棵樱花树，如今正结着覆着白雪似的蓓蕾，似乎在告诉人们开花期就快要到了。然而娜美的内心感到非常遗憾，因为她再也不能活着看樱花绽开了。

娜美透过樱花树的枝丫，看到了山丘上面紫色的天堂。那一片透过树枝看到的天堂，就仿佛是水晶制成的饭碗。外面的空气把甜如蜜糖的春日气息带了进来。后院也传来了交谈声，以及吹口哨的声音。有一只小鸟儿停在樱花树枝上，尽情地唱起了黄昏之歌。

房间很狭窄，地面上铺着两张由绳子编成的地毯，除此之外，简直一无所有。墙上的石灰剥落，甚至被熏得黑灰一片。

在平常的日子里，娜美的周围就没有什么美好的东西。如今，她垂死地躺在床上，一切美好之物似乎已经跟她绝缘了。

在打开的窗边，一个十岁上下的男孩子，坐在窗边吹着口哨。他看起来比实际年龄长得高大，外貌又长得俊秀——他的头发浓密，形成了一片赤褐色的"丛林"，毛发卷曲而且闪闪发光。他的皮肤非常白皙，而且气色非常好。他的一对小眼睛为带绿的蓝色，睫毛很修长。但是他的下巴却显得瘦弱了一些，嘴唇很厚，看起来仿佛是噘着嘴儿，跟谁在怄气。

躺卧在距离窗户最远的角落，床上的病人虽然时常遭受到痛苦的袭击，但是自从卧床以后，她就一直宁静地躺在那儿不曾动弹。

如果痛苦委实太难受了，她就会咬紧毫无血色的嘴唇，用又黑又大的眼睛瞪着剥落的墙壁，使陪伴着她的人感到惊骇，但是她本人却是连呻吟声也不会发出来。

不过任何芝麻小事都无法逃过娜美的耳朵。今夜的娜美感到非常衰弱，正颓废万分地躺在充满了皱褶的枕头上面。在幽暗的油灯照耀之下，她的面孔变得异常长，而且浮现了死相。

她漆黑的头发编成一条发辫，从枕头垂到了棉被上。如今，她浑身上下只剩下这里是美丽的了。娜美对它甚感自豪。在未生病以前，对于这些光泽卷曲的漂亮头发，娜美每天都要细心地梳理，并且编上辫子。

在病床的椅子上，坐着一个十四岁的少女，她把头斜靠在椅背上。坐在窗沿的少年是她的异父弟弟，然而克利斯多夫跟尤妮斯不管在容貌或者性格方面，完全没有相似的地方。

旋即，只能隐隐地听到喘息声的一片沉默中，传来了低沉的啜泣声。本来透过樱花树的枝丫，看着傍晚明亮星星的女病人由于愤怒，把脸朝向少女。

"尤妮斯，你不要这样，"病人责备着女儿，"妈妈在还没有死以前，不要听到任何人哭泣。在妈妈死了以后，你必须做的事情将有一大堆呢！如果没有你跟克利斯多夫的话，妈妈才不会怕死呢！像我这种过了一辈子辛苦生活的人，对于死亡是不会害怕的。只是要死的话，就应该干脆一点儿，不要如此折腾人，真叫人烦死了！"

病人仿佛是在对看不见的暴君诉说一般，语气中充满了委屈与不满。

如果只凭声音判断的话，病人似乎一点也不衰弱。因为她所说的每句话都很清晰，而且都显得中气十足的样子。

窗边的少年停止吹口哨，少女则沉默不语，撩起她围裙的下摆擦眼泪。

娜美把自己的头发拉到了嘴唇旁，无限爱怜地吻了一下。

"尤妮斯，你根本就没有这么漂亮的头发。它们实在太美了，把它们埋葬于九泉之下，实在太可惜了。尤妮斯，在我的身子放进棺木前，你必须把我的头发绑好，拉到头顶上，然后编成辫子！"

少女的嘴里发出了受伤动物似的呻吟，不过就在这个瞬间，门被打开，一个女人走了进来。

"克利斯多夫！"那个女人尖叫起来，"你快点到牛栏去。你这个懒惰鬼！你分明知道非到那儿不可，却躲在这里偷懒。害得我四处都找不到人。你快点去，他们一定等很久了，快去呀！"

少年缩了一下他的头，对婶婶做了一个鬼脸。虽然他心里有些不悦，但是毕竟不敢违抗命令，便一面嘀咕，一面走了出去。

婶婶举起一只手，打算赏克利斯多夫一记耳光，但是她看了一下病床的方向，仿佛有点儿害怕地放下了手。娜美虽然很衰弱，已经到了垂死的境地，但是人们对于她暴躁的脾气仍然不敢领教，就连服侍她的护士也认为娜美发脾气时，仿佛是恶魔附身。

两三天以前，克利斯多夫曾经绘声绘色地对娜美说婶婶虐待了他。娜美大怒之下病情更加恶化了，因此婶婶不敢再招惹娜美。她走到病床边，调整了一下寝具的位置。

"我要跟雪拉去挤牛奶。娜美，你如果不舒服就叫尤妮斯来告诉我们。尤妮斯，你就留下来照顾你的母亲。"

娜美的脸上露出鄙夷的表情，瞧着她说："你不必操心，我没事的，卡罗琳！今夜，我就要踏上幽冥路了。不过你大可不必急着去挤牛奶，我们谈谈好吗？"

娜美一向最喜欢看卡罗琳惊讶的面孔，每次看到那种表情时，都会萌生出一种成就感。

"你感到难受吗，娜美？"卡罗琳颤抖着身体说，"如果是这样的话，我就叫切尔斯去请医生。"

"你就不要多此一举了，医生又能够为我做什么呢？难道我要死，还要经过他的允许吗？你放心地去挤牛奶吧，直到你挤完牛奶，我也还不会死。你既然想多看看我，那我就成全你吧。"

卡罗琳闭上了她的嘴，脸上刻满了殉教者的表情，走出了房间。或许，娜美算不得蛮横的病人，但是她喜欢说一些刺伤人心的话，借此感到志得意满。即使躺在临终的床榻上，她仍然要想尽办法刺伤卡罗琳的心。

在外面，雪拉拿着牛奶桶等着。

这个名叫雪拉的妇女居无定所，但是只要有病人的地方，就可以看到她。正因为拥有丰富的经验，以及无所畏惧，她成了一个很优秀的护士。她是一个个头高大的女人，但是长相丑陋。头发为铁灰色，脸上布满皱纹。在跟雪拉的对照之下，卡罗琳变成了一个相当标致的女人。她的步伐轻快，有着一张苹果似的面孔，乍看起来仿佛少女一般。

两个女人一面走到后院，一面谈论着有关娜美的事情。当她俩走开以后，整栋房子静寂得可怕。

娜美的房间逐渐变得黑暗。尤妮斯有一点畏惧地靠近母亲身边，看了一下母亲的脸，说："妈妈，我来点灯好吗？"

"你暂时不要点灯。我正在瞧樱花树下的那颗大星星，我要一直看着它进入山丘后面。有整整二十年之久，我看着那颗星星在那儿出现。现在我正在跟它惜别。你不要说话，不要打扰我，我正在想一件事情。"

少女安静地起身，双手抱着床榻的柱子。之后，她又用双手遮住脸，默默无言地忍着要哭泣的冲动，因为忍受不住而咬着自己的手，以致手上留下了白色的齿痕。

娜美没有注意少女，一直凝视着在夜空里闪亮，看起来犹如珍珠一般的星星。待星星从视界消失时，娜美就用力拍打她那双细瘦的手，就在那瞬间，她的脸上浮现出了苦闷的表情。

她思考了好一阵子，当她开始说话时，她的声音却是意外的沉着："尤妮斯，现在你可以点燃油灯了。把油灯放在这个棚子上面，这样，灯光就不会照到我的眼睛了。然后再坐到床边来，我有一些话要对你说。"

尤妮斯在不发出声响的情况下，完成了母亲交代的使命。青白色的灯亮起来时，清晰地把少女的身子浮现了出来。她长得削瘦，身子有残障——一个肩膀比另一个肩膀高一些。肤色跟母亲一样浅黑，眼鼻长得并不端正，缺乏光泽的头发垂在脸周围。眼睛为暗褐色，一只眼睛上面有一个斜行的胎记。

娜美老是以一种轻蔑的眼光瞧自己的女儿。虽然尤妮斯是她十月怀胎后所生，但是娜美始终不曾真正地爱过她。她的母爱全部献给了克利斯多夫，也就是她唯一的宝贝儿子。

尤妮斯把油灯放在棚架上面，拉下了脏分分的窗帘，把刚才出现于天空的星星遮住了，然后坐在床沿，面对着母亲。

"尤妮斯，你把门关好了吗？"

尤妮斯点了点头。

"因为我不要卡罗琳以及任何人在外面偷窥，或者偷听。卡罗琳刚才去挤牛奶，不可能很快回来，所以我要好好利用这个机会。尤妮斯，我就要死了。所以……"

"母亲！"

"啧啧……别大声嚷嚷！你不是早就知道会有今天吗？我现在已经没有多少力气说话了，你静下心来好好听着！现在我完全不痛了，可以很清楚地思考和说话。尤妮斯，你听见了没有？"

"嗯，母亲，我听见了。"

"你好好听着，这是有关克利斯多夫的事情。自从在这里躺下来以后，我一直都在想克利斯多夫的事情。我的一颗心都在想着他。为了那个孩子，我想继续活下去，整整跟疾病斗争了一年，但是一点用处也没有。如今，我必须撇下那孩子走上幽冥路，但是想到他以后不知会变得如何，我就放心不下……"

娜美说到这里突然停下来，再用她削瘦的手敲起了桌子。她叫着："如果那孩子大一些，能够自己照料自己的话，我就不会如此操心。然而，他毕竟还很小，卡罗琳又说她非常讨厌那个孩子。不过，你俩在完全长大以前，必定在卡罗琳姊姊家生活。到时，你的姊姊一定会虐待克利斯多夫，叫他日夜不休地工作。

"克利斯多夫很像他的父亲，又顽固，又喜欢闹别扭，卡罗琳绝对不可能喜欢他。尤妮斯，我死了以后，你必须姐代母职！你必须那样做，因为那是你的义务。不过我还是不放心，你必须对我发誓！"

"母亲，我当着您的面发誓，我会好好地照顾弟弟！"少女以庄严的口吻说。

"老实说，你并不是具有威严感的人——你本来就是这样的人。如果你具有那么一点儿威严感的话，一定能够保护你的弟弟。我希望你做到的是——永远站在你弟弟那边，保护着他——不要使他受骗，受到欺凌。不管发生什么事情，只要那孩子需要你，你就绝对不能不管他。尤妮斯，你答应我吧！"

由于过度的兴奋，病人从床上起身，抓起了少女细瘦的手腕。她的眼睛散发出了光芒，削瘦的面颊上出现了两片红晕。

尤妮斯苍白着一张面孔，感到异常紧张。她犹如在祷告一般，把两只手掌合了起来。

"母亲，我答应您！"

娜美放下了抓着尤妮斯的手，再度躺到枕头上。

"嗯……这样的话，我就可以放心了。不过，我还是希望能够再活上一两年，这样的话，对克利斯多夫就有很大帮助。我一向很讨厌卡罗琳——我很讨厌她！尤妮斯，你千万别让卡罗琳虐待那个孩子。如果卡罗琳胆敢虐待克利斯多夫，或者你对他不尽责，我就会让你们不得安宁！关于财产方面，你放心，我已经妥善地安排好了。

"我保证绝对不会让争端发生，更没有人敢剥夺克利斯多夫的权力。待那孩子成年以后，他就可以拥有我留下来的农场，而且也可以养活你。所以尤妮斯，你可别忘了你对我许下的诺言！"

在外面，夜色逐渐笼罩，卡罗琳和雪拉在榨乳房，把牛奶放入奶油制造机过滤，而克利斯多夫正很不情愿地按着抽水机。

牧场那边是古老的赫兰宅第，也就是卡罗琳的家。在卡罗琳照料娜美期间，未婚的大姑妈爱莉达一直在照料卡罗琳的家。

今夜，卡罗琳可以回家睡觉，但是听到了娜美刚才那段话以后，她感觉到有那么一点儿不安。

"雪拉，我俩最好到那儿看看娜美，"卡罗琳摇摇铁桶说，"如果你认为留下来比较妥当的话，我就会留下来。不过，她竟然说自己会在今夜死去，这实在有一点儿邪门。"

雪拉到病房瞧了瞧，里面显得分外安静。在雪拉眼里，娜美没发生什么变化，因此也就依照自己的想法对卡罗琳报告。不过，卡罗琳却感觉到一股莫名的不安，因此准备留在那儿。

娜美就跟平常一样，旁若无人般冷静。她叫尤妮斯把克利斯多夫带来，再把他抱到床上，频频地吻他，再叫他停留在她伸手可及的地方，以一种依恋的眼光看着他金色的鬈发，玫瑰色的面颊，以及浑圆的手脚。被凝视了一阵子以后，少年感到很不是滋味，以致挣扎着下了床。虽然克利斯多夫跑出了卧室，娜美仍然目送着他的背影。但是他砰的一声关上房门后，娜美却是呻吟了一声。听到呻吟声，雪拉吓了一大跳，因为从她照顾娜美以来，从不曾听到过呻吟。

"娜美，你又感到疼痛了吗？"雪拉问。

"没有。请你去告诉卡罗琳，在克利斯多夫睡觉以前，给他一片沾葡萄果酱的面包！果酱就放在楼梯下面的橱柜上面。"

不久以后，屋里变得鸦雀无声。卡罗琳在客厅的沙发上睡着了。雪拉面对着病房的桌子编织毛线，开始打盹。雪拉叫尤妮斯去睡觉，但是她不依，仍然坐在床铺旁边，目不转睛地看着娜美的面孔。

娜美好像睡着了。床铺旁的蜡烛燃烧着，它摇动的火焰在尤妮斯看来，就像鬼火一般，又好像小鬼在对着她瞪眼睛。晃动的火焰把雪拉的影子投在墙壁上面，看起来恰如鬼魂一般。窗帘被夜风吹动，沙沙作响，乍看之下，好像是一双幽灵的手。

半夜里，娜美醒了过来。到这时她才大彻大悟，原来她一次也不曾疼爱过的尤妮斯才是最忠心、最孝顺的人。也唯有尤妮斯能够送她踏上幽冥之路。

"尤妮斯，你别忘记……"

娜美摸了一下尤妮斯的头，嗫嚅了一声。她青白色的面孔突然颤抖了一下。

尤妮斯发出了惊天动地的惨叫声！在打盹的雪拉慌张地跳了起来，茫然地看着大叫的尤妮斯。卡罗琳睁开眼睛走了进来。病床上的娜美已经死了。

娜美就在她断气的那个房间里，被放入棺木里面躺卧着。房间里很幽暗，一片静谧。不过，在房子的其他部分，人们却忙碌着准备葬礼事宜。

尤妮斯默默地、很沉着在在人群中走来走去。除了在母亲临终时，疯狂地尖叫了一阵子，她始终不曾流泪，就连悲伤的感觉也不曾表现出来。或许，这正如母亲所说的一般，根本就没有空吧。

少年克利斯多夫为了母亲的去世，悲恸万分，几乎是哭得柔肠寸断，后来整个人瘫在地上，似乎是精疲力竭了。尤妮斯一边忙碌着母亲的丧事，一边照顾弟弟。她好言好语地劝慰弟弟，哄着他吃东西。自始至终，她一直把克利斯多夫带在身边。到了夜晚，尤妮斯就把弟弟带进她的房间里面，一直守在他身边。

葬礼一办完，娜美的一些家财被收了起来，或者被卖掉，房子被上了锁，农场则租给了别人。如今，尤妮斯跟克利斯多夫除了叔父切尔斯的家，再也无处可去了。卡罗琳很不喜欢收留娜美的一对子女。但是当她想到只有这条路可走时，她就立下决心，要对克利斯多夫及尤妮斯尽义务。卡罗琳有五个孩子。自从克利斯多夫会走路以后，卡罗琳的孩子就不断地跟他吵架。

卡罗琳并不喜欢娜美。其实，没有一个人跟娜美合得来。本杰明·赫兰年纪很大时才娶了娜美为妻。想不到，厉害角色娜美刚接触到他的家族，就迫不及待地向夫族宣战。在艾凡利这个地方，娜美仿佛是个外国人，一直显得很孤立——她是带着三岁女儿的寡妇。艾凡利的人们都说她是心术不正的女人，但是她一点也不以为然，始终不曾交什么朋友。

第二次结婚不到一年，娜美就生了克利斯多夫。从克利斯多夫生下来的那一瞬间，娜美就盲目地崇拜起了她的儿子。对于娜美来说，儿子是她唯一的安慰。为了这个宝贝儿子，娜美拼命地工作，节衣缩食，不停地存钱。本杰明跟娜美结婚时，他的"面子"并不太好看，但是在婚后六年去世时，他已经变成了一个相当富裕的农场主人。

娜美对于老公的死一点也不感到悲哀。他夫妇俩恰如俗语所说的"水火不融"，差不多每天都在吵架。对于这一对冤家的不和，几乎艾凡利所有的居民都知道。切尔斯是本杰明的弟弟，当然是偏袒自己的哥哥，对抗娜美。娜美却不把群敌看在眼里，一直在孤军奋战。

在本杰明死后，娜美一个人经营农场，夙夜不停地工作，即使在她刚罹患这种致命的疾病时，仍然凭着她顽强的意志，一直跟病魔交战。她凭着不折不挠的意志，活过了一年。但是到了这个境地，她不得不竖起白旗投降了。娜美躺上病床的那一天，就品尝到了死亡的所有痛苦，眼睁睁地看着"敌人"进入她的家里，支配她家的一切。

话虽如此，但是卡罗琳并非恶劣的女人，更不是不够亲切的女人。不过，她确实不喜欢娜美以及她的孩子。不过她是一个很明理的女人，认为娜美既然已经濒临死亡，那就得为她照顾孩子，谁叫她俩是亲戚呢！说实在的，卡罗琳对娜美是相当尽心的。

埋葬了娜美以后，卡罗琳把尤妮斯跟克利斯多夫带回家。克利斯多夫说什么也不肯去，尤妮斯只好好言好语相劝。克利斯多夫不仅感到悲伤，更感觉到寂寞难耐，以致一天到晚粘着尤妮斯不放。

如此经过了一段岁月以后，卡罗琳也不得不承认，如果没有尤妮斯的话，她实在拿克利斯多夫一点办法也没有。这个娜美的心肝宝贝，实在倔强，又难以侍候。不过，只要是她姐姐尤妮斯说的话，克利斯多夫几乎每一句都听。

切尔斯家没有一个人吃闲饭，切尔斯只有女儿，并没有儿子，克利斯多夫便得专门负责做杂事。他在心底虽然很不情愿，但是完全由不得他。或许，他的工作太过于繁重了，但是尤妮斯时常会帮他的忙。在没有人看到时，她甚至为弟弟做了大部分的工作。

克利斯多夫跟堂姐妹吵架时，不管什么理由，尤妮斯都站在弟弟这一边。当叔叔要处罚做错事的克利斯多夫时，尤妮斯就会把他的罪状顶下来。

爱莉达·赫兰是切尔斯的胞姐，也就是克利斯多夫的姑妈。她始终不曾嫁人，是一个老小姐。在克利斯多夫的父亲——本杰明还未娶娜美过门时，本来跟弟弟本杰明住在一起，但是娜美才进门不到几天就把她"轰"出去了，因此爱莉达一直对娜美耿耿于怀。

如今，娜美的一对子女来投奔她弟弟切尔斯，爱莉达认为"雪耻"的机会来了。于是就把怀恨娜美的心转移到她的一对儿女身上，动不动就责骂，甚至挥手就打。爱莉达打骂尤妮斯时，尤妮斯都极度地忍耐，不过一旦打到克利斯多夫身上，她就不会忍耐下去。

有一天，爱莉达给克利斯多夫一记耳光。那时，面对着桌子编织毛衣的尤妮斯立刻站了起来。她很沉着地举起一只手，赏了爱莉达两记耳光。爱莉达的面颊立刻浮现暗红色的痕迹。

"如果你敢再打我弟弟的话，"尤妮斯以充满仇恨的口吻说，"我会赏你如数的耳光！你根本没有权力打我的弟弟！"

"天啊！看她那种嘴脸！只要你活着，娜美就不算死了呢！"

爱莉达哭哭啼啼地对切尔斯提起这件事，使尤妮斯受到了很严重的处罚。不过如此一来，爱莉达再也不敢打克利斯多夫了。

赫兰的家族里，尽管撒下了不和的种子，但是这件事情并不妨碍孩子们的成长。娜美的一对儿女已经长大了，这是卡罗琳求之不得的。

到了十七岁时，克利斯多夫已经变成了一个十足的男子汉。他长得高挑，身子又很健壮。他虽然已经失去了儿时柔和的美，但是如今的他却被公认为美男子。

十七岁那年，克利斯多夫继承了母亲娜美留下来的农场。一对姐弟迁入长久以来空着的房子，展开了新生活。当她俩离开切尔斯叔叔家时，没有人感到依依不舍，大家巴不得这姐弟俩快走。尤妮斯也庆幸姐弟俩回到了真正属于自己的家。

留在叔叔家的最后一年，根据切尔斯的说法，克利斯多夫实在无药可救了。他时时很晚才回家，而且跟一些不三不四的人成群结党，不知在干什么。

这很叫切尔斯恼火。正因为如此，叔侄之间时时发生争吵。

在回到了自己家之前的四年里，尤妮斯吃尽了苦头。克利斯多夫懒散成性，整天过着放荡的生活。艾凡利的居民都把他看成地痞流氓，气得切尔斯叔父再也不管他，任由他自生自灭，只有尤妮斯一个人没有抛弃他。

尤妮斯始终不曾责备克利斯多夫。不过为了维持农场的正常状况，她如奴隶一般的卖力工作。结果应了顽石会点头那句话，尤妮斯的忍耐终于获得了胜利。

克利斯多夫深深为自己姐姐的牺牲精神所感动，决定洗心革面。

尤妮斯二十八岁时，爱德华·贝尔向她求婚。爱德华是中年的鳏夫，长得其貌不扬，又带着四个孩子。然而诚如卡罗琳所说，尤妮斯想嫁给一般正常的男青年，实在难如登天，因为尤妮斯的长相实在叫人不敢恭维。就是基于这个原因，卡罗琳尽力想促成这段姻缘，如果克利斯多夫不从中阻挠的话，也许尤妮斯就嫁给爱德华·贝尔了呢！

尽管卡罗琳非常卖力地想促成，但是克利斯多夫把这段姻缘给搞砸了。

克利斯多夫知道了这件事后，恼怒万分，终于暴露出赫兰家族的缺点，以威吓的口吻说——如果尤妮斯胆敢抛弃他嫁人的话，他就要卖掉这座农场，到外头四处游荡。一旦没有尤妮斯姐姐，他根本就无法干下去，也不想干下去。

卡罗琳费尽了口舌，说尽了好话，还是不能说动克利斯多夫，徒有惹得他暴跳如雷。到了这种地步，尤妮斯只好拒绝了爱德华·贝尔的求婚。这时，尤妮斯又开始保护起她的弟弟来了，认为她绝对不可以抛下克利斯多夫，自顾自地去嫁人，就算用十辆马车也拖不动她了。

"尤妮斯，你不要太死心眼儿了，"卡罗琳还是一心一意地想挽回。她说，"恐怕再也碰不到这种机会了。你多少得为自己打算啊。再过一两年，克利斯多夫也会结婚，到时你要住哪儿？一旦克利斯多夫结了婚，他的妻子就会排斥你，视你为眼中钉！"

这支箭真的命中了尤妮斯。她的嘴唇一下子失去了血色。不过，尤妮斯还在做最后的挣扎，说："就算到了那种地步，但是这幢房子够大，我俩还是可以相安无事……"

卡罗琳嗤之以鼻地说："或许，一切像你所说的。既然你那么不开窍，我再如何说到口干舌燥也是徒然！你就跟你母亲一般倔强，你的母亲一向对忠言置若罔闻！我这样辛苦奔走，还不是为了你着想？日后，你一定会后悔的！"

三年之后，克利斯多夫向维多莉亚·派尔求婚。其实，事态在尤妮斯以及赫兰家族察觉以前，就有了相当的进展。当男女双方当事人宣布缔结姻缘时，赫兰家族的愤怒已经到达了顶点。

原来，赫兰家族跟派尔家在三十年以前就种下了不和的种子，如果争端的原因不让后代子孙知道的话，或许事情会好办得多。赫兰家族始终持着优越感，认为他们不必降低身份跟派尔家的子孙联姻。

对于两族人长年以来的仇视，克利斯多夫竟然从正面反抗，令族人们惊愕异常。切尔斯以断绝叔侄的情分要挟克利斯多夫，卡罗琳到尤妮斯那儿，恰如克利斯多夫是她弟弟一般，认真地展开游说。

尤妮斯对赫兰家跟派尔家的恩怨一点也不在意。对尤妮斯来说，维多莉亚就跟其他的女孩一样，克利斯多夫拥有追求的权力。但是克利斯多夫的妻子将替代尤妮斯的位置——想到这里，尤妮斯有生以来，第一次感到激烈的嫉妒，使得她感到五脏如焚、寝食不安，甚至感觉到人生实在乏味之至。

正因为有卡罗琳的再三规劝，尤妮斯忍受着自己内心痛苦的煎熬，对弟弟苦谏了起来。尤妮斯满以为克利斯多夫会表示愤慨，想不到他竟然一副嬉皮笑脸的表情。

"姐姐，你不喜欢维多莉亚的什么地方？"克利斯多夫打趣地问。

尤妮斯一时语塞。的确，她实在没有反对的理由。

尤妮斯感到尴尬，不知如何是好。因为她好久说不出一句话来，克利斯多夫反而笑了起来。

"姐姐，你是否在吃干醋呢？你也很清楚，总有一天我会结婚。可是这幢房子很大，每个人都可以分配到足够的空间。姐姐，你就不要想太多了，你也不必听切尔斯叔叔和卡罗琳婶婶的吓人之词。一个男人想结婚时，总会找到他满意的对象。"

那一晚，克利斯多夫迟迟不回家。尤妮斯跟往常一样，耐心地等着他回来。那是春寒料峭的夜晚，尤妮斯想起了母亲亡故的那一夜。厨房被整理得纤尘不染，尤妮斯就坐在窗边的一把椅子上，痴痴地等着弟弟回来。

尤妮斯并不想点灯。月光隐隐地照入室内。在外面，刮过夹带着刚萌芽的薄荷香的风儿，带来了幽幽的芳香。那是一个古典式的庭院，娜美以前所种的多年生植物，正在那儿蓬勃生长。尤妮斯时常拔草浇水，把那儿整理得干干净净。这一天她也整顿过庭院，以致感到相当疲倦。

偌大的屋子里只有尤妮斯一个人，所以在寂寞之余，她萌生出了些微恐惧。在这一天里，尤妮斯想规劝克利斯多夫舍弃结婚的念头并没有成功。尤妮斯还一再地对克利斯多夫保证，她会一辈子照顾他，而且保证会把他身边的一切事情处理得井井有条。

尤妮斯听到克利斯多夫的脚步声时，快速地点燃了灯火。克利斯多夫看到尤妮斯时，不觉皱了一下眉头。每当想到姐姐为他牺牲睡眠时，他总会感到不高兴。当克利斯多夫坐在炉前脱鞋时，尤妮斯为他准备宵夜。克利斯多夫吃过了宵夜，并没有回卧室睡觉的意思。尤妮斯看到了这种情形，打从内心感到一股寒气。

"姐姐，我想在这个春季结婚。"克利斯多夫说。

尤妮斯在桌子下面紧紧握着双手，这是她预料中的。

"我跟维多莉亚——我们……我们……必须考虑如何安排姐姐，"克利斯多夫的眼睛一直凝视着盘子，欲言又止，最后迟疑地说道，"维多莉亚不喜欢你跟我们住在一起——她认为年轻人的新婚不应该跟第三者同住。我也认为她的想法很对。不管如何，姐姐你已经以女主人的身份在这里居住了很久，一旦叫你降到次要位置的话，你也不会高兴吧？"

尤妮斯想说话，但是在当时，她根本就说不出半句话来，她毫无血色的嘴唇，只发出了类似嗫嚅的声音。克利斯多夫听了这种声音后站了起来。尤妮斯的表情叫他感到坐立不安，他在愤怒之余把椅子推到后面。

"姐姐，你就不要哭泣了，这些都是无济于事的。你得好好考虑这件事！我虽然也喜欢姐姐，但是男人都会把自己的妻子排在第一位。我会想法子给你好日子过的。"

"你的意思是说，你的妻子要把我赶走？"尤妮斯好像在呻吟一般地说。

克利斯多夫皱起了他红色的眉毛。

"现在我要说的是——如果维多莉亚必须跟你一块儿生活的话，她就不肯嫁给我。她很害怕你，我对她说过，我的姐姐决不会干涉你的生活，但是她并不满意。姐姐，这就是你的不是了，因为你一直紧绷着面孔，不言不语，所以叫人害怕。维多莉亚又年轻又开朗，很可能跟姐姐处不来。你不可能跟她和平相处的！

"我并不是要把你赶出去。我会在某一个地方为你盖一幢房子，让你住在那儿，所以你就不要大惊小怪啦！"

尤妮斯并没有大惊小怪。她只是将手掌朝上，把它们放在膝盖上面，仿佛是化石一般地坐着。克利斯多夫由于说完了他所要说的话，舒了一口气，站了起来。

"姐姐，咱们去睡觉吧。你本来早就应该睡觉了，为什么非等我回来不可呢？这种等待很不明智。"

克利斯多夫走了以后，尤妮斯犹如啜泣一般叹了口气，再茫然地瞧瞧四周。即使是在这以前，她品尝过的所有悲哀，都敌不过她现在面临的悲哀。

尤妮斯站起来后，摇摇晃晃地走过客厅，进入了她母亲的房间。为了阻止任何人进去，尤尼斯将这房间上了锁，所以房间里面仍然保持娜美生前的摆设。尤妮斯仿佛游魂般走到床铺前，在那儿坐了下来。

尤妮斯想起了她在这个房间内，对母亲许下诺言的事。想着——她遵守诺言的力量是否会被剥夺呢？自己会不会被赶出这幢房子，跟自己唯一所爱的人分离呢？自己已为这个弟弟仁尽义至，牺牲彻底。在这种情形下，克利斯多夫会允许他的妻子那样做吗？嗯，他一定会允许的！那个黑眼睛、面孔如白蜡一般的派尔家姑娘，在克利斯多夫眼里，当然比亲姐姐更重要。

想到这里，尤妮斯并没有流泪，只是用双手掩着眼睛，发出了几次呻吟声。

听到了这件事情的始末以后，卡罗琳有一种胜利者的骄傲。因为她所想象的事情已经成了事实，所以感到浑身都很畅快。

话虽如此，卡罗琳仍不失厚道，她说尤妮斯可以住到她家去，因为爱莉达已经亡故，只要尤妮斯肯屈就，她就可以代替爱莉达的位置。

"克利斯多夫才不会为你建造一幢房子，他只不过哄哄你罢了！万一克利斯多夫把你赶出来，你就来我这儿吧！尤妮斯，你真是又死心眼又痴心。那么疼爱克利斯多夫，又那样宠爱他！结果呢？他却是以那种方式报答你！只为了他妻子的一句话，你就如一条狗被他赶出来了！如果你的母亲还活着的话……"这是卡罗琳破天荒第一次希望娜美仍然活着，"如果真是这样的话，维多莉亚就不敢撒野啦！"

卡罗琳怒火中烧，对克利斯多夫兴师问罪，然而对于婶婶的忠言，克利斯多夫却无礼顶撞，认为卡罗琳多管闲事。

卡罗琳在恢复平静以后，开始跟克利斯多夫交涉。对于交涉的后果，尤妮斯完全不说一句话。因为尤妮斯再也不在乎结果会变得如何了。当克利斯多夫把维多莉亚带进娜美辛苦建造的那一幢房子，让她当女主人时，尤妮斯就默默地离开了。

尤妮斯到叔叔切尔斯的家，代替了爱莉达的位置——没有工资的高级佣人。

切尔斯叔叔跟卡罗琳婶婶都对尤妮斯很亲切，尤妮斯必须做的事也委实太多了。尤妮斯就在那儿度过了五年单调的日子。这段时间内，对于维多莉亚全权支配的屋子，她始终不曾跨进过它的门坎。至于卡罗琳在最初的愤怒消退以后，由于抵挡不了好奇心，时常到克利斯多夫那儿探望，再把所见所闻说给尤妮斯听。尤妮斯一度也不曾表示关心，只有一次例外，那就是维多莉亚打开娜美亡故的那间房间，把它重新装饰后，当成客厅使用。听到这则消息以后，她那张没有血色的脸顿时通红，眼睛里充满了怒火，认为维多莉亚冒渎了神圣，不过她并没有发什么大牢骚，也不曾表示什么意见。

尤妮斯跟其他的人一样，看到克利斯多夫的婚姻生活已经逐渐失去了魅力，便非难起了维多莉亚，并进一步憎恨起她。

克利斯多夫从来就不曾到过叔叔家。或许他感到惭愧吧。不管在自己的家里，还是在外面，克利斯多夫都变成了沉默寡言的男子，而且又开始大灌黄汤。

在某一个秋日，维多莉亚带着唯一的儿子，上街拜访已经出嫁的姐姐。家里只留下克利斯多夫一个人。

那个秋天是艾凡利居民永远忘怀不了的日子。当树叶落尽、白昼变短时，恐怖的阴影笼罩了整个岛屿。某一晚，切尔斯带回了一则恐怖的消息。

"夏洛镇发生了天花，已经有五六个病患了。是一只入港的船舶带进来的。音乐会时，有一名水手也来参加，第二天就有人患了这种病。"

艾凡利距离夏洛镇不远，而且夏洛镇跟北部海岸各地都有频繁的往来。

有一天早晨，卡罗琳对克利斯多夫谈及那一场音乐会时，克利斯多夫的一张红脸顿时变得毫无血色。他好似要说什么话一般，突然开了口，但是很快地又闭了嘴。他们俩坐在厨房里面，卡罗琳把借用的茶叶拿来给克利斯多夫，想要看看维多莉亚不在家，克利斯多夫如何打理这个家。所以她一面跟克利斯多夫谈着，一面忙着到处瞧瞧，以致没察觉到克利斯多夫改变了脸色，以及变得沉默不语的事实。

"感染了天花以后，多久才会长出痘子？"卡罗琳想回家而站起来时，克利斯多夫问。

"好像是十到十四天。我得叫家里的女儿去种痘才行。这种疾病一定会蔓延开来的！维多莉亚何时才会回来呢？"

"我也不知道她什么时候会回来？我想等到她高兴，自然就会回来！"克利斯多夫以懊恼的口气说。

一周以后，卡罗琳对尤妮斯说："克利斯多夫到底在想什么呀？好久以来，他什么地方也不去，只在房子周围徘徊。或许是由于维多莉亚不在家，屋里太安静，叫他感到不习惯吧。待挤完了牛奶，我专程去瞧瞧他。尤妮斯，你也一起去吧？"

尤妮斯摇摇头，她的性情跟她母亲一样，自从克利斯多夫成婚以来，她就不曾跨进他家的门坎一步。如今，她正坐在西侧的窗边，很耐心地缝补袜子。

尤妮斯最喜欢坐在西侧的窗边，也许是因为从那儿可以看到她那幢被夺走的房子。

挤好牛奶以后，卡罗琳披上披肩，越过牧场，跑到克利斯多夫的家。整幢房子静悄悄的，仿佛没有人在家。卡罗琳伸出她的手摸柴门时，厨房的门儿打开了，克利斯多夫赫然出现在门口。

"你不要再过来！"

卡罗琳吓了一跳！敢情又是维多莉亚的规定？

"请你放心！我并非天花的携带者！"卡罗琳愤然地回敬了

一句。

克利斯多夫并没有把卡罗琳的话放在心上。

"婶婶，请你叫叔叔去请史宾塞医生吧！史宾塞大夫是天花的专家。我现在感到很不舒服。"

卡罗琳由于惊骇及恐怖，背脊感到一阵寒意，她本能地退后了两三步。

"你感觉不舒服？你到底怎么啦？"

"那一晚，我到夏洛镇去参加音乐会。那个携带天花的水手就坐在我的右边。那时我就感到浑身不自在。那已经是十二天以前的事情了。昨天跟今天，我都感到不舒服。请你去请医生吧！你不要靠近这幢房子，同时也叫别人不要接近。"

说罢，克利斯多夫就走入屋里，紧紧地关上了门。卡罗琳顿时愣在那儿，目瞪口呆了一阵子，接着没命地奔过牧场。看了这种情形，尤妮斯到门口迎接她。

"不得了啦！"卡罗琳上气不接下气地说，"克利斯多夫……克利斯多夫罹患了天花呢！切尔斯在哪儿？"

听后，尤妮斯跟跄了几步，斜靠在门户上面。她的手就按在右心口处。她最近时常有这种举止。卡罗琳虽然很激动，但是她也注意到了这一点。

"尤妮斯，为什么惊讶时，你就会把手按在心口呢？"卡罗琳很关心地问，"你的心脏是否有问题？"

"我——我也不知道，只是会稍微感到疼痛——现在已经不疼了。克利斯多夫罹患了天花吗？"

"他自己这样说的。从那种状况判断，很有可能。天晓得！有生以来，我不曾如此惊骇过。天哪！我得赶快找到切尔斯，必须做的事情太多了。"

尤妮斯并没有用心在听卡罗琳的话。她的整个心思集中在一件事上，那就是——克利斯多夫已经病了，而且他的身边没有第二个人，我得赶紧到弟弟那边去！至于他罹患什么疾病，对尤妮斯来说，根本就不是问题。卡罗琳上气不接下气，从仓库奔回来时，看到尤妮斯戴上了帽子，在桌子旁边整理一堆衣物。

"尤妮斯，你要去哪儿？"

"我要回家。克利斯多夫生病了，必须有人照顾他。如今除了我，又有谁能够照顾他呢？我得立刻去照顾他！"

"尤妮斯，你疯啦！他罹患天花，天花呢！克利斯多夫既然罹患了天花，我们就得把他送到镇上的天花疗养院去，你绝对不能踏进那屋子一步！"

"我非去不可！"尤妮斯很冷静地对激动的婶婶说，"我不会把弟弟送到那种疗养院的——在那种地方，他们不会妥善地照顾克利斯多夫。婶婶，你不要阻止我，我不会危及你以及你的家族的！"

尤妮斯紧张时，脸上就会浮现跟她母亲一模一样的表情，看得卡罗琳目瞪口呆。

卡罗琳已经感到无计可施，以致颓然地坐进椅子里。对于意志如此坚强的女人，再怎么说都是白费力气。她认为切尔斯在场就好了。然而，切尔斯已经去叫医生了。

尤妮斯以踏实的步伐走在牧场的小径上面。她一点也不觉得害怕，反而感觉一颗心在狂跳。现在，克利斯多夫又需要她了。这一次，她跟弟弟之间已经没有了另外的侵入者。尤妮斯一面在寒冷的薄暮里走着，一面想着好多年以前对母亲许下的誓言。

看到尤妮斯接近时，克利斯多夫摇摇手说："姐姐，你千万别过来！卡罗琳婶婶没有告诉你吗？我得了天花！"

尤妮斯并没有停下步伐，而是大胆地进入庭院，再走到门口的阶梯。克利斯多夫连退了几步，挡住了门口。

"姐姐，你疯了吗？你快点回去，否则的话会来不及的！"

尤妮斯推开了门，进入里面。

"来不及啦，反正我已经进来了！如果你真的罹患了天花，我就准备在这里照顾你。我想不可能是天花。最近我的手指时常酸痛，我也以为是罹患了天花。总而言之，你必须好好地躺下来休息。否则的话，你会招致风寒的。好吧，我来点燃油灯，仔细地瞧瞧你。"克利斯多夫疲惫地坐进椅子里面。他又变得冷酷无情，并不想再进一步对尤妮斯表示亲近。尤妮斯点燃了油灯，放在克利斯多夫身旁的桌子上，细心地观察他的脸。

"你有些发烧。现在感觉如何？你什么时候发病的？"

"昨天下午开始发病。我一会儿感到热不可当，一会儿又感到全身发冷，背脊也感到疼痛。姐姐，你认为这是天花的征兆吗？姐姐，我会死吗？"

克利斯多夫抓起了尤妮斯的手，如小孩一般，看着尤妮斯的手，又捏捏它。尤妮斯的心感受到一阵阵暖暖的亲情。

"克利斯多夫，你别操心，只要接受适当的治疗，当然就能够痊愈。我看过很多人罹患天花后又好起来，你当然也不例外。我会尽心照料你的。切尔斯叔叔已经去叫医生了。只要医生诊断过就能明白了。你现在必须好好地休息。"

尤妮斯取下她的帽子跟披肩，把它们挂在墙壁上面。此时的尤妮斯有一种奇妙的感受，仿佛她不曾离开过这个家。

如今的尤妮斯又再度回到自己的王国了。这一次并没有任何人阻止她回来。两小时后，当史宾塞医生跟年轻时曾经罹患天花的普留艾德老人到达时，尤妮斯正在很沉着地照顾病人。屋子里面被整顿过了，到处飘散着消毒剂的气味。维多莉亚的豪华家具以及装饰物都被收了起来。因为楼下没有卧室，尤妮斯就为弟弟准备了一个床铺。

"我也非常为病人担心。但是我也不敢百分之百地确定。如果是天花的话，到了明天早晨可能就会长出肿疱来。不过，我得承认他具有天花的征兆。要把他送入疗养院吗？"

"不必啦！"尤妮斯以斩钉截铁的口吻说，"我要亲自照顾弟弟。我一点也不害怕，我的身子还支撑得住。"

听了尤妮斯这句话，医生点点头："好吧，你最近种过牛痘吗？"

"种过了。"

"那么，你现在已经没有事情可以做了。你最好躺下来休息一会儿，以便节省体力。"

　　然而，尤妮斯无法做到这一点。因为她非做不可的事情实在太多了。她走到了客厅，打开了窗户。在隔着一段安全的距离处，切尔斯站在那儿待命。一股冷飕飕的风吹到尤妮斯的脸上，飘来了切尔斯身上的消毒药水味。

　　"医生怎么说？"切尔斯咆哮了一声。

　　"医生说，很可能是天花。你们通知维多莉亚了吗？"

　　"嗯，普留艾德已经上街告诉过她了。维多莉亚表示，在天花过去前，她要一直待在姐姐家里。当然对害怕的维多莉亚来说，这何尝不是一个好方法。"

　　尤妮斯斜着她的嘴唇表示轻蔑。对尤妮斯来说，不管是丈夫罹患了什么疾病，忍心撇下丈夫的妻子实在太冷酷了。不过这样也好。唯有如此，克利斯多夫才能为她尤妮斯所独占。

　　尤妮斯感到长夜漫漫，一到清晨，医生带来了叫人胆战的消息。原来，克利斯多夫确实被传染了天花。尤妮斯在这以前，还存着一种侥幸心理。当医生宣布这个消息时，她反而采取了平静的态度。

　　到了中午，叫人感到心安的气氛在屋顶蔓延开来，一切事情全部被准备妥当。卡罗琳准备了必要的食物，切尔斯把它们搬到庭院前面。

　　普留艾德每天都过来喂养家畜，帮助尤妮斯照料病人。

　　罹患了这种人见人怕的疾病的克利斯多夫，怕最亲近的人会感到害怕而撇下他。然而，尤妮斯一次也不曾动摇，始终忠于职守。有时，她难免会在床铺的椅子上打起盹来，但是始终不曾躺在床上休息。

她的奉献精神、超人的忍耐力以及温柔体贴的态度，连医生也感到惊讶。在那一段漫长难熬的日子里面，尤妮斯始终面带笑容，恰如古老寺院的圣者画像一般，悲伤的眼睛流露出喜悦，默默地继续她的奉献。对尤妮斯来说，除了她弟弟躺卧的房间，其余一切都已经不存在了。

有一天，医生的面孔变得非常沉重。由于职业的关系，他已经目睹过众多悲哀的场景，变成不容易动容的人，不过他仍然无奈地告诉尤妮斯，他已经回天乏术了。他当了几十年的医生，从来就不曾看过尤妮斯这般献身式的亲情之爱。正因为如此，他认为告诉尤妮斯这些话，实在太残酷了些。

不过，尤妮斯已经大彻大悟了，反而能够平静地去面对一切。最后，尤妮斯终于获得了报偿，她感到十分满足。

有一夜，当尤妮斯蹲下身子时，克利斯多夫睁开了他肿胀的眼睛。在古老的宅第里面，如今只有姐弟两人，四周的气氛十分凄凉。外面是凄风苦雨，雨点犹如呜咽声一般打在玻璃窗上面。克利斯多夫张开他干燥的嘴唇对姐姐哭笑，柔弱无力地伸出了他的手，对尤妮斯说："姐姐……世界上再也找不出像你一般的姐姐了。我对姐姐那么无情无义，姐姐还是对我尽心到最后……俗语说'患难见真情'，一点也不假。维多莉亚这个无情的人，在姐姐面前完全黯然失色了……姐姐，我很感激你……你要保重……"

说到这里，克利斯多夫的声音已经变成嗳嗳，最后完全消失了。尤妮斯独自与死者过了一夜。

第二天，大伙儿隐密而慌张地埋葬了克利斯多夫。医生在屋里消毒，尤妮斯一直待在房间内，直到医生认为不会传染给别人以后才离开。自始至终，尤妮斯不曾流下一滴眼泪。医生在心底暗暗把她看成怪婆子，但是非常尊敬她。他毕恭毕敬地对尤妮斯说，他从来就不曾碰到像她一般优秀的护士。

但是到了这种境地，不管别人如何赞扬她，或贬低她，尤妮斯都丝毫不会动容。她生命中的所有东西都化为乌有了——她对任何事情都感到心灰意懒。尤妮斯认为她已经没有活下去的价值了。

那一夜的三更时分，尤妮斯进入母亲以及弟弟亡故的房间。玻璃窗曾几何时被打开，清新的空气飘了进来，这对闻惯了药水味的尤妮斯来说，不亚于是上天所赐的琼浆玉液。她跪在被剥掉床单的卧榻旁边，喃喃自语——

"母亲，我已经实践了对您的诺言……"

经过了一段相当长的时间，当尤妮斯站起来时，不觉地踉跄了几步，于是她就用一只手按在心窝，颓然地倒在床上。第二天早晨，普留艾德老人发现了气绝的尤妮斯，她的脸上还荡漾着笑意。

第十三章

大卫·贝尔的烦恼

艾潘·贝尔抱进来一大堆柴薪，把它们丢进炉灶后面的柴箱里面。此刻的炉灶正发出炽热的火焰，把阴森的厨房染得红彤彤的，使它变成了一个温暖、充满家庭气息的地方。

"姐姐，我将所有杂事都干完了。鲍伯正在挤牛奶，要参加集会的话，只要再戴上白色硬领就行了。自从福音传道师来了以后，艾凡利不是变成生气蓬勃的地方了吗？"

茉莉·贝尔点了点头。此刻的茉莉正面对镜子，用火钳烫头发。那一面镜子把她气色良好、白皙而浑圆的面孔照成卡通人物的滑稽相。

"今晚，到底谁会站起来证言呢？"艾潘坐在柴箱边缘说，"现在的艾凡利已经没有多少罪人啦！只留下两三个和我一般顽固的人。"

"你怎么能说这种话呢？"茉莉责备艾潘，"如果父亲听到的话，他又会有何感想呢？"

"就算你在父亲耳边大声叫嚷，他也听不见！最近父亲仿佛变成了梦境里面的人物，对什么事情都没有任何反应呢！父亲一向都是大好人，他怎么会变成这样？"

"我怎么知道，"茉莉压低了嗓音，"母亲非常担心父亲的状况。而且大伙儿都在窃窃私语，取笑父亲。昨夜弗雷杰问我，父亲是长老之一，为何一次也不曾站起来证言呢？我感到非常没有面子！"

"你为何不对他说'你少管闲事'呢？"艾潘很愤慨地说，"弗雷杰那个老头，有空的话，可以去赶他头上的苍蝇啊！"

"但是每个人都这么说。正因为如此，母亲非常难过。自从这种集会开始以后，父亲仿佛变了一个人，每晚到集会时都把头垂得低低的，好像一个木乃伊纹丝不动。更糟的是——所有艾凡利的居民都证言过了。"

"才不呢，不曾说出证言的人，多如牛毛。像克斯巴德、艾利舒，以及怀特一家人都还不曾提出证言呢！"

"可是大伙儿都知道，那些人一旦站起来，连话儿也讲不清楚啊。在这种情形之下，就是站起来提证言也没什么用处，"茉莉又笑笑说，"尤其是克斯巴德这个人，实在腼腆得离谱，就算他认为那件事很对，也不会在大伙儿面前提出来，因为他实在太害羞了。不过父亲并不一样呀，他一直相信证言的可贵，正因为如此，人们才会对他不提出证言的事情感到古怪。你想想看，就连乔塞亚老爷子每晚都提出证言呢！"

"你是说满脸络腮胡，头发乱如麻的那个老头儿？"艾潘插嘴道。

"每当牧师说，有没有人提出证言时，大伙儿就会不约而同地看看我们，我实在感到非常难为情，如果有地洞的话，我就会立刻钻进去呢！"茉莉叹了一口气说，"就算只有一次也好，我希望父亲站起来提出证言。"

这时，蜜莉·贝尔进入厨房。她已经穿戴好，准备上集会了。梅杰·史宾塞准备带她去。

蜜莉的个儿高挑，有着一张正经八百的面孔，黑色而沉溺于思考的眼睛，以及苍白色的皮肤，长相跟茉莉全然不同。在集会上，她声称"自觉到罪障"，好几次站起来提出了证言，并且认真地祈祷。

福音传道师认为蜜莉非常有善根。听了茉莉的最后一句话后，蜜莉责备她："你怎么能那样说自己的父亲呢？茉莉，你没有权力审判父亲。"

艾潘一溜烟跑了出去。如果他还待在那儿的话，蜜莉一定会对他说教。而且他刚才在牛舍时就领教过了罗伯的说教，已经感到非常厌烦。艾潘认为——如果再不悔改的话，将很难在艾凡利住下去了。

罗伯跟蜜莉都前后地"再生"，茉莉正徘徊于"再生"的边缘儿。

"在这个家里，只有父亲跟我属于黑羊。"

艾潘如此说着，笑出了声音。不过，他立刻以笑出声音为耻。因为艾潘很严格地被调教成——对于有关宗教的一切，都要存着敬畏之心。表面上，他虽然在笑那件事，但是在心里他认为自己很要不得。

在房子里面，蜜莉把她的手搭在妹妹的肩膀上，说："今夜，你最好下定决心！"她的声音有一些颤抖。

茉莉感到满脸通红，慌张地转开她的脸，因为她不知道如何回答才好。就在这个节骨眼上，外面传来了铃声。茉莉犹如获救一般说道："姐姐，你的护花使者来啦！"然后，头也不回地奔进客厅。

旋即，艾潘就把家族用的雪橇拉到门口。至今，艾潘仍然没有自用的小型雪橇，只有哥哥罗伯才有。不久以后出现的罗伯鸣起了铃声，穿着新添置的毛皮外套，扬长而去。

"哇！好帅！"艾潘看看兄长，笑嘻嘻地说。

美丽的冬天黄昏，曾几何时已经把白色的世界染成了紫色。一伙人坐着雪橇经过的小径，野生的樱花树的枝丫因为沾上了霜雪，仿佛宝石一般闪闪发光。雪橇下的雪轧轧作响。落叶乔木在风儿吹刮之下咻咻响着。在群树上方，天空犹如银色的圆型屋顶一般。西方的山坡上，几颗星星在闪闪发光。

"今夜的教会一定会人满为患，"艾潘说，"天气太好了，我看四面八方的人都会集拢过来的！"

"如果父亲能够提出证言，那该多好！"茉莉把手脚藏在毛皮以及麦秆里面，在橇底吐了一口气说，"蜜莉姐姐，虽然我能够站起来提出证言，但是每当牧师看着父亲说'有人想跟主耶稣说话吗'时，我浑身都会起鸡皮疙瘩呢！"

艾潘轻轻地抽了一下牝马，马儿便急快地奔了起来。本来静谧的街道远方，如今却飘来了妖精之国的歌声，原来是一群白马镇的年轻人在唱着赞美歌，他们也是赶着去教会的。

"姐姐，"艾潘有点难以启齿地说，"你今夜要提出证言吗？"

"如果父亲——父亲仍然不言不语的话，我……我就不能提出证言啊！蜜莉姐姐跟罗伯大哥也巴不得传道师叫我提出证言，但是我不能抢在父亲前面提出证言啊。我很不想如此做。"

在厨房里面，贝尔夫人等着丈夫把马儿牵到门口。她是黑眼睛的娇小妇女，面颊为樱桃色，从帽子下面露出了困惑、悲伤的面孔。偶尔她也会叹一口气。

从火炉下面爬起来的猫儿，大模大样地伸了个懒腰，使它红色洞穴似的嘴以及咽喉一览无遗。这时的猫儿，很像白沙镇长老约瑟夫在叫骂时的模样。

"大卫也真是的！他有任何心事的话，大可告诉我。反正我非叫他说出心里话不可。他总不能一年到头，把头垂得低低的。看他的脸，仿佛是良心受到了苛责！看着他那副神态，我就心疼。他这个人，就连苍蝇也不曾伤害过一只，可是在睡梦中却时常又呻吟又自言自语的。他一直过着正常的生活，如今，他却叫家族蒙羞，他实在没有这种权力！"贝尔夫人如此想着——但是在事后，又责备自己不该有那种想法。

当雪橇来到门口时，贝尔夫人的沉思也就中断了。她的丈夫殷勤地拉她到雪橇上面，为她盖上了毛毯，又用弄热的砖块垫着她的脚。对于丈夫的殷勤，贝尔夫人——玛莉反而感伤起来。她认为丈夫只在物质方面给她安乐，精神方面却叫她痛苦不堪。自从结婚以来，玛莉第一次对丈夫感到气愤。

一对老夫妻默默地坐着雪橇，途中大卫连一句话也懒得说。教会人员对他有何种批评，以及别人会说什么闲话，他都毫不在乎了。玛莉·贝尔认为——如果丈夫一直保持这种态度的话，她非发疯不可！

"如今参加集会又有什么用处呢！"玛莉愤慨地想着，"就算我提出证言，也不会感到快乐，因为大卫老是像一块顽石一般镇坐不动。即使他能够向杰利老头看齐，说出他反对复活主义，或甚至说，不赞成在众人眼前说出证言，我也不会在乎。但是他一直保持缄默，我真的受不了啦！"

直到最近，艾凡利不曾召开过所谓"复活"的集会。原因是——这个地方的教会最高权威者（地位甚至高过牧师）杰利老头，一向激热地反对"复活"的集会。他是宅心仁厚的苏格兰人，最厌恶感情式的宗教形式。当杰利老头瘦削的苦行者姿容，以及方正的脸时常在艾凡利教会西北角的窗边出现时，就算牧师以及大多数信徒热烈地欢迎，相信也没有一个复活主义者敢进入教会。

现在，杰利老头已经在白雪覆盖下的坟墓里永眠了。

如果他知道复活主义者已经进入艾凡利教会，做那种感情式的礼拜，在公众面前提出证言的话，不气得七窍生烟，吹胡子瞪眼才怪。

对福音传道师来说，艾凡利是一个很理想的活动舞台。为了使"枯骨再生",来到艾凡利做牧师的杰弗利曼登,知道了这个特色以后,感到欢喜异常。

像艾凡利这种清净无争的教区是可遇而不可求的。

面对着那么多朴实无华的艾凡利居民,杰弗利曼登恰如钢琴演奏者,能够凭着他雄辩的三寸不烂之舌,轻巧地把那些不曾偏离轨道的灵魂弹奏起来,再赋予音色生命,使它们变成一句句悦耳的言语。

杰弗利曼登牧师是一个善良的人。虽然有那么一点儿世俗,但是凭他对信念以及目的的真诚,就不难填补他煽情的手段,甚至还绰绰有余。

杰弗利曼登身强体壮,长得眉清目秀,具有一种甜美而富于魅力的声音。他的声音能够温和地融入人心,再紧紧地抓住它们,如泣如诉。而有时又恰如在非难人一般高昂起来,有时也像冲锋的号角一般,深入人心。

纵然屡次犯了文法方面的错误,言词又有下流之嫌,然而在富于魅力的声音的大前提下,一切都不再是问题。有些平淡无奇的言词,在他的声音魔力之下,立刻变成了金玉良言。他自己很理解这些价值,便大加利用。

杰弗利曼登的信仰就跟他的为人一般,喜欢夸大,不过都是很认真。虽然他所谓的善行并不一定很"纯粹",然而仍旧有列入"考虑"的价值。

就如此般,杰弗利曼登牧师征服了艾凡利。每晚教会都会人满为患,每个人都屏住呼吸聆听他的讲道。大众随着他铿锵的言语，啜泣、涕零、心胸起伏，欢欣犹如吃了人参果。

对于他的诉求以及警告，多数的年轻人都能够牢记在心。正因为如此，每晚都有众多的年轻人来祈祷。至于年纪较大的信徒，对宗教的热度也在无形中加深，甚至没有"复活"的人们，以及嘲笑这种仪式的人们，也认为这种集会具有一种魅力。

不管是年高德劲者，还是年轻的男女，皈依或者不曾皈依的人，几乎所有的人都感受到了宗教肃穆的气氛。艾凡利是一片宁静的土地——"复活"的集会使它热闹了起来。

大卫与玛莉夫妇抵达教会时，礼拜已经开始了。当他俩穿过哈蒙·安德鲁的牧场时，已经听到了唱赞美歌的声音。大卫叫他的妻子在门口等他，再把雪橇弄到马舍。

贝尔夫人摘下帽子，挥掉了上面的霜雪。在门口，弗洛拉·琴跟哈蒙·安德鲁夫人在小声地交谈。弗洛拉·琴抓着贝尔夫人的披肩说："玛莉，今夜，长老会说出证言吗？"

贝尔夫人愣了一下。她本来想回答"那当然"，但是不由自主地说了一句："我也不太清楚。"

除了含糊回答，玛莉又有什么办法呢！

弗洛拉把下巴高高地抬起来说："贝尔太太，大伙儿都在说，贝尔先生不站起来提出证言，实在叫人感到纳闷。想不到身为长老，他的做法实在不像一个基督徒。如果我是你的话，就会对贝尔先生说，大伙儿都在说他的闲话。正因为你丈夫的不干脆，集会全面性的成功已经受到妨碍。宾多利先生就这么说。"

贝尔夫人怒目圆睁，对弗洛拉猛使白眼。她虽然对自己丈夫的行为感到愤慨，但是绝对不容许其他人批评自己的丈夫。

"弗洛拉，你未免太爱管闲事了吧！我丈夫的事情不用你来操心！"玛莉以充满了火药味的口吻说，"一张嘴能说善道就算是虔诚的基督教徒吗？我丈夫在坚守自己的岗位方面，不知强过利威保达多少倍！利威保达每晚都站起来证言，但是在白天，还不是照旧在欺压善良的人？"

利威保达是个拥有大家族的中年鳏夫，一心一意想娶弗洛拉为继室。

对于贝尔夫人来说，搬出利威保达，是最有效的攻击手法。弗洛拉马上噤若寒蝉，她因为过度地愤怒而一时语塞，抓着哈蒙太太的手，快步进入教会。

贝尔夫人虽然获胜，但是弗洛拉加在她身上的"芒刺"却久久拔不出来。待她的丈夫大卫到达门口时，玛莉就抓着他沾满了霜雪的手说："噢，大卫，今晚你就站起来提出证言吧！我已经忍受不了了，大伙儿都在数落你的不是——我真感到无地自容。"

大卫犹如害羞的小学生一般，低垂着头说："我办不到呀！玛莉……"大卫以沙哑的声音说，"你再怎么催促我也无济于事。"

"你一点也不为我着想，"妻子嘟着嘴儿说，"正因为你老是那副德行，叫茉莉不能'复活'。你等于在阻止茉莉的复活，宾多利先生就这样说过。"

大卫呻吟了一声。他的痛苦直接打到玛莉的心坎上，使得玛莉立即后悔地说："啊！算啦，算啦！大卫，就当我什么都没说过。不过，你一定很清楚自己的义务。好啦，进去吧……"

"等一下！"大卫恳求自己的妻子说，"你说因为我不提出证言，茉莉不能'复活'，这是真的吗？你是说，我阻挡了自己儿女的光明吗？"

"噢……这我就不懂了。我想不会有这种事情吧？茉莉只是一个小女孩。你不要操那份心，咱们快点进去。"

大卫畏畏缩缩地跟着自己的妻子，坐进了他家在教会中央的位置。教会里面很暖和，几乎是座无虚席。牧师正在阅读《圣经》的末尾。在圣歌队里，大卫瞧到女儿茉莉苦着一张脸。看到这种情形，大卫被风雪刮红的面孔，以及凌乱的灰色眉毛抽动了一下，接着发出一种类似呻吟的叹息声。

"我非站起来提出证言不可！"大卫在内心感到痛苦之余，自言自语了起来。

唱过了几首赞美歌以后，迟到的人把通路塞得满满的。这时，福音传道师站了起来。今夜，他说话的口吻特别温和。他甜美的声音，使听众陷入了微妙的感情罗网，大部分妇女低声啜泣着，也有人热烈地重复着说"阿门"。在福音传道师说完最后一句话时，大家绷紧的神经，变成了缓和的叹息声。

在祈祷过后，牧师如往常一般对大众说，如果有人想站在基督这边"复活"的话，那就请在自己的位置前面站起来。走廊下面面孔苍白的少年霍地站了起来，接着坐在建筑物最上面的老人也站了起来。旋即，又有一个满脸惊慌的十二岁女孩子，一面打着哆嗦，一面站了起来。当紧挨着这个女孩的母亲也站起来时，四周的人都感到惊讶！看到这种情形，福音传道师打从心眼儿说出一句话："嗯……这实在很难得！"

大卫以一种怜悯的眼光看着茉莉，但是她一直低垂着头坐着。艾潘用两肘支撑着下巴，挺直了他的身体，以一种羞涩的眼光看着地面。

"原来，我害惨了这两个孩子……"大卫感到一阵悲哀。

赞美歌的旋律缭绕着教会，大伙儿为自省到罪障的人们举行祈祷。接下来，福音传道师要求大众提出证言。这时的福音传道师的口吻，好似要求全教会的人们都提出证言。

多数的证言被提出来了，每一则证言都洋溢着独自的个性。接下来是一连串的沉默。福音传道师以燃烧似的眼光，扫视了一下听众席，然后咆哮起来："今夜，这个教会的人们都礼赞了主耶稣吗？"

虽然还不曾提出证言的人仍然很多，但是教会里面所有的人都追随牧师非难的眼光，集中到贝尔家的位置上。茉莉因为羞耻，满脸通红，贝尔夫人则表现出畏缩的样子。

每个人都以鄙夷的眼光看着大卫，但是每个人都认为他不会站起来提出证言。正因为如此，当大卫·贝尔站起来时，大伙儿都感到异常惊讶。接下来的是叫人感到恐怖的沉寂。对大卫来说，这种情形比最后的审判更叫他感到恐怖。

他一直想开口说话，但是每次都归于失败。最后，他终于开口了。然而，那种声音听起来跟他平常的声音迥然不同。大卫用骨节很大的双手，抓着前面的椅背，一对眼睛凝视着圣歌队头上的匾额——信者的誓言，不过他的眼睛里似乎空无一物。

"亲爱的兄弟们，"他以沙哑的声音说，"今夜，在我以基督教徒的身份提出证言以前，必须招出自己的罪状。关于这件事，自从有了这种集会以后，我就一直耿耿于怀，犹如一块重石压在我的心头。只要一天对这件事保持缄默，我就一天不能站起来为主耶稣证言。我知道大伙儿都在期待我的证言。或许，我曾经妨碍到一部分人。今年的复活节，由于我的罪孽，始终不曾给我带来任何的祝福。我很后悔犯了这种罪行，然而我还是屡次试着把它隐藏起来。

"正因为我有了这种念头，所以一直生活在黑暗里。

"亲爱的朋友以及芳邻们，到今天为止，大伙儿都认为我是一个正直的人。正因为我害怕别人知道我并非正直的人，所以无法在别人面前认罪以及提出证言。

"在这种集会开始的前几天，当我上街回家以后，发觉有人找了我一张十元的伪币。就是这个时候，恶魔占据了我全身。第二天，蕾洁·林顿夫人来收取海外宣教团体的捐款时，我竟然把那张伪币给了她！

"林顿夫人丝毫没有察觉到，她把伪币跟其他的捐款一起交给了教会。这时，我才觉悟到自己犯了很深的罪行。我越想越觉得自己的行为卑鄙，于是在两三天后去拜访了林顿夫人，交给她一张真的十元纸币。

"我对林顿夫人说，我有的是钱，愿意为主耶稣多捐献一点。事实上这是谎言。我捐这十元，只是为了弥补我捐出的那一张伪币。不知就里的林顿夫人，以为我是乐善好施的人。我感到羞愧异常，根本就不敢看林顿夫人的脸。

"我满以为捐了真的十元纸币，就能够消除自己的罪恶感。天晓得，这件事情并没有我想象中的简单。自从捐出假纸币以后，我的身心就不能得到一刻的安宁。

"我欺骗主耶稣在前，欺骗自己在后。正因为有了这种前因后果，当这种集会开始，大伙儿期待我提出证言时，我根本就做不到！因为一旦如此做，我将背上冒渎的罪名，然而，想到了自己的卑劣行为，我根本就没有勇气把它说出来。我前后好几次对自己说，就算把自己的罪行说出来也不至于变成很大的灾害，可我仍然不能释怀，一天到晚为这件事情感到心慌意乱。因为我的家人受到了我的拖累，而不能获救。今夜到了这里后，我茅塞顿开，由于主耶稣给了我力量，我得以说出自己的罪状。"

大卫断断续续地说完话后，坐了下来，再取出毛巾擦掉了他额头上的大颗汗珠。

对于像他一般教养的人，以及想法和他同一类型的人来说，没有一件事情比上述的事情更叫他感到害怕。不过，在纷乱的感情旋风中，大卫感到非常安详和沉着。

整个教会都沉浸在寂静的氛围中。

福音传道师的"阿门"不像平常的热烈谄媚，而变成了庄严虔敬。这种潜匿于告白里面的高贵气质，以及心底苛酷的苦恼之回响，就算是比较粗俗的福音传道师亦可以领会到。

在最后的祈祷前，牧师停止了说话，看了看大家，然后以柔和的声音问："在这个最后的祈祷中，又有谁想说几句话呢？"

在那一瞬间，并没有任何人移动。接着，茉莉从圣歌队席中站了起来，艾潘抬起了红彤彤的少年面孔，在他的伙伴之间站了起来。

"主啊，真谢谢你！"玛莉·贝尔说。

"阿门！"大卫·贝尔以沙哑的声音说。

"那么，咱们就来祷告吧！"宾多利先生说。

第十四章

成人之美

我那位大小姐要举行婚礼的那一天，我很早就起来了。在好多天以前，小姐就交代过我："我结婚那天，你要到我房间叫醒我。"

"大婶，当我来到这个世界时，你是第一位抱我的人。所以我希望在大喜的日子里，你是第一位向我道喜的人。"

大小姐当时就是这么说的。我现在有了一种预感，那就是我不必去叫醒小姐了。事实上确实这样。大小姐已经醒过来了，她用那对蓝色的大眼睛凝视着窗户。此刻，窗外已经射进了青白色的光线——那是缺乏温暖，叫人起鸡皮疙瘩的光线。我并没有感受到任何的喜气，反而有一种想哭的冲动。

当我看到小姐苍白着一张脸，等着穿白色的新嫁装时，内心感到一阵疼痛。不过，当我坐在床上牵着小姐的手时，她还是表现出了很坚强的样子。

"小姐，你看来整晚都不曾合眼。"我说。

"是啊——我几乎没有睡觉。不过,我并没有长夜漫漫的感觉,反而认为它太短促了。我想了好多事情。大婶,现在几点啦?"

"已经五点多了。"

"那么,再过六个小时以后——"

说到这里,小姐突然跳了起来,任由褐色的头发垂到她的肩膀上面,抱着老态龙钟的我,呜呜咽咽地哭起来。我只是一味地抚摸她,始终一言不发。不久以后,小姐停止了哭泣,但是她仍旧把头搁在我的胸前,因此,我不能够看到她的脸。

"大婶,我做梦也没想到自己会变成这样……"小姐以宁静的口吻说。

"时至今日,我们也不能挣扎了!"我不得不叫自己如此说。对于这段婚约,我并不想隐藏自己的想法。

反正一切的一切都要怪小姐的继母——关于这件事情我非常明白,否则的话,小姐才不会答应嫁给法斯达。

"我们就不要再谈那些了,"小姐以温和的语气说,"大婶,咱们来谈一谈往昔的事情。然后再谈他……"

"现在,你就要嫁给法斯达了,谈那个人又有什么用呢?"

小姐摇摇头说:"大婶,这是我最后一次谈论他。从今以后,我就不能谈论他,甚至连想他也不行了呢!那个人已经走了四年了。大婶,你还记得他的模样吗?"

"我还记得很清楚呢!"我很坦白地回答。

对于欧恩·布雷,我记得很清楚。他有着一张光泽而愉快的漂亮脸蛋，一双魅力十足的眼睛叫女人无法抗拒。

法斯达有着萎黄色的皮肤，以及柔弱的下巴，想起来就会叫我作呕。我并不是说法斯达是一个丑男，他只是一个再平凡不过的男人。

"蕾洁大婶，那个人是好男儿，"小姐以憧憬的口吻说，"他的个子高挑，英俊、强壮。我们如果不闹翻就好了，我们实在笨透了，为何非吵嘴不可呢？不过话又说回来了，如果他活着回来的话，情形就不一样了。我真希望把自己的一生奉献给他，与他双宿双飞……可是……"

"这都是你继母的和法斯达害的。"

"才不，法斯达这个人绝对不会耍阴谋，"小姐说，"大婶，你别把法斯达看成那样可怕的人。他一直对我很亲切。"

"他真是笨鸟一只！倔强犹如所罗门王的骡子！"我不得不这样说，"他是一个再平凡不过的男人，哪有资格娶你这么漂亮的小姐？"

"我们不要再谈法斯达的事情好吗？"小姐央求我，"我想成为法斯达贤淑的妻子。不过在嫁给他以前的时间——这一段时间还是属于我自己的。我准备把这段时间献给那个人。我要把自己少女时代的时间献给他。"

于是，小姐就娓娓地道出那个人的事情。我就抱着把头发垂在我手臂的小姐坐着。我以为小姐会耐不住内心的苦痛，结果发觉她并没有我想象中的那般痛苦。

原来，小姐已经把一切都看破了。她虽然准备嫁给法斯达，但是她的心已经跑到了法国，她的魂已经飞到被德国士兵埋葬的欧恩·布雷的坟墓——也就是没有人知道地方的坟墓。在那儿，她又跟他回到上小学的孩童时代，在那时他俩就互许终身。小姐告诉我，他第一次对她爱语呢喃的地方，小姐自己所描绘的美梦，以及他俩共同的抱负。我知道，小姐有一件事情不曾说出来，就是法斯达有一天带了几个苹果给小姐，而欧恩·布雷挥手打了法斯达的那件事。

这时的小姐，开口闭口都是"欧恩·布雷"，再也不提起法斯达的名字。她款款地谈着——如果欧恩·布雷参加那场战争没被射死的话，如今会变成如何如何的事。

我一直抱着小姐，倾听她所说的话。同时，她的继母却在隔壁房间，仿佛在庆贺她的胜利一般睡得非常香甜。

说完了话，小姐又躺了下来。我却站了起来，到楼下生火。一把老骨头的我已感到相当疲倦。我的一双腿一拐一拐的，泪水犹如泉涌。我拼命忍住泪水，因为在婚礼时流泪是最不吉祥的。

不久以后，伊莎就下来了。她看起来一副春风得意的样子！自从菲莉小姐的父亲把她娶进来的那一天，我就一直不喜欢她。伊莎表面上笑嘻嘻，但是内心一直在算计人，是一个黑心肠的坏女人。

说句良心话，伊莎对菲莉相当尽心，然而她是用心计较，把我最喜欢的菲莉小姐"推销"给了法斯达。

"你起得很早嘛！"伊莎犹如往常一般，笑嘻嘻地对我说。

不过我非常清楚，她心里正在憎恨我，"你早起更好，因为今天要做的事情有一大堆呢！"

"这类婚礼叫人感到挺没意思的呢！"我很不高兴地回答，"一对男女结婚，然后犹如做了见不得人的事儿一般溜走，这算哪门子的婚礼！"

"这都是菲莉自己的意思啊，"伊莎完全推卸掉自己的责任说，"如果菲莉不坚持这种婚礼的话，我准备大事铺张一番。"

"嗯，反正越安静越好，因为小姐要嫁的人是法斯达。这种情形，看到的人当然越少越好。"

"法斯达是一个好男儿啊！"

"如果他是好男儿的话，才不会以这种方式跟小姐结婚。"

我一心想要伊莎投降，因此说："法斯达这类人俯拾皆是。他连替小姐洗脚都不配。幸亏小姐的母亲没能活着看到这一天，否则的话，她一定会气炸的。"

"菲莉的母亲也知道，法斯达的工作能力并不会输给任何男人。"伊莎有一些幸灾乐祸地说。

我一向比较喜欢伊莎以幸灾乐祸的口吻说话，因为如此才不会叫人感到恶心。

婚礼将在十一点钟举行，所以到了九点我就上楼帮菲莉小姐穿戴。新娘子出奇平静，并没有像一般新嫁娘那样面带笑容。我想——如果新郎是欧恩·布雷的话，那又另当别论了。

现在的菲莉一点也不关心自己的衣着及外表，几乎是任由我摆布而没有任何意见，只是一味地说："那样就行啦！"

穿戴好了的小姐显得非常标致。事实上，就算是小姐穿着破烂的衣服，看起来也会美如天仙。穿着纯白衣服，披着面纱的小姐绝对不输给女王。她不仅漂亮，更具有雍容华贵的气质。这一点，使她的魅力倍增。

不一会儿，小姐就叫我离开她的房间。

"大婶，我要单独度过少女时代的最后一段时间，你就吻我一下吧！"

七老八十的我还犹如孩子般的哭了起来。我走到楼下听到了敲门的声音。我立刻想到叫伊莎去开门。因为我认为法斯达比预定的时间更早到达了，而我又不想看法斯达的面孔。如今想起来，如果那时由伊莎去开门的话，后果将不堪设想。

想了又想，我还是亲自去开门。我傲然地打开了门，想让法斯达瞧瞧我脸上的泪痕。但我打开门时，恰如吃了一记闷棍，趔趄了几步。

"啊！欧恩！怎么会是你呢？天哪！我是不是在做梦？"

全身顿时发冷的我，满以为是欧恩的亡魂来阻止这一次罪恶的婚姻。

然而，欧恩一进屋以后，就用他有血有肉的手握起了我满是皱纹的手。

"蕾洁大婶，我是不是来得太迟了？"欧恩焦急地说。

"不，你刚好赶上了！"

小个子的我，抬头瞧瞧高大的欧恩。除了一张面孔晒得红彤彤，额头上有一道小伤痕，欧恩一点也没有改变。我感到恍恍惚惚，实在不知怎么办才好，只是内心充满了感激之情。

"进来吧！"

"谢谢你！"

我把欧恩请入客厅。

"我抵达车站时，听到一些人在说，菲莉今天要嫁给法斯达了。我实在不敢相信，所以骑着马儿赶过来。蕾洁大婶，怎会有这种事情呢？就算菲莉忘了我，但是她绝对不可能喜欢法斯达啊！"

"小姐是真的要嫁给法斯达了，"我又哭又笑地说，"不过这并不表示她喜欢法斯达。小姐到了地老天荒时仍然会爱着你。一切都是她继母的罪过。这栋房子抵押给了法斯达，他扬言只要把菲莉嫁给他，他就会把抵押书烧了；否则，就要把房子拍卖。小姐看在亡故的父亲的分上，一心一意想要救她的继母。这一切的一切都应该怪你！"

已经恢复平静的我叫嚷了起来："我们都以为你已经阵亡了。既然活着，你为何不回来？至少，也应该写信回来。"

"我写过信了！出院后我前后写了很多封信。可是我连一封回信也不曾收到。蕾洁大婶，菲莉为何不给我回信呢？"

"小姐连一封信也未曾收到！"我叫了起来，"小姐日夜都想念着你，哭肿了一双可爱的眼睛。我想——一定有人没收了你寄来的信件。"

虽然没有证据，但是我知道没收信件的人，必定是伊莎。那个女人，什么事情都干得出来。

"好吧！这件事慢慢再追究，"欧恩说，"我现在必须见菲莉小姐。"

"我为你安排。"

话才说完，门儿就被推开，伊莎跟法斯达走了进来。对于那时伊莎的表情，我一辈子都忘不了。我甚至感到她很可怜。她的面孔顿时变得蜡黄，眼睛里燃烧着怒火，她感到自己的阴谋及希望都粉碎了。

我抬头看法斯达时，发觉他仍然萎黄着一张没有表情的面孔。

最初说话的人是欧恩，"我要见菲莉小姐！"他的口吻就跟过去一模一样。

伊莎完全卸掉了她伪善的表情，十足地表露出了她的狡猾以及无耻。

"我才不会叫菲莉见你，"伊莎挑高了她的眉毛说，"因为她不要见你。你抛弃了她，连一封信也不曾寄给她，叫她失望透啦！菲莉已经完全明白过来，她大可不必为你耗费心思。如今，她已经爱上了比你更好、更为可靠的人。"

"我写了很多信！关于这件事，我想——你比谁都明白，"欧恩尽量以冷静的态度说，"关于菲莉爱上别人的事，我不想和你争论。我必须亲耳听她说，才肯相信。"

"你无法听小姐说出那些话的……"我如此说。

伊莎狠狠地对我使白眼。

"直到菲莉成为别人的妻子，我决不让她见你！"伊莎顽固

地说，"好啦！欧恩·布雷，你滚蛋吧！"

"不能那样做！"

喊叫的人正是法斯达。在这以前，法斯达一句话也不曾说过，如今，他已经站在欧恩眼前。天哪！这两个男人真是有天壤之别。不过，法斯达很沉着地瞧了瞧欧恩的面孔。欧恩也以怒目回敬法斯达。

"欧恩，就让菲莉在我俩之间选择，如此的解决方式你满意吗？"

"满意！"欧恩回答。

法斯达对着我说："你把小姐带过来吧！"

伊莎知道菲莉的选择，以致在绝望之余呻吟了几声，欧恩在爱与希望前面变得盲目，满以为自己是胜利者。

然而，最理解小姐的人莫过于我，所以我始终没有喜形于色。原来，法斯达也是透彻理解小姐的人。正因为如此，我非常憎恨法斯达。

我铁青着一张脸，一面发抖，一面进入小姐的房间。我一踏入小姐的房间，她就仿佛将被押解到刑场的囚犯一般，叫嚷起来。

"怎么？时间已经到了吗？"说着，她紧紧地握着双手。

我认为小姐如果突然看到欧恩时，很可能会改变心意，因此一句话也不曾对她说，只是默默地牵着她到楼下。我拉着的那只手仿佛雪一般的寒冷。我打开了客厅的门，把小姐往前一推，自己则退后一步。

小姐叫了一声"欧恩"后，浑身打起哆嗦，我害怕她会跌倒，用一只手去支撑她的身体。

欧恩的脸刻满了怀念以及爱，他温柔地看着菲莉小姐，朝她走近一步，但是法斯达阻止了他。

"等着看菲莉的选择吧！"法斯达如此说着，看了一下小姐。

那时我看不到小姐的面孔，但是可以很清楚地看到法斯达的面孔。他的脸很平静，没有表露出任何感情。他的背后站着伊莎，她面如死灰。

"菲莉！"法斯达说，"欧恩·布雷回来了。他说始终不曾忘怀你，给你写了很多封信。我对他说过，你答应嫁给我，不过现在你可以自由选择。你要嫁给谁？"

小姐突然站得笔直，再也不打哆嗦了。此刻的她，面孔苍白犹如死人，但是已经表露出了她的决定。

"法斯达，我已经答应嫁给你，当然要遵守诺言。"

伊莎的面孔恢复了红润，不过法斯达的表情并没有改变。

"菲莉！"欧恩悲痛的声音贯穿了我的心胸，"你已经不爱我了吗？"

如果能够抗拒欧恩的这一句话，那小姐就是神了。在那一瞬间，小姐什么也不曾说，只是一味凝视着欧恩。我们在场的人都看到了她的眼神。那眼神充满了对欧恩的无限的爱，以及无休止的眷恋。旋即，小姐又转过身，站到法斯达旁边。

欧恩一言不发地走到门口，这时法斯达阻止了他。

"你再等一会儿。菲莉已经选择过了，可是我还没有选择。

如果我有权选择的话，我不会娶一个爱着另外一个男子的女人。菲莉，我以为欧恩死了，而且我又相信，只要你成为我的妻子，我就可以赢得你的爱。不过话又说回来，我既然爱着你，当然就不能让你痛苦。你到爱人身边去吧，你已经自由啦！"

"那么，我的问题又如何解决呢？"伊莎叫了一声。

"噢，我差一点就忘了，"法斯达取出一叠纸札，把它扔进炉火里面，"它就是屋子的抵押书。现在你已经不必担心了。再见。"

法斯达走了。他看起来是俯拾皆是的一般人，但是此刻的他看起来非常令人敬佩，跟绅士一般。

菲莉靠在欧恩的肩膀哭泣。伊莎一直看到抵押书燃成灰烬，才放了心。她又以一副笑嘻嘻的样子，走进我独处的客厅。

"真是太浪漫了。我左思右想后，还是认为这种结局最好。法斯达的做法太叫人感动了！能够做到那种地步的人，在这个世界上没有几个呢！"

唯有在这个时候，我的意见跟伊莎一致。看到了这种情形后，我痛快地哭了一场。我固然为小姐庆幸，但是他俩团圆的代价可是法斯达付出的！正因如此，我不再挑剔法斯达的萎黄面孔，对他更加肃然起敬了。

第十五章

印第安美女黛妮丝

艾凡利这个地方，几乎没有人知道爱莉娜·布雷何以不结婚。以我们这个岛屿来说，爱莉娜是首屈一指的美人儿，即使到了年过半百的今日仍然魅力十足。只要是跟她同辈的人，没有一个人不知道，在她年轻时，她有一大堆追求者。不过自从二十五年前，她到加拿大西部探望兄长汤姆·布雷以后，就一直躲在自己的硬壳里面，对于所有的男人，虽然还是表示亲切，但是都保持着一段安全的距离。到西部以前的爱莉娜是爽朗而笑容常开的少女，但是从那儿回来以后，她就变得沉默寡言了。

她眼睛里面的阴霾虽然时隔这么多年，仍然不能完全消除。

对于那一次的西部之行，爱莉娜不愿多说，一有人问她，她也只简略地描述当地的风景，以及当地人的生活方式，其他什么也不愿说。一直到十五年以后，汤姆·布雷还乡时，他才对我们提起杰洛姆·卡莱的事情。到此我们才恍然大悟，爱莉娜何以会长年长吁短叹，脸上笼罩着一片化不开的阴霾。

　　杰洛姆·卡莱被派遣到位于艾伯特王子区十五英里上游的一处平原———处偏僻的小集货场——负责该地区的电信业务。当地只居住着一些印第安与白人的混血儿，以及三个纯白种人。

　　跟其他往来西部的男子比较，卡莱绝对不属于无赖之徒。他是典型的英国绅士，生活以及语言方面都很正统。

　　一些不整齐的圆木小屋形成了一个聚落，外围又围绕着一圈私人用的帐篷，居住着从原住民保留地"流徙"而来的印第安人。乍看起来，印第安人似乎叫人感到兴趣盎然，但是很难跟他们打成一片。难怪卡莱到此地三星期以后，仍然有一种进入无人岛的感觉，叫他感到寂寞异常。卡莱认为——如果不是他负责教保罗·德门电信符号的话，他很可能会耐不住寂寞而自杀。

　　此地的电信线由于是通往商业重地电信线的起点，以致特别受到重视。在这个地方，收到的电信数量虽少，但几乎都是属于重要的事情。有时，好几天，甚至好几个星期都收不到一通。

　　卡莱睡在电信局的阁楼，三餐则在对街的乔·爱斯根家吃。乔的妻子是印第安人里面数一数二的好厨师，同时也很喜欢卡莱。卡莱很有女人缘，这种"女人缘"是与生俱来的，就是想学也学不来。而且他的五官长得很端正，加上深凹的蓝色眼睛，卷曲的金发，浑身肌肉，身高六英尺的好条件，当然就叫女人们抗拒不了了。乔的妻子时常称赞卡莱的胡子，认为它们非常别致。

所幸，乔的妻子已经一大把年纪了，又痴肥又难看，以致连那些喜欢东家长西家短的混血人种，以及习惯于蹑足而行的印第安人，都无从说及卡莱及乔妻子的闲话。不过，一提起黛妮丝·德门，情形就不一样了。

在七月初，黛妮丝从艾伯特王子区的高中毕业后，就回到了家乡。在这个时候，卡莱已经在平原生活了一个月。如今，他连最起码的乐趣也被剥夺了，因为保罗·德门对电信符号已经非常熟练，再也不会犯错了，卡莱觉得已经无事可做了。

有一天，卡莱正在考虑是否要辞掉这一份工作，再回到艾伯特牧场。到了牧场，至少能够享受追逐马儿的乐趣。不过，待卡莱看到了黛妮丝以后，他就打算继续留在此地。

黛妮丝是奥卡斯·德门的女儿。奥卡斯在平原经营唯一的店铺，住在全区唯一的木造房屋里面。那栋房屋是当地人引以为傲的财产，在混血儿的眼里，它是价值连城的。

奥卡斯老头的肤色黝黑，人长得丑陋，脾气暴躁，简直一无是处。然而，他的女儿黛妮丝却是不折不扣的美人胚子。

黛妮丝的曾祖母是克利族的印第安人，跟一位法国猎户结了婚。这对夫妻的儿子也就是奥卡斯·德门的父亲。

奥卡斯的妻子具有很复杂的血统——她的母亲是法国与印第安的混血女人，父亲则是地地道道的苏格兰高地人。这种复杂的混血带来了惊人的后果——黛妮丝的惊人美貌。

虽然她的血管里面流淌着多种不同的血液，然而最为优势的血液，还是来自平原与草原的两种血液。只要是眼尖的人，就可以从她纤细的体态，肉感的曲线，具有威严感的举止，小巧的手脚，笔直而呈深蓝色的头发，以及修长的黑眼睛看出这两种血统。法国对黛妮丝也有一些影响，因为黛妮丝并不像其他混血儿一般蹑着脚走路，而是以身轻如燕的姿态走路。而且，她火红色的上唇有着明显的弧度，声音带着笑意，并且给予她的舌头轻妙的机智。至于红头发的爷爷，他给了黛妮丝比一般混血儿稍白的皮肤，以及红红的血色。

奥卡斯老头以黛妮丝为傲。他认为必须使女儿接受最好的教育，因此把她送进艾伯特王子区的学校，让她在那儿念了四年书。正因为接受了四年的高中教育，又在城市过着上流社会的生活——由于奥卡斯能够掌握两三百名混血人的选票，因此，从政者都争先恐后地巴结他——回到家乡的黛妮丝，仿佛是在她原始的热情以及观念上面，贴了一块教养与文化的薄板。

卡莱只看到黛妮丝的美貌以及她表面的那一块护板，以为黛妮丝就跟她的外貌一样——他只把黛妮丝看成受过相当教育的现代年轻女人，就跟白种的妇人一般，可以把她当成恋爱游戏的对象。换句话说，卡莱以为可以从黛妮丝那儿获得暂时的愉快及安慰。这是错误的想法——非常错误的想法。

黛妮丝会弹钢琴，也略懂拉丁语以及文法，更懂得社交方面的言谈方式，不过她完全不懂所谓的恋爱游戏。欲教印第安人理解柏拉图式的恋爱，可说非常艰难。

自从黛妮丝回来以后，卡莱就觉得平原的日子好过多了。不久，他就养成到德门家消磨黄昏的习惯，不是跟黛妮丝在客厅交谈——以平原这种地方的生活水平来说，这个客厅实在太豪华了——就是跟她表演钢琴与小提琴的二重奏。待感觉到厌倦时，就双双到草原骑马奔驰。黛妮丝的骑术非常精湛，甚至能够巧妙地驾驭暴躁的小马儿，使得卡莱不得不对她拍手称绝。

有时，卡莱划着圆木船载着黛妮丝到对岸的小径。这条小径笔直地穿过溪谷的森林地带，蜿蜒到北部的商业地域。他俩徜徉于巨大的松树下面，卡莱对黛妮丝谈及英国的一些琐事，并且引用诗句。黛妮丝很喜欢诗，在学校时也曾学过。

如果有人提醒卡莱他在引火自焚的话，他很可能会付之一笑。

第一，他对黛妮丝完全没有抱持着爱情的成分——只是尊敬，有好感。

第二，他认为黛妮丝不可能爱他。因为自始至终，他一次也不曾向黛妮丝求过爱！

最为致命的一点是，他有着一种错误的观念，认为黛妮丝不管在外貌方面，或者在本性方面，都跟他交往过的女人一模一样。换句话说，他完全不理解所谓民族性的特性。

以那个平原来说，唯有卡莱一个人认为——他跟黛妮丝维持着单纯的友谊。所有的人，包括一半白人一半印第安人的混血儿，甚至四分之一、八分之一的混血人，都相信卡莱会跟黛妮丝结婚。这些人都不知道，卡莱的堂弟是一名男爵。就算他们知道，他们也不会理解那件事将阻碍他俩的结合。对他们来说，去城里上过四年高中，又是富翁奥卡斯继承者的女子，谁

都希望跟她结婚。

对于那些风言风语，奥卡斯老头只是耸耸肩膀，似乎感到很满足。就算男方只是电信技工，但是对英国人来说，混血女人往往很受欢迎。保罗·德门一向很崇拜卡莱，苏格兰人混血儿的母亲一定会支持黛妮丝，可惜她已经亡故了。

整个平原，并没有人对这种配对表示不赞成，不过仍然有两个人大大不以为然。

一个是卡伐利神父，此人对黛妮丝颇有好感，对卡莱的印象也不坏。不过，当他听到人们的风言风语时，却猛摇头。或许宗教能够混合，但是不同的血液，最好不要混合！黛妮丝是善良的少女，长得非常标致。不过，她并不适合做白皮肤、地道英国人的妻子。卡伐利神父希望卡莱快点到别的地方工作。

另外一个感到愤愤不平的人，就是一天到晚喝酒的法国混血儿——拉沙尔。此人暗恋黛妮丝，不过他承认自己永远得不到黛妮丝的青睐——如果他以求婚者的身份进入黛妮丝家的话，奥卡斯老头及保罗，想必会举起枪来把他打成蜂巢一般——正因为如此，拉沙尔非常憎恨卡莱，一直在等待着泄恨的机会。黛妮丝确实打从心眼儿里爱着卡莱。

如果爱莉娜不曾到艾伯特王子区的话，谁也不知道结局会演变成什么样。

在某个九月的黄昏，卡莱把电信局交给了保罗，驱着马车到市镇探望爱莉娜。爱莉娜刚刚抵达艾伯特王子区。这一次，她是来探望兄长汤姆。自从汤姆结婚，从艾凡利搬到西部以后，爱莉娜就时常来看他们一家。

在之后的三个星期内，卡莱前后去了九次市镇。在这期间，他只拜访德门家一次。这以后，他不再跟黛妮丝远行或者出外散步了。这并非卡莱故意冷落她，而是他把黛妮丝全然忘了。那些混血人以为这对情人吵了架，不过黛妮丝很明白，原来，卡莱在市镇有了女人。

有一天夜晚，当卡莱去市镇时，黛妮丝在背后跟踪他。满怀妒意的拉沙尔又跟在黛妮丝后面，一直监视着她，直到她回到平原。

有一次，黛妮丝偷偷跟着卡莱来到绝壁上面的布雷家，她看到他把马儿系在门边，再走进屋子里面。黛妮丝也下了马，把马儿系在白杨树上以后，就躲在窗外的柳树下。她看到了卡莱以及爱莉娜。混血少女蜷伏在黑暗处，狠狠地瞪着情敌。当她看到对方白皙而气色良好的面孔，蓬松犹如皇冠的金发，以及充满笑意的一对蓝眼睛时，她立刻感觉到一切希望都泡汤了！

她非常清楚，自己根本就比不过那个女人，不过提早知道也好。

不久以后，黛妮丝就离开现场，鞭打着她的马儿，驰骋过街道，进入尘土飞扬的河岸道路。当她驰过灯火辉煌的店铺前面时，一个男子回头看了她一下。

"她就是平原的黛妮丝！"男子对他的伴侣说，"那个小姑娘曾经上过学校——她是混血儿，长得标致，但是脾气暴躁。

你瞧！她犹如一阵旋风。"

两个星期后的某一天，独自散步归来的卡莱，发现小码头的松树下面站着黛妮丝。

"卡莱先生，你最近为何都不到我家去啊？"

听完后的卡莱犹如少女一般红了脸。面对黛妮丝，他感到非常尴尬。他想到对方可能在怪他冷淡时，立刻搬出了一大堆理由，说是最近比较忙。

"你才不忙呢！"黛妮丝很率直地说，"谁不知道你上街去见一个白种女人！"

卡莱感到很狼狈，此时，他才顿悟到这个混血少女玩不得，而且早晚会探出他的底细。

"或许是那样吧……"卡莱随便答道。

"那么，你要如何处置我呢？"黛妮丝咄咄逼人地问。

"我不懂你的意思……"卡莱很慌张地说。

"你不是爱我吗？"黛妮丝说。

卡莱忽然感觉自己仿佛是一个恶棍。

"真对不起！"卡莱犹如遭到鞭打的小学生，勉强说了这句话。

"算啦！"黛妮丝打断了他的话，叫嚷起来，"说声对不起又有什么用呢？我们混血女孩注定要被你们白种男人玩弄。一旦对我们厌倦，你们就会回到同族女人的身边，不是吗？好吧，你就请便！不过，我是忘不了的。我的父亲、弟弟都忘不了！我的父亲跟弟弟一定会叫你后悔的！"

说完黛妮丝转了一个身，傲然地走到圆木船那儿。待黛妮丝渡过河以后，卡莱也怀着惨淡的心情回家。可怜的黛妮丝，她愤怒的脸很美，可是她非常像印第安人！

对于黛妮丝的威吓，卡莱并不把它放在心上。就算保罗跟奥卡斯老头对他表示不快，他仍然比他父子俩有威力。卡莱最感痛苦的是他带给黛妮丝的痛苦。的确，卡莱并非坏人，但他是一个愚笨的人。有时，愚笨的人比起坏人来，更叫人感到头痛。

然而，德门一家人并没有为难卡莱。不过，每当奥卡斯老头问她"你跟卡莱是不是在怄气"时，黛妮丝就笑着对父亲说："他腻了嘛！"听到这句话时，奥卡斯老头也只有耸耸肩膀表示无可奈何。

后来，卡莱更频繁地上街，黛妮丝计划着雪恨，拉沙尔整天泡在酒浆里面——平原的生活就如此继续下去。

十月的最后一周，大风雨袭击了西部地区。

平原与埃布尔特地区的电线发生故障，跟外面的联络完全被中断了。在乔·爱斯根的家里，一群人正在庆祝乔的生日。因为保罗也出席酒宴，卡莱就单独在电信局里面抽烟，并且想着爱莉娜。

就在这时，在风雨交加中传来了叫嚷声。跑到门口的卡莱碰到了乔·爱斯根的妻子。

"卡莱先生——你快来呀！拉沙尔跟保罗在打架呢！拉沙尔扬言要杀了保罗……"

听到了乔的妻子的叫嚷声，卡莱奔进乔的家里。他看到保罗跟拉沙尔正在屋子中间对打，他俩的周围围着一大堆看热闹的人。

"快停止！不要再打啦！"卡莱下了命令。

"把那个白人干掉！"保罗突然说，"他侮辱了我的姐姐，快把他收拾掉！"

保罗逃不出卡莱铁一般的手。拉沙尔犹如一只狼一般叫嚣，冲向卡莱。卡莱狠狠地给了他一拳，拉沙尔踉跄了几步，翻倒了桌子，桌子上的灯掉到地上，四周变成一片黑暗。

在一片混乱中，响起了两次枪声。随即有人大叫起来，并传来了呻吟的声音，以及倒地的声音。乔的妹妹——玛莉拿了一盏灯奔进屋里。她听到嫂子在尖叫，保罗垂下一只手紧贴在墙上，卡莱俯卧在地上，鲜血直流。

玛莉是一个很坚强的女人，她叫嫂子把卡莱的身体翻过来。卡莱虽然还有意识，但是由于强烈的晕眩，已不能言语，玛莉用一件上衣垫在他的头下面。保罗也躺在椅子上。她再吩咐嫂子准备病床，然后就去请医生。

所幸，那一夜有医生停留在平原。由于风雨太大，只好留在奥卡斯老头的家里过夜。

不一会儿，玛莉、医生和奥卡斯老头，以及黛妮丝一起进来了。卡莱被抬到乔妻子的床上。检查完后，医生摇了摇头。

"被打到背部。"医生面无表情地说。

"我还能够支撑多久呢？"卡莱问。

"大概到明早吧。"医生回答。

听到这个"宣判"，乔的妻子哭得更大声了，黛妮丝靠近了床边。医生诊断完卡莱，急忙来到厨房照顾保罗。保罗的手臂被子弹射穿。玛莉跟医生一心一意地照料着保罗。卡莱在意识模糊之下，看了黛妮丝一眼，说："你去叫她来吧……"

黛妮丝浮现了痛苦的笑容，回答："没有办法！电信出故障了。今晚，平原的人没有一个人要去市镇！"

"唉，我该怎么办？在死之前，我必须见她，"卡莱恳求，"卡伐利神父在哪儿？他一定肯去的……"

"卡伐利神父昨天去市镇了，到现在还没回来！"黛妮丝说。

卡莱呻吟了一声，闭起了他的眼睛。既然卡伐利神父不在，不可能有人会去市镇。奥卡斯老头跟医生又不能离开保罗。卡莱自己也非常清楚，在这种大风雨之下，平原的人们没有一个会出门的，但是不看到爱莉娜的话，卡莱实在难以瞑目。

黛妮丝在毫无表情之下，看看躺在床上的卡莱。如今，她已经没有了任何憎恨和嫉妒。接着，黛妮丝留下了受伤而奄奄一息的卡莱，以及在啜泣的乔的妻子，走到了外面。

在隔壁的房间里，正由医生治疗手臂的保罗，因为耐不住疼痛而叫起来，但是黛妮丝并没有去看保罗。她走入风雨里面，赶到奥卡斯老头的马厩。五分钟以后，黛妮丝为了把爱莉娜带到她情人的临终之床的床前，在风雨肆虐的河边道路驱策着马儿奔驰。

为了那一份爱，黛妮丝把胸中起伏的嫉妒以及憎恨踏在脚底，她本来可以趁机泄恨，或者在床边照顾卡莱到最后，但是她放弃了这两个机会。为了她心爱的男人能够安详地咽下最后一口气，她情愿去找自己最痛恨的情敌。如果是白种女人的话，这种行为只是值得赞扬而已，但是以黛妮丝的种族传统来说，这是一种至高无上的牺牲行为。

黛妮丝从平原出发时为八点钟，来到了山崖上面的房子跳下马背时已经十点钟。正当爱莉娜说着一些艾凡利的流言蜚语欢娱汤姆跟嫂子时，女佣人出现在房门口说："有一位混血姑娘指定要见布雷小姐。"

爱莉娜虽然感到纳闷，但还是走了出去。汤姆跟在她背后。黛妮丝手持着皮鞭，背对着风雨站在入口处。客厅里的灯光照着黛妮丝惨白的脸，以及潮湿的长发。她的样子看起来有些像疯女。

"卡莱在乔·爱斯根家被打了一枪，快不行了。他很想见你——我是来带你的。"

爱莉娜尖叫了一声，靠在汤姆的肩膀上面。汤姆并不喜欢卡莱对自己的妹妹表示好感。因此，他便对黛妮丝说："风雨这么大，爱莉娜不能去。"

"我就是从风雨中过来的！"黛妮丝轻蔑地说，"我能够做到的事，难道她做不到吗？"

在这时，流在爱莉娜血管里面的爱德华王子岛的血，开始发挥了作用。

"嗯……我做得到！"爱莉娜毅然地说："汤姆，你就别反对了！”

十分钟后，三个骑士奔驰于断崖的道路上面，再进入河边的道路。所幸，风雨已经减弱了。汤姆在暗地里咒骂，卡莱在卑贱的混血人的茅屋被射杀，叫这个少女来通知，他觉得非常窝囊，而且还要三个人在风雨中摸黑而行。如果，爱莉娜早就回到艾凡利就好了……

一伙人抵达平原时已经超过了十二点钟。到了这时，只有黛妮丝能够保持沉着的心境。

医生坐在床边，乔·爱斯根的妻子坐在一旁，不停地抽鼻子。黛妮丝拍了拍乔妻子的肩膀，示意她走出房间。医生知道黛妮丝的意思，跟着走出了房间。黛妮丝关上了门，爱莉娜跪在床铺上，卡莱用颤抖的手，抚摸着爱莉娜的头。

黛妮丝坐在门外的另外一张床上，身上缠起了玛莉忘了带出去的披肩，使得她看起来更像印第安姑娘。

黛妮丝就那样坐在床上不眠地守着。刚破晓时，凭着爱莉娜的惊叫声，她知道卡莱死了。

黛妮丝整个人跳了起来，奔入房间里面。不过，她连卡莱的最后一面都看不到了。

黛妮丝抓着卡莱的手，再摆出冷淡而威严的态度，对着哭泣的爱莉娜说：“好吧，你回去吧！卡莱生前，你一直占据着他，现在，他已经是属于我的人了！”

“可是……我们还得谈一些事情！”爱莉娜断断续续地说。

“这个我跟父亲、弟弟会做！”黛妮丝以坚决的口吻说，“卡

莱在这个世上并没有近亲——在加拿大连一个近亲也没有——他曾经这样对我说过。如果你还想对他尽一点心的话，那就麻烦你到市镇叫一名牧师来。不过，我要把他埋葬在这个平原上。这个人的坟墓属于我——它将是属于我个人的东西！你快点回去吧！"

爱莉娜彻底地被意志及感情都异常强烈的黛妮丝所击败，而把卡莱的遗体留了下来。